Александр Иванович
КУПРИН
1870 — 1938

Александр КУПРИН

Гранатовый браслет

Повести и рассказы

Санкт-Петербург
Издательство «Азбука-классика»
2002

УДК 882
ББК 84 Р7
К 92

Куприн А.
К 92   Гранатовый браслет: Повести, рассказы. — СПб.: Азбука-классика, 2002. — 320 с.
ISBN 5-352-00297-7

Замечательный русский писатель А. И. Куприн — автор повестей и рассказов «Яма», «Поединок», «Изумруд», «Белый пудель» и др.

Проза Куприна раскрывает всю глубину его познаний в «науке жизневедения» (К. Паустовский).

В настоящий сборник вошли повести и рассказы о любви.

Волнующая, мистически окрашенная проза Куприна послужила основой для фильмов «Колдунья» («Олеся») с Мариной Влади в главной роли и «Гранатовый браслет». В сборник включены также повесть «Суламифь» и рассказы.

© Е. Петинова, статья, комментарии, составление, 2002
© «Азбука-классика», 2002

ISBN 5-352-00297-7

«Он верил в добро...»

В своей известной книге «Одиночество и свобода» (Нью-Йорк, 1955) поэт и критик русского зарубежья Георгий Адамович, отмечая неоднородность, разбросанность оценок таланта Куприна, задается риторическим вопросом: так все же «был ли Куприн большим писателем? И да, и нет, — отвечает Адамович. — Кое в чем был, в другом не был»[1]. И пусть читательский успех не всегда отражает настоящий масштаб дарования, в 1900-е годы Куприн, по свидетельству хорошо его знавшего И. А. Бунина, «мало уступал в российской славе» М. Горькому и Л. Андрееву — кумирам тогдашнего демократически настроенного общества. При этом нес свою славу так, что, казалось, «он не придает ей ни малейшего значения»[2].

«Талантливая рука», — говорил о Куприне А. П. Чехов. С создателем жанра коротких рассказов Куприн был дружески близок, состоял в переписке, чтил как одного из больших русских писателей и своих учителей. Л. Н. Толстой, перед которым Куприн буквально преклонялся, чьих прямых суждений втайне побаивался, так и не отважившись побывать в Ясной Поляне («не посмел я к этому самому громадному человеку в мире лезть со своей нуждой, мелким любопытством»), по-своему выделял Куприна за жизненную правдивость и убедительность его прозы:

---

[1] *Адамович Г.* Куприн // Одиночество и свобода. СПб., 1993. С. 129.

[2] *Бунин И.* Куприн // Куприн А. Повести и рассказы. М., 2002. С. 563 (далее: Куприн).

«Ни у какого Горького, ни у какого Андреева вы ничего подобного не встретите»[1].

Существовали, правда, и в корне отличные суждения. Так, критик и историк русской литературы Иванов-Разумник спрашивал в красноречиво названной статье «Калиф на час»: «...Почему такой второстепенный беллетрист, как А. Куприн, выдвинулся в первые ряды современной русской литературы?» И сам давал пространный ответ: «В конце XIX века в русской литературе начался процесс брожения, перелома, кризиса — развития новых литературных форм. „Декадентство", „импрессионизм", „модернизм", несмотря на все свои эксцессы, вырабатывали новые литературные формы для нового содержания; это новое содержание, каково бы оно ни было, во всяком случае разрывало связь с „бытом"... с „реализмом", царившим (за немногими исключениями) в русской литературе. <...> А Куприн в это время писал свои бытовые анекдоты и рассказы... и справедливо считался одним из самых талантливых представителей былого „реализма"... И вот милый анекдотист и недурной „бытовик" вырос во мнении широкой публики до размеров звезды первой величины»[2].

Итак, «анекдотист», «бытовик», а еще — «писатель-описатель». И друзья, и недруги сходились в одном: «В творчестве Куприна отражена жизнь (добавим, реальная жизнь. — *Е.П.*) во всем ее бесконечном разнообразии...»[3] В жадности к жизни, в почти осязаемом, каком-то зверином наслаждении ее запахами, цветом, остро переживаемыми исключительными состояниями содержится не рациональная, а эмоциональная сила воздействия прозы Куприна. Над формированием писателя такого склада должны были в равной мере поработать природа и обстоятельства.

Происходивший по линии матери из татарского княжеского рода Куланчаковых, Александр Иванович Куприн

---

[1] Дневник Н. Гусева, секретаря Л. Н. Толстого. Запись от 27 сентября 1907 г. // Куприн. С. 606.

[2] *Иванов-Разумник*. Калиф на час (А. Куприн) // Куприн. С. 628.

[3] *Львов-Рогачевский В.* Художник-жизнелюб // Куприн. С. 622.

(1870—1938) унаследовал от своих предков весьма колоритный облик, который к тому же любил подчеркивать, надевая расшитую тюбетейку, садясь по-особому «так широко и важно, как пристало бы настоящему хану»[1], и узко щуря глаза. Проявлялось в нем и стихийное, абсолютно естественное приятие жизни, убежденность в праве на ее полноту, нежелание жить «гомеопатическими дозами».

«Внешность у Куприна была не совсем обычная, — вспоминала Н. Тэффи. — Был он среднего роста, крепкий, плотный, с короткой шеей и татарскими скулами, узкими глазами, перебитым монгольским носом. <...> Было в нем звериное и нежное. Рассердится, и сразу зрачки по-звериному съежатся, жестко и радостно. <...> Для Куприна, как для зверя, много значило обоняние, запах. Он... говорил, что „принюхивается" к людям. — Потяну носом и знаю, что за человек»[2].

По части запахов с Куприным мог состязаться один лишь И. А. Бунин, что они зачастую и делали: сойдясь вместе, затевали азартную игру, кто точнее определит, чем пахнут костелы, прихожие в немецких семьях и офицерских собраниях накануне бала или цирковая арена.

На очередную повесть или рассказ Куприна вдохновляла жизнь, неординарные ситуации, а не отвлеченные, книжные идеи или произведения других писателей. При этом, как у каждого профессионала, у него были свои кумиры, свои учителя и те, чью работу он высоко ценил. А. Пушкин, Л. Толстой и А. Чехов занимали в этом ряду почетные места. Из западных авторов Куприн выделял Ги де Мопассана, Р. Киплинга, Дж. Лондона, безошибочно угадывая некое родство их мироощущения своему собственному. Особенно ценил Кнута Гамсуна, чья европейская слава тогда стояла в зените. В посвященном ему очерке восторгался мастерством этого истинного «поэта любви и природы». И даже не слишком проницательные критики отмечали сходство между творчеством великого норвежца и отдельными про-

---

[1] *Бунин И.* Куприн // Куприн. С. 561.
[2] *Тэффи Н.* А. И. Куприн. Воспоминания // Куприн. С. 594.

изведениями Куприна. Из русских своих современников Куприн ценил Бунина и Горького. Последнему он посвятил одну из лучших своих повестей «Поединок».

Пробегая мысленно ряд писателей, отмеченных Куприным, видишь, что все они имели талант особого качества: заражались впечатлениями жизни и отображали ее поток. О себе он любил повторять, что «писателем <стал> случайно», по сути подчиняясь жизненным обстоятельствам: «чтобы прокормиться начал писать рассказишки» и печатать в третьестепенной газетке «за сущие гроши». Приводя это высказывание в своих воспоминаниях, И. А. Бунин парирует: «Это, конечно, не правда».

Детство Куприна, которое сам он называл «казенным» и «поруганным» (вспомним рассказ «На переломе. (Кадеты)»), и молодые годы прошли в обстановке несвободы. Когда Саше едва исполнился год, его отец умер от холеры, оставив жену с тремя детьми совсем без средств. Устроив после слезных просьб и унижений двух старших дочерей в пансион на казенный счет, Любовь Алексеевна с малолетним сыном была вынуждена поселиться в московском Кудринском Вдовьем доме. Здесь, среди неимущих женщин и больных старух, в атмосфере сплетен, мелочных интриг и подобострастного заискивания перед богатыми и влиятельными покровителями, рос будущий писатель.

Летом 1876 года Александра Куприна отдают в Разумовский (сиротский) пансион, где он учился до 1880 года — того времени, когда выдержал вступительные экзамены во 2-ю Московскую военную гимназию (с 1882 г. — Московский кадетский корпус). В период пребывания в корпусе Куприн начал много писать, главным образом стихи; переводить с французского (Беранже) и немецкого (Г. Гейне). Так определились две главные линии его судьбы: одна, чисто внешняя, короткая, связана с военной службой; другая, творческая, длиною в жизнь.

Карьера Куприна-офицера закончилась в августе 1894 года: в чине поручика он вышел в отставку.

Оказавшись свободным от офицерских погон, Куприн, как он пишет в «Автобиографии», «неожиданно ощутил себя в положении институтки-смолянки, которую ни с того ни с сего завели бы ночью в дебри олонецких лесов и оставили без одежды, пищи и компаса. Вдобавок, — поясняет писатель, — самое тяжелое было то, что у меня не было знаний ни научных, ни житейских»[1].

Действительно, академического образования Куприн не получил — «не кончил консерватории», как в то время насмешливо говорили писатели-символисты о разночинцах-«бытовиках». И все же он сгущал краски, изображая собственную беспомощность. Как раз «компас» у него таки был. В начале 1890-х годов у Куприна завязались прочные связи с «Русским богатством» — одним из лучших тогдашних толстых журналов, издававшимся писателями-народниками В. Г. Короленко, Н. К. Михайловским, И. Ф. Анненским. В VI и VII книжках журнала за 1893 год была опубликована первая значительная вещь Куприна — повесть «Впотьмах», а в августе того же года Куприн лично знакомится с редактором журнала, известным публицистом Н. К. Михайловским. В конце 1893 года в XI книжке журнала был напечатан рассказ Куприна «Лунной ночью». В это время он переписывается с Михайловским, секретарем редакции А. И. Иванчиным-Писаревым, то есть основательно входит в литературную среду. Таким образом, необходимость выхода из военной службы становится для него все более очевидной.

В 1895 году Куприн жил главным образом в Киеве. Его рассказы, стихи, очерки и событийную хронику во множестве публиковали местные газеты: «Киевлянин», «Жизнь и искусство», «Киевское слово». В марте 1896 года вышла в свет первая книга писателя. Ее составили очерки «Киевские типы». Полгода Куприн прослужил учетчиком на сталелитейном заводе в Донбассе. Это обстоятельство, а также поездки по соседним заводам дали ему жизненный материал для центрального произведения 1890-х годов — повести «Молох», опубликованной в XII книжке журнала «Русское богатство».

Тогда, собственно, и формируется творческий метод Куприна, основные положения которого, известные как «Десять заповедей для писателя-реалиста», в 1905 году с

---

[1] *Куприн А. И.* Автобиография // Куприн А. И. Забытые и несобранные произведения. Пенза, 1950. С. 277.

его слов запишет литератор Марк Криницкий. Между прочим, там содержатся такие установки: «Если хочешь что-нибудь изобразить... сначала представь себе это совершенно ясно: запах, вкус, положение фигуры, выражение лица. <...> Изобрази позу или голос совершенно отчетливо, чтобы их точно так же отчетливо видел и слышал читатель. <...> Всегда живописуй, а не веди полицейского протокола. <...> Пиши так, чтобы было видно, что ты знаешь свой предмет основательно. Пишешь о сапожнике, чтобы сразу было видно, что ты знаешь, в сапожном деле не новичок. Ходи и смотри, вживайся, слушай <...> Из головы никогда не пиши. <...> А главное, работай живя. <...> Иди в похоронное бюро, поступи факельщиком, переживи с рыбаками шторм на оторвавшейся льдине, суйся решительно всюду, броди, побывай рабой, женщиной, роди, если можешь, влезь в самую гущу жизни. Забудь на время себя. Брось квартиру, если она у тебя хороша, все брось на любимое писательское дело...»[1]

Куприн не просто декларировал свои убеждения, но и следовал им в собственном творчестве. Поэтому, когда его попросили написать биографию, Александр Иванович ответил, что за редким исключением все его произведения автобиографичны. А жизненный опыт он имел громадный, сменив в течение семи лет, последовавших за выходом из военной службы, множество профессий: был грузчиком и актером, суфлером, землемером, учетчиком на литейном заводе, репортером в газете, даже продавал санитарные принадлежности.

Проза Куприна подобна слепку с жизни во всем ее многообразии, пестроте, красоте и уродстве. «Офицеры, журналисты, еврейский быт, рыбаки, студенты, духовенство, падшие женщины, бывшие люди, Крым и Рязань, Новгородская губерния и Западный край, австрийская граница, Новороссия и Финляндия, море и горы, меблированные комнаты и деревни, села и города, крестьяне, купцы и генералы, циники и идеалисты, лошади, собаки, пти-

---

[1] *Куприн А.* Десять заповедей для писателя-реалиста // Куприн. С. 610, 611.

цы и Библия, — все и всех он узнал, увидел, угадал, почувствовал и изучил, как натуралист, как психолог, живописец и путешественник», — писал о Куприне литературный критик П. Пильский[1]. Своим творчеством писатель как бы говорит нам: да, жизнь отнюдь не праздник; она бывает трагична и воистину страшна, но она же — мудра и прекрасна. Надо только не бояться жить, дышать полной грудью. И нигде человек ни раскрывается так глубоко, может быть до последней отпущенной ему глубины, как в любви.

«У Куприна есть много тонких и превосходных рассказов о любви, об ожидании любви, о трагических ее исходах, о ее поэзии, тоске и вечной юности, — написал в „Заметках о прозе Куприна" К. Г. Паустовский. — Куприн всегда и всюду благословлял любовь. Он посылал великое благословение всему: земле, водам, деревьям, цветам, небесам, запахам, людям, зверям и вечной благости и вечной красоте, заключенной в женщине»[2].

Писатель довольно рано понял, что любовь по своей идеальной природе несовместима с бытом, что всякая любовь сродни смерти, а безоглядная страсть каким-то непостижимым образом притягивает смерть, и та спешит на ее зов. «...крепка, как смерть, любовь; люта, как преисподняя, ревность; стрелы ее — стрелы огненные; она пламень — весьма сильный», — говорит Священное Писание устами иудейского царя Соломона. (Слова эти писатель взял эпиграфом к своей повести «Суламифь».) «Большие воды не могут потушить любви, и реки не зальют ее», — читаем в библейской «Песни песней». Любовь не просто «крепка, как смерть», она — «сильнее смерти», утверждает Куприн и пишет рассказ с таким названием. Его героиня, хрупкая, маленькая женщина, уходит из жизни, будучи оставленной любимым. Но сила ее собственной любви такова, что, пусть на миг, побеждает смерть, заставляя отвергнувшего ее человека пожалеть о своем решении.

---

[1] *Пильский П. А.* Куприн // Куприн. С. 626.
[2] *Паустовский К.* Поток жизни. Заметки о прозе Куприна // Куприн. С. 640.

В рассказах Куприна 1890-х годов любовь предстает отнюдь не в поэтическом ореоле. И хотя с самого начала писатель был чужд изображений «постельной любви», которые наводнили бульварную литературу, создав шумный успех такому, например, не вовсе бесталанному автору, как М. Арцыбашев, все же «раннего» Куприна больше занимают связанные с этим чувством неординарные состояния и негативные эмоции в духе входивших в моду исследований по психофизиологии, чем великая преображающая сила любви. Герой рассказа «Лунной ночью» (1893), «маленький, тщедушный, весь обросший черными волосами» учитель математики по фамилии Гамов скорее всего убил любимую женщину, так и не добившись взаимности. Нарочитая таинственность, сгущение красок, вплоть до создания зловещей, граничащей с шизофреническим бредом атмосферы повествования, несомненно, являются данью модному в то время направлению в литературе, живописующему нераскрытые убийства и роковые страсти.

Рассказ «Первый встречный» (1897) погружает читателя в череду не совсем обычных событий, разворачивающихся на грани яви и сна в атмосфере предосеннего Петербурга. Рассказ вообще имеет выраженный петербургский колорит, заставляет вспомнить произведения Ф. М. Достоевского и особенно любимого Куприным Ги де Мопассана, кстати упомянутого в тексте. Кроме того, трудно сказать, видел ли Куприн картину И. Н. Крамского «Неизвестная» (1883), но его героиня разительно похожа на изображенную художником и, возможно, могла бы дать ключ к психологической разгадке этого образа. Рассказ, как обычно у Куприна, отличается точностью в описании мельчайших деталей городского пейзажа и бытовой обстановки. Интересен он еще и тем, что содержит ростки духовной коллизии, которая в полную меру раскроется в знаменитой повести «Гранатовый браслет». И там и здесь главный герой, бедный и одинокий, влюбляется в блестящую красавицу аристократку; и там и здесь он умирает, благословляя женщину, подарившую ему великое счастье любить. В рассказе уже почти сформулирована и главная мысль писателя о том, что, будучи осуществленной, любовь погибает, исчерпав себя. Не потому ли смерть любящего у Куприна всегда является залогом большой любви? «В любви только надежда и желания составляют настоящее счастье. Удовлетворенная любовь иссякает, а иссякнувши, разочаровывает и оставляет на душе горький осадок...» — говорит главный герой «Первого встречного». «Любовь должна быть трагедией. Величайшей тайной в мире! Никакие жизненные удобства, расчеты и компромиссы не должны ее касаться», — словно бы продолжает его мысль генерал Аносов в «Гранатовом браслете».

Очевидно, что Куприн постепенно переходит от бытового, несколько приземленного взгляда на проблему любви к безоговорочному причислению этого чувства к высшим сферам духовности, где человеческое соприкасается с божественным, конечно, если речь идет о любви «бескорыстной, самоотверженной, не ждущей награды» — той, про которую сказано — «сильна, как смерть».

Именно такой любви посвящены самые известные романтические произведения Куприна: «Олеся», «Гранатовый браслет» и «Суламифь», справедливо причисленные к лучшим страницам русской литературы Серебряного века.

Напечатанная в 1898 году в газете «Киевлянин» после нескольких неудачных попыток ее опубликовать, «Олеся» не вызвала особого интереса критики. Правда, следившие за творчеством Куприна А. П. Чехов и М. Горький отозвались о ней, но прямо противоположно. Чехов нашел повесть «юношески-сентиментальной и романтической вещью». «...Загадочное прошлое старухи и таинственное происхождение Олеси» он расценил как «прием бульварного романа». По-иному воспринял «Олесю» Горький. В беседе с Куприным он сказал: «Эта вещь нравится мне тем, что она вся проникнута настроением молодости...»[1] Сам Куприн посреди противоречивых оценок двух столь уважаемых им писателей, похоже, пришел в замешательство, а потому и не включил «Олесю» в сборник рассказов, первый том которого вышел в 1903 году в Петербурге. И лишь некоторое время спустя на вопрос, какие свои произведения он особенно ценит, ответил: «Их два: „Олеся" и „Река жизни"... В этих двух рассказах больше, чем в других, моей души».

---

[1] Куприн. С. 507.

«Олеся» принадлежит к так называемым «полесским рассказам», куда относятся также «В лесной глуши» (1898), «На глухарей» (1899), «Оборотень» (1901), а из более поздних — «Болото» и «Конокрады» (оба — 1903 г.). В этих произведениях отразились впечатления Куприна от пребывания в украинском Полесье, где он провел весну и лето 1897 года. По свидетельству младшей современницы писателя поэтессы З. П. Тулуб, сюжет «Олеси» Куприн почерпнул из мемуаров ее отца (мирового судьи) под названием «Суеверие и преступление», где тот, в частности, рассказывал о наиболее громких и необычных уголовных делах, рассматривавшихся в суде Подольской губернии с 1893 по 1897 год.

Но, конечно же, история о расправе деревенских жителей с местной знахаркой и ее дочерью лишь побудила Куприна взяться за перо. И сколько бы ни писала критика о влиянии на «Олесю» тургеневской «Первой любви» и «Записок охотника», об определенной общности «малороссийского» колорита повести со «Слепым музыкантом» В. Г. Короленко, исключительное очарование и сила воздействия этой вещи всецело определяются особым даром Куприна: присущей ему почти животной остротой восприятия жизни и умением воссоздавать осязаемые многоцветные картины реальности. «Куприн — одни глаза без рук, без ног, без головы, огромные глаза без человека»[1] — так гротесково-заостренно определил это особое свойство писателя К. Чуковский в 1909 году, а в 1914-м вновь акцентировал на нем внимание: «...У него гениальный глаз. Лучшие его страницы — картины. <...> Он гурмански смакует зримое»[2].

Молодое, глубокое чувство героя повести и наделенной особой, родственной дикой природе, психической силой красавицы Олеси зреет и раскрывается вместе с великолепно изображенной писателем ранней, дружной весной, на фоне таинственной жизни весеннего, а потом — летнего, расцветшего леса. Естественность этого чувства,

---

[1] Чуковский К. Жеманная резинка // Речь. 1909. 14 июня. № 160.

[2] Чуковский К. Новая книга А. И. Куприна // Нива. 1914. № 45.

ниспосланное ему благословение Куприн выражает высшей, по его мнению, благодатью, дарованной влюбленным самой Природой. Не случайно в душе героя повести воспоминания о сказочном месяце любви соединили «вместе с прекрасным обликом Олеси... пылающие вечерние зори, росистые, благоухающие ландышами и медом утра, полные бодрой свежести и звонкого птичьего гама, жаркие, томные, ленивые июньские дни...».

Сказка оборвалась внезапно. Олесю, решившую выстоять обедню в деревенской церкви, едва не растерзала фанатичная толпа. А ночью над Перебродом разразилась необыкновенной силы гроза. Ее жестокий вихрь закрутил, разлучил, разбросал влюбленных. Только нитка дешевых красных бус-«кораллов» осталась у героя повести в память об Олесе, «ее нежной, великодушной любви». И эта нитка красных бусин, глухо стучащих в оконную раму в покинутой людьми избушке (блестящий метафорический образ поэта Куприна), сильнее любых слов передает непереносимую пустоту разлуки.

В 1908 году Куприн печатает в сборнике «Земля» повесть «Суламифь» — произведение необычное, неожиданное для читателей и критики, дружно причислявших его к так называемым «бытовикам» — писателям, продолжавшим традиции классической литературы XIX века. Мнение это еще более упрочила публикация в 1905 году повести «Поединок», сделавшей имя Куприна всероссийски известным. И вот новое произведение, разноречивые оценки которого с момента выхода в свет сохранялись и в последующие годы.

Пожалуй, не было ни одного критика, который безоговорочно принял бы «Суламифь». Так, Д. Мирский отмечал «удивительную безвкусицу», в которую, по его мнению, впал Куприн, «стремясь возродить Иерусалим времен Соломона в духе Флобера»[1]. Георгий Адамович охарактеризовал повесть как «аляповато-стилизованную». У читателей она вызвала более благосклонный прием и даже стала популярной, причем не только в России, но и во

---

[1] *Мирский Д. А.* И. Куприн // Куприн. С. 637.

Франции (в 1923 году «Суламифь» была переведена на французский язык).

Вместе с тем именно «Суламифь» с наибольшей очевидностью разрушает миф о Куприне как приверженце «старой школы», реалистического направления в русской литературе XX века. Действительно, в обширном и эклектичном наследии писателя есть немало произведений, позволяющих видеть в нем продолжателя традиций Л. Н. Толстого и А. П. Чехова, единомышленника М. Горького и Л. Андреева. При этом в творчестве Куприна отчетливо выражена связь с новой, «декадентской» волной развития русской культуры, воплотившейся в стиле модерн. Сильнее всего она прослеживается в произведениях, посвященных теме любви, и «Суламифи» принадлежит в этом ряду одно из центральных мест.

В силу особой, если так можно сказать, «вещественности» мировосприятия, повышенного внимания к форме и цвету параллели творчеству писателя можно обнаружить в современном ему изобразительном и театрально-декорационном искусстве. В 1909 году, когда появилась «Суламифь», еще не открылись русские балетные сезоны в Париже, однако подспудно они уже вызревали, и один из инициаторов создания нового, современного балета М. Фокин осуществлял свои в полном смысле революционные постановки «Евники», «Шопенианы» и «Египетских ночей».

Куприн чутко уловил витавшую в воздухе тенденцию ретроспекции, стремление воссоздать художественными средствами не только колорит далеких культур, но их быт, способ психологически выражать себя в слове и пластически — в танце. Именно к этому будет стремиться С. П. Дягилев в спектаклях Парижских сезонов, где открытое романтиками направление ориентализма (обращение к Древнему Востоку) выглядит, может быть, наиболее впечатляющим в оформлениях Л. С. Бакста и танцевальных пантомимах Иды Рубинштейн. И еще одно имя вспоминается в связи с «Суламифью» Куприна: Михаил Врубель, гениальный художник, самый глубокий и совершенный выразитель стиля модерн. Мерой своего колористически-пластического языка Врубель избрал почти объемный мазок, ассоциирующийся с живым кристаллом, отчего вся живописная поверхность его картин засветилась подобно россыпи драгоценных камней. По природе дарования Врубель — визионер, погружавшийся в мистическую вязь восточных орнаментов, завороженный игрой линий и красок.

Совсем иное — Куприн. Его сходство с Врубелем ограничивается присущей обоим характерной для модерна тягой к экзотике Востока, драгоценным камням, благоухающим цветам, старинным предметам — словом, ко всему редкому и необычному. При этом писатель не стремится проникнуть в глубь вещей, довольствуясь внешней формой, запахом, цветом, тем самым вполне оправдывая репутацию «описателя-бытовика» и стойкого реалиста. Приступая к работе над «Суламифью», Куприн проштудировал горы разных книг: Библию, Ренана, историка Веселовского. «Ему всё нужно было о нем (Соломоне. — *Е. П.*) узнать: и историю, и легенды, все апокрифы о Соломоне, исследования в этой области, бывшие в ту пору религиозные культуры и т. д.», — вспоминала дочь Куприна, Ксения Александровна[1]. А сам он, обращаясь к своему другу писателю В. А. Тихонову, делился приобретенными познаниями: «Знаешь ли ты, что у Соломона был кубок из цельного, великолепного изумруда. Этот кубок впоследствии хранился как «il sacro catino» в соборе Св. Лаврентия в Генуе». И продолжал: «Если тебе что-нибудь понадобится о драгоценных камнях, о древнем туалете в Палестине, о роскоши Египта и Тигра, обращайся в мою лавочку»[2].

По семейным преданиям, сюжет «Суламифи» явился у Куприна неслучайно и был связан с обстоятельствами личной жизни. В 1907 году произошел его окончательный разрыв с первой женой, М. К. Куприной (урожд. Давыдовой), приемной дочерью композитора, виолончелиста и директора Петербургской консерватории. После смерти своей приемной матери, А. А. Давыдовой, она унаследовала популярный журнал «Мир Божий», где печатались и произведения Куприна. Причиной развода стало сильное обоюдное чувство, вспыхнувшее у Куприна и Елизаветы Гейнрих, молодой девушки, бывшей почти своей в семье Давыдовых.

---

[1] *Куприна К. А.* Куприн — мой отец. М., 1979. С. 31.
[2] Там же.

В период их горячей любви и была написана «Суламифь». Как вспоминала дочь писателя, Куприн «ставил себя в положение» библейского царя Соломона. «Теперь... пишу не то историческую поэму, не то легенду, — я сам не знаю что, — о любви Соломона и Суламифи, прекрасной, как заветы Соломона, как шатры Кидорелия, — признавался писатель. — Что выйдет — не ведаю, но задумано много яркой страсти, голого тела и другого»[1].

Стремясь сохранить высокий накал страсти, в действительности проходящий довольно быстро, Куприн убивает Суламифь раньше, чем взаимные чувства влюбленных успели иссякнуть. Что же касается общих законов развития темы, то они отнюдь не противоречили, а скорее даже склоняли к тому, чтобы после изображения любви-страсти в «Суламифи» показать ее настоящую природу без драгоценных покровов и витиевато выраженных чувств. И вот совершается превращение. Из высоких чертогов, от сказочных богатств иудейского царя читатель внезапно проваливается в «Яму», обнаружив себя в жалком притоне «дома терпимости». Со свойственной ему материальной осязаемостью Куприн точно и жестко рисует быт этого заведения, не ретушируя натуралистических деталей.

Первые главы романа «Яма» появились в печати в марте 1909 года, и почти сразу же разразился скандал. Добропорядочные читатели были шокированы. Куприна буквально засыпали ругательными письмами, в основном анонимными. Критика обвиняла известного писателя в безнравственности, оправдании низменных человеческих пороков и чуть ли ни в растлении юношества. Александр Иванович воспринял эту массированную атаку внешне спокойно, а внутренне — недоуменно. По воспоминаниям дочери, он будто бы говорил газетным обозревателям: «Ругают меня за первую часть „Ямы", называют порнографом, губителем юношества и, главное, автором грязных пасквилей на мужчин. Пишут, что я изображаю все в неверном виде и с целью сеяния разврата. Это бы ничего! Письма от анонимов, изрыгающих хулу, меня не удивляют. Уязв-

---

[1] Там же.

ленные обыватели, отстаивающие публично целомудрие и мораль, а втихомолку предающиеся всем грехам Содома и Гоморры, вправе сердиться. Но вот критика меня удивляет. Как можно так поспешно делать окончательные выводы о произведении, которое еще не окончено?»[1] Самый убийственный отзыв о романе исходил от особо почитаемого Куприным Л. Н. Толстого. «Очень плохо, грубо, ненужно, грязно» — так расценил живой апостол от литературы новое произведение Куприна. И должно быть, вовсе не случайно, завершив «Яму», Куприн почти сразу же начал писать одно из самых поэтичных своих произведений — «Гранатовый браслет». Над рассказом он работал в сентябре—декабре 1910 года, а опубликовал в следующем году.

Тема любви и человеческого благородства, поднявшихся на высшую ступень самоотречения, предстают здесь в таком ореоле сияющей чистоты, что критика единодушно отнесла рассказ в разряд романтических, противопоставив его потоку мутной и пошлой литературы, связанной с «проблемой пола» и недавно вышедшей «Ямой» самого Куприна. «Он как будто решил напомнить, что есть не только Куприн „Ямы", но и другой... идеалист, мечтатель, романтик», — писал в журнале «Современный мир» критик В. Львов-Рогачевский[2].

Самого же Куприна титул романтика, похоже, не слишком обрадовал. Он упорно повторял, что «Гранатовый браслет» — быль. Продолжал настаивать на этом даже по прошествии многих лет, живя в эмиграции в Париже. В своих интересных воспоминаниях писательница и литературный критик Л. Арсеньева рассказывает о том, как Куприн вызвал на дуэль известного в свое время автора многочисленных исторических романов А. П. Ладинского, когда тот «сказал, что он не понимает „Гранатовый браслет", т. к. фабула „неправдоподобна". — А что в жизни правдоподобно? — с гневом ответил Куприн. — Только еда да питье, да все, что примитивно. Все, что не имеет

---

[1] Там же. С. 39, 40.
[2] Современный мир. 1911. № 3.

поэзии, не имеет Духа»[1]. Дуэли общими усилиями удалось избежать. Однако горячая реакция Куприна весьма показательна.

До конца жизни он сохранял высокое мнение об этом рассказе, говорил, «что ничего более целомудренного... не писал», и признавался своему другу, редактору журнала «Мир Божий» Ф. Д. Батюшкову, относительно этой «очень милой вещи... очень, очень нежной»: «Не знаю, что выйдет, но когда я о ней думаю — плачу; недавно рассказываю одной хорошей актрисе — плачу»[2].

Задумав написать о любви высокой, «бескорыстной, самоотверженной, не ждущей награды», любви, которой «грезят женщины» и которая в жизни встречается чрезвычайно редко, Куприн, взяв за основу действительные события, в дальнейшем переосмыслил их, сообразуясь с авторским замыслом. О подлинном происшествии, положенном в основу «Гранатового браслета», сообщает в своих мемуарах «На чужбине» дальний родственник писателя Л. Любимов.

«Канва „Гранатового браслета", — пишет Любимов, — почерпнута... из нашей семейной хроники. Прототипами для некоторых действующих лиц послужили члены моей семьи, в частности, для князя Василия Львовича Шеина — мой отец, с которым Куприн был в приятельских отношениях. <...> Героиня „Гранатового браслета" княгиня Вера Шеина — дочь боевого офицера, татарского князя Мирза-Булат-Тугановского, „древний род которого восходил до самого Тамерлана". Героиня действительных событий, вдохновивших А. И. Куприна, — моя мать, Людмила Ивановна Любимова (1877—1960), дочь Ивана Яковлевича Туган-Барановского (точнее — Туган-Мирза-Туган-Барановского, хоть он и дети его опускали в своей фамилии „Мирзу"), род которого, по преданию, восходит до самого Чингизхана».

Далее мемуарист рассказывает, что его мать действительно одно время получала письма, отправитель которых

---

[1] *Арсеньева Л.* О Куприне // Дальние берега. М., 1994. С. 62.
[2] Куприн. С. 621.

объяснялся ей в любви и вместе с тем сообщал, «что разница в социальном положении не позволяет ему рассчитывать на взаимность». Вскоре выяснилось, что этим анонимом был телеграфист Желтый (в рассказе Куприна — Желтков). Развязка, по словам Любимова, наступила, когда Желтый прислал в подарок Людмиле Ивановне гранатовый браслет. «Мой дядя, — пишет Любимов (у Куприна — Николай Николаевич), — и отец, тогда бывший жених моей матери, отправились к Желтому. <...> Как и Желтков, (Желтый. — *Е. П.*) жил действительно на шестом этаже... ютился в убогой мансарде. Как и купринский Шеин, отец больше молчал во время объяснения. <...> Отец рассказывал мне, что он почувствовал в Желтом какую-то тайну, пламя подлинной беззаветной страсти. Дядя же, опять-таки как купринский Николай Николаевич, горячился, был без нужды резким. Желтый принял браслет и угрюмо обещал не писать больше моей матери. Этим все и кончилось. <...> Вся суть купринского рассказа в его трагическом конце, — констатирует Любимов. — В жизни же имел место курьезный случай скорей всего анекдотического характера»[1]. В семье Любимовых были убеждены, что Желтый страдает душевным расстройством («ненормальный малый, маньяк»), и странности его поведения объясняли психическим заболеванием.

Куприн использовал этот реальный случай, чтобы рассказать совсем другую историю о необычайно глубокой любви, выросшей до молитвенного поклонения, до обожествления возлюбленной. Не случайно критики видели в фабуле «Гранатового браслета» влияние «гамсуновской темы» о неразделенной, невознагражденной, мучительной любви. («Нет сомнения, что рассказ этот навеян „Викторией" Кнута Гамсуна», — писал Адамович[2].) И вместе с тем находили в характере беззаветно преданного своей Прекрасной Даме идеалиста Желткова черты Дон-Кихота и пушкинского «рыцаря бедного».

---

[1] *Любимов Л. Н.* На чужбине. М., 1963.
[2] *Адамович Г.* Куприн // Одиночество и свобода. СПб., 1993. С. 132.

«Гранатовый браслет» — одно из редких произведений Куприна, в котором центральная идея одновременно реализуется в высшей, духовной сфере и на бытовом уровне. Это обстоятельство позволяет говорить о парадоксальной на первый взгляд близости рассказа, написанного в обычной для Куприна сугубо натуральной манере, произведениям символистской литературы.

Действительно, тема Рыцаря и Прекрасной Дамы, популярная в культуре Серебряного века, определяющая содержание целого периода в поэзии А. А. Блока, отчетливо, даже нарочито всплывает на завершающих страницах как идеальная составляющая фабулы «Гранатового браслета». Смешной и жалкий чиновник Желтков, которого в семье князей Шеиных считают сумасшедшим, присылает в подарок княгине Вере вульгарную по меркам изысканного вкуса «чудовищную поповскую штучку» — «золотой, низкопробный, очень толстый, но дутый» браслет. Снаружи он был весь усыпан «небольшими, старинными, плохо отшлифованными гранатами», а в центре украшен редким зеленым гранатом в окружении пяти «прекрасных гранатов — кабошонов, каждый величиной с горошину». Так у Куприна. Реальный телеграфист Желтый (или Жолтиков) прислал Л. И. Любимовой «не гранатовый браслет, а браслет в виде толстой позолоченной дутой цепочки, и к ней подвешено было маленькое красное эмалевое яичко...» — свидетельствует первая жена писателя М. К. Куприна (во втором замужестве Иорданская). Она же сообщает, что существовавший в действительности и очень нравившийся писателю гранатовый браслет он подарил ей сам. Браслет «был покрыт мелкими гранатами, а посередине — несколько крупных камней»[1]. Это свидетельство противоречит рассказу Любимова о том, что Желтый прислал его матери именно гранатовый браслет. Однако, думается, большего доверия заслуживает Куприна-Иорданская.

Итак, писатель намеренно и направленно выстраивает собственную линию отношений Желткова и княгини Веры Шеиной, а также создает способные выразить идею про-

---

[1] *Куприна-Иорданская М. К.* Годы молодости. М., 1966.

изведения характеры героев. Почти «сумасшедший» в глазах окружающих, т. е. «юродивый» (вспомним князя Мышкина у Достоевского), Желтков в конце рассказа оказывается отмеченным Божественной благодатью, принимая венец страдальца во имя своей великой любви. В прощальном письме он открывает княгине Вере истинную природу дарованного ему чувства: «Я не виноват, Вера Николаевна, что Богу было угодно послать мне, как громадное счастье, любовь к Вам». Лишь на последних страницах рассказа квартирная хозяйка сообщает княгине Шеиной имя Желткова — Георгий. И оно глубоко символично. Напомним, что в христианской традиции великомученик Георгий выступает покровителем воинов (рыцарей — в старину).

Желтков уходит из жизни, чтобы не напоминать о себе, не тревожить покой бесконечно дорогого ему человека. В этой жертве во имя любви была своя роковая предопределенность. Недаром, впервые увидев, как вспыхнули внутри гранатов «прелестные густо-красные живые огни», когда она «удачно повернула браслет перед огнем электрической лампочки», княгиня Шеина встревоженно подумала: «Точно кровь!»

Символике, связанной с гранатовым браслетом, принадлежит едва ли не главная роль в раскрытии эзотерической составляющей сюжета. Известно, что Куприн любил драгоценные камни. К тому же всего два года назад он завершил «Суламифь», работая над которой целенаправленно изучал многие области древнего знания, в том числе касающуюся особых свойств драгоценных камней. Гранат издавна считался камнем влюбленных. Ему приписывали способность пробуждать ответные чувства, воспламенять страсть, а также дарить верность и постоянство в любви. Вот почему Желтков посылает княгине Вере Шеиной браслет, усыпанный гранатами. И еще один тонкий, ускользающий нюанс, который, возможно, был важен для Куприна. В христианской традиции плод граната символизировал Воскресение, и символику плода, туго набитого ярко-красными зернами, перенесли на сверкающие красные минералы, названные римлянами «granatus», что на латыни значит «зерно».

Отвергнутый гранатовый браслет означает отвергнутую любовь. И тогда это святое чувство возвращается к своему источнику: «поповская штучка» оказывается в храме. Желтков завещает повесить браслет на икону Матки Боски. Итак, образ Богоматери приобретает столь необходимое в контексте замысла рассказа сходство с образом возлюбленной — Прекрасной Дамы, которое он действительно имел в Средние века и сохранил в лоне Католической церкви.

Образ княгини Шеиной также тщательно продуман писателем. Вспоминая свою мать, послужившую для нее прототипом, Л. Любимов отмечает, что «с княгиней Верой Шеиной (ее. — *Е. П.*) роднит только то, что обе были красивы...». Людмила Ивановна Любимова являла собой полную противоположность своему литературному отражению. Была она, по свидетельству сына, «необычайно деятельной, жизнерадостной, подвижной»[1]. Нетрудно догадаться, что эти качества Куприн сообщил младшей сестре княгини Веры — Анне Николаевне Фриессе. Ее же наделил обликом мадонны: «высокой гибкой фигурой, нежным, но холодным и гордым лицом... и очаровательной покатостью плеч, какую можно видеть на старинных миниатюрах». По контрасту с кокетливой и легкомысленной младшей сестрой Вера Шеина предстает у Куприна скорее сдержанной и замкнутой, что, конечно же, в бо́льшей степени подходит недоступной и гордой Прекрасной Даме. И как-то сама собой является настойчивая мысль о том, что облик этот хорошо знаком и имеет много общего с портретом Н. Н. Гончаровой, на что Куприн как будто указывает прямо, говоря о старинных миниатюрах и покатости плеч. Косвенным подтверждением этой версии служит то обстоятельство, что одновременно с написанием «Гранатового браслета» Куприн работал над статьей для сборника писем А. С. Пушкина для издательства Брокгауза и Ефрона.

В царственном блеске своей красоты появляется княгиня Шеина на пороге скромной квартиры, увы, покойного Желткова и, замыкая круг символических аллюзий, кладет на гроб «большую красную розу» — цветок, издавна соединенный с любовью, но еще и с кровью мучеников. В рыцарской традиции роза посвящена Прекрасной Даме.

---

[1] *Любимов Л. Н.* На чужбине. М., 1963.

Христианство подарило этот цветок Деве Марии, которую называет безгрешной, то есть «розой без шипов».

Кульминация и развязка духовной линии рассказа соединены и отнесены в самый конец, когда по завещанию покойного Желткова подруга княгини пианистка Женни Рейтер играет для нее сонату Бетховена. Название этого музыкального произведения Куприн поставил эпиграфом, указав тем самым на его особое значение для идейного замысла. Выстроенные в торжественном crescendo, такты бетховенской сонаты слагаются в молитву, обращенную к княгине Вере. Каждое «слово» этой молитвы, длиной в музыкальный такт и глубиной в человеческое дыхание, завершается торжественным рефреном «Да святится имя Твое» (а имя это — Вера!), заимствованным из самой главной христианской молитвы «Отче наш». Здесь звучит великая благодарность, заверение в вечной любви, осуществленной не в грешном мире, а на Небесах, воспринятые княгиней как прощение.

С завершением «Гранатового браслета» тема любви не уходит из творчества Куприна. Однако ни в одном из последующих рассказов, будь то известная «Леночка» (1910) с бунинскими интонациями или написанная в эмиграции «Ночная фиалка» (1933) с ее сгущенной атмосферой тайного заклятья и колдовства, Куприн не поднялся до изображения чувства такой силы и чистоты.

Бросая общий взгляд на творчество писателя, критики отмечали весьма характерную черту: превосходство его женских образов над мужскими («поклонение женщине, рыцарское служение ей»), в то время как мужчины выглядят гораздо более уязвимыми. «...В целомудрии купринских героев есть что-то надрывное. Недооценка себя, неверие в свое право на обладание любимой, желание замкнуться, уйти в себя — эти черты дорисовывают купринского героя с чуткой и ранимой душой, попавшего в жестокий мир», — констатировал О. Михайлов в статье с многозначительным названием «Загадка художника»[1].

Разгадка этой «загадки», по мнению автора, обратившегося к чрезвычайно модному в то время методу психо-

---

[1] *Михайлов О.* Загадка художника // Куприн. С. 642.

анализа, заключалась в личности самого Куприна. «Пройдя еще в детстве через ряд разнообразных жизненных испытаний, принужденный приспособиться к жестокой среде Сиротского училища, Кадетского корпуса, юнкерского училища — Куприн сберег в душе неспособность причинять боль, сохранил в чистоте бескомпромиссный гуманизм»[1]. В то же время полученные в детстве глубокие психологические травмы, по мнению О. Михайлова, навсегда оставили след, болезненно надломили личность будущего писателя и отразились в характерах его центральных персонажей, которым автор в бóльшей или меньшей степени, намеренно или подсознательно, придал собственные черты.

Думается, если в этих рассуждениях и содержится доля истины, то весьма небольшая. Настоящая же разгадка феномена любовной прозы Куприна состоит в том, что он был писателем своего времени, «бытописателем» по форме и «модернистом» по существу, по общему тону многих своих произведений и психологическому рисунку характеров. Культуре Серебряного века, как и наиболее полно ее выразившему стилю модерн, присуще женское начало. Достаточно вспомнить, какое небывалое до той поры созвездие женских имен взошло на горизонте российской жизни, литературы, искусства. Гиппиус, Ахматова и Цветаева, Глебова-Судейкина и Богданова-Бельская, Серебрякова и Гончарова, Павлова, Карсавина и Кшесинская, Комиссаржевская, меценатки княгини Тенишева и Орлова и множество других, еще более или менее ярких.

Образ женщины, нежной и прекрасной, способной подарить своему избраннику настоящее, глубокое чувство, сообщить смысл и полноту каждому мгновению жизни, соседствует в культуре Серебряного века с иным женским образом, причастным инфернальному миру, будоражащим кровь, увлекающим в темные бездны губительной страсти. Такова царица Астис, антипод и губительница Суламифи. Временами все же кажется, что два этих образа являются лишь светлой и темной сторонами единой загадочной женской природы, отражающей в малом масштабе Природу

---

[1] Там же.

всего сущего. Похоже, Куприн-писатель по-рыцарски служил Светлой Даме.

Среди его рассказов есть совсем короткий — «Фиалки», в полном смысле гимн женщине, олицетворяющей весну, молодость и предчувствие любви: «...посредине аллеи, медленно движется, точно плывет в воздухе, не касаясь земли ногами, женщина. Она вся в белом и среди густой темной зелени подобна оживленному чудом мраморному изваянию, сошедшему с пьедестала. Она все ближе и ближе, точно надвигающееся сладкое и грозное чудо. Она высока, легка и стройна, и ее цветущее лицо прекрасно. Ее руки со свободной грацией опущены вдоль бедер. Как царская корона, лежат вокруг ее головы тяжелые сияющие золотые косы, и кто-то невидимый осыпает сверху ее белую фигуру золотыми скользящими лепестками. <...> Каждая черта ее молодого свежего лица чиста, благородна и проста, как гениальная мелодия. Взгляд ее широких глаз необычайно добр, ясен и радостен». Кажется, что это видение сошло с картины символистов.

В произведениях Куприна образ молодой женщины связан с чувством любви, самым естественным и прекрасным. Женщина — Любовь — Природа. Эта триада, как Святая Троица, для Куприна едина и нераздельна. В его повестях и рассказах любви всегда аккомпанирует природа: нежная прелесть весны и сияние лета («Олеся»), истома полуденного зноя («Суламифь»), горькое и просветленное увядание осени («Гранатовый браслет»).

Но и любовь отбрасывает тень. И чем больше любовь, тем больше и плотнее тень; тем скорее она покрывает таинство любви покровом смерти. Мистерия любви—смерти лежит в самой глубине, в сердцевине культуры Серебряного века, отмеченной предчувствием конца. Она вновь и вновь обыгрывается искусством модерна, окрашенным в темно-зеленые и фиолетовые тона инфернальной реальности. В творчестве Куприна любовь и смерть идут рядом, и обеим природа щедро дарит цветы.

По свидетельствам современников, Куприн, имевший тонкое и острое обоняние, всегда восхищавшийся красотой природных форм, нежностью и яркостью цветовых сочетаний, имел особое пристрастие к цветам и, живя в Гатчине, выращивал на своем участке огненно-желтые настурции и синие анютины глазки.

Цветы в рассказах Куприна — особая, самостоятельная тема. Они обязательно сопутствуют женщине и всегда помогают уловить тонкие вибрации ее души. Иногда названия цветов Куприн выносит в заголовки своих рассказов («Фиалки», «Ночная фиалка», «Куст сирени»), иногда названиям придан обобщающий характер — «Осенние цветы».

С эстетикой модерна писателя роднит любовь к весенним и осенним цветам — фиалкам, ландышам, нарциссам, астрам, георгинам, пионам, левкоям и к несравненной сирени, цветущие кусты которой подобны душистым облакам, спустившимся на землю. С символистами у него также общее пристрастие к цветам, посвященным Богоматери: сияющим чистотой библейским лилиям и горящим мученической любовью красным розам.

Куприн — писатель очень сложной, переходной эпохи, «непосредственно примыкающей к чеховской». И в жизни и в искусстве ориентиры менялись так быстро и столь решительным образом, что общество, по выражению современницы писателя, постоянно колебалось «между экзальтированным порывом к жизни и мрачным скептицизмом». Это нашло отражение в произведениях Куприна, называвшего себя «репортером жизни», в характерах его героев. Но как бы сложна ни была жизнь, сколь бы тяжелы и болезненны ни были связанные с нею переживания, Куприн был убежден: «Счастье — в той случайности, которая называется жизнью. Счастье — в движущейся пестроте красок жизни, в муках и радостях ее переживаний. Счастье — это переживаемый вами день, пока вы способны реагировать на принесенные им звуки, цвета, страдания и радости». И каждый новый день жизни принимал как драгоценный дар потому, что, как написал Г. Адамович, «в старину о таком писателе, как Куприн, сказали бы: „Он верил в добро..."»[1].

Е. Петинова

---

[1] *Адамович Г.* Куприн // Одиночество и свобода. СПб., 1993. С. 133.

Повести

ОЛЕСЯ

I

Мой слуга, повар и спутник по охоте — полесовщик Ярмола вошел в комнату, согнувшись под вязанкой дров, сбросил ее с грохотом на пол и подышал на замерзшие пальцы.

— У, какой ветер, паныч, на дворе, — сказал он, садясь на корточки перед заслонкой. — Нужно хорошо в грубке протопить. Позвольте запалочку, паныч.

— Значит, завтра на зайцев не пойдем, а? Как ты думаешь, Ярмола?

— Нет... не можно... слышите, какая завируха. Заяц теперь лежит и — а ни мур-мур... Завтра и одного следа не увидите.

Судьба забросила меня на целых шесть месяцев в глухую деревушку Волынской губернии, на окраину Полесья, и охота была единственным моим занятием и удовольствием. Признаюсь, в то время, когда мне предложили ехать в деревню, я вовсе не думал так нестерпимо скучать. Я поехал даже с радостью. «Полесье... глушь... лоно природы... простые нравы... первобытные натуры, — думал я, сидя в вагоне, — совсем незнакомый мне народ, со странными обычаями, своеобразным языком... и уж, наверно, какое множество поэтических легенд, преданий и песен!» А я в то время (рассказывать, так все рассказывать) уж успел тиснуть в одной маленькой газетке рассказ с двумя убийствами и одним самоубийством и знал теоретически, что для писателей полезно наблюдать нравы.

Но... или перебродские крестьяне отличались какою-то особенной, упорной несообщительностью, или я не умел взяться за дело, — отношения мои с ними ограничивались только тем, что, увидев меня, они еще издали снимали шапки, а поравнявшись со мной, угрюмо произносили: «Гай буг», что должно было обозначать: «Помогай Бог». Когда же я пробовал с ними разговориться, то они глядели на меня с удивлением, отказывались понимать самые простые вопросы и всё порывались целовать у меня руки — старый обычай, оставшийся от польского крепостничества.

Книжки, какие у меня были, я все очень скоро перечитал. От скуки — хотя это сначала казалось мне неприятным — я сделал попытку познакомиться с местной интеллигенцией в лице ксендза, жившего за пятнадцать верст, находившегося при нем «пана органиста», местного урядника и конторщика соседнего имения из отставных унтер-офицеров, но ничего из этого не вышло.

Потом я пробовал заняться лечением перебродских жителей. В моем распоряжении были: касторовое масло, карболка, борная кислота, йод. Но тут, помимо моих скудных сведений, я наткнулся на полную невозможность ставить диагнозы, потому что признаки болезни у всех моих пациентов были всегда одни и те же: «в середине болит» и «ни есть, ни пить не можу».

Приходит, например, ко мне старая баба. Вытерев со смущенным видом нос указательным пальцем правой руки, она достает из-за пазухи пару яиц, причем на секунду я вижу ее коричневую кожу, и кладет их на стол. Затем она начинает ловить мои руки, чтобы запечатлеть на них поцелуй. Я прячу руки и убеждаю старуху:

— Да полно, бабка... оставь... я не поп... мне это не полагается... Что у тебя болит?

— В середине у меня болит, панычу, в самой что ни на есть середине, так что даже ни пить, ни есть не могу.

— Давно это у тебя сделалось?

— А я знаю? — отвечает она также вопросом. — Так и печет и печет. Ни пить, ни есть не могу.

И сколько я ни бьюсь, более определенных признаков болезни не находится.

— Да вы не беспокойтесь, — посоветовал мне однажды конторщик из унтеров, — сами вылечатся. Присохнет, как на собаке. Я, доложу вам, только одно лекарство употребляю — нашатырь. Приходит ко мне мужик. «Что тебе?» — «Я, — говорит, — больной...» Сейчас же ему под нос склянку нашатырного спирту: «Нюхай!» Нюхает. «Нюхай еще... сильнее!..» Нюхает. «Что, легче?» — «Як будто полегшало...» — «Ну, так и ступай с Богом».

К тому же мне претило это целование рук (а иные так прямо падали в ноги и изо всех сил стремились облобызать мои сапоги). Здесь сказывалось вовсе не движение признательного сердца, а просто омерзительная привычка, привитая веками рабства и насилия. И я только удивлялся тому же самому конторщику из унтеров и уряднику, глядя, с какой невозмутимой важностью суют они в губы мужикам свои огромные красные лапы...

Мне оставалась только охота. Но в конце января наступила такая погода, что и охотиться стало невозможно. Каждый день дул страшный ветер, а за ночь на снегу образовывался твердый, льдистый слой наста, по которому заяц пробегал, не оставляя следов. Сидя взаперти и прислушиваясь к вою ветра, я тосковал страшно. Понятно, я ухватился с жадностью за такое невинное развлечение, как обучение грамоте полесовщика Ярмолы.

Началось это, впрочем, довольно оригинально. Я однажды писал письмо и вдруг почувствовал, что кто-то стоит за моей спиной. Обернувшись, я увидел Ярмолу, подошедшего, как и всегда, беззвучно в своих мягких лаптях.

— Что тебе, Ярмола? — спросил я.

— Да вот дивлюсь, как вы пишете. Вот бы мне так... Нет, нет... не так, как вы, — смущенно заторопился он, видя, что я улыбаюсь... — Мне бы только мое фамилие...

— Зачем это тебе? — удивился я... (Надо заметить, что Ярмола считается самым бедным и самым ленивым мужиком во всем Переброде; жалованье и свой крестьянский заработок он пропивает; таких плохих волов, как у него, нет нигде в окрестности. По моему мнению, ему-то уж ни в каком случае не могло понадобиться знание грамоты.) Я еще раз спросил с сомнением: — Для чего же тебе надо уметь писать фамилию?

— А видите, какое дело, паныч, — ответил Ярмола необыкновенно мягко, — ни одного грамотного нет у нас в деревне. Когда бумагу какую нужно подписать, или в волости дело, или что... никто не может... Староста печать только кладет, а сам не знает, что в ней напечатано... То хорошо было бы для всех, если бы кто умел расписаться.

Такая заботливость Ярмолы — заведомого браконьера, беспечного бродяги, с мнением которого никогда даже не подумал бы считаться сельский сход, — такая заботливость его об общественном интересе родного села почему-то растрогала меня. Я сам предложил давать ему уроки. И что же это была за тяжкая работа — все мои попытки выучить его сознательному чтению и письму! Ярмола, знавший в совершенстве каждую тропинку своего леса, чуть ли не каждое дерево, умевший ориентироваться днем и ночью в каком угодно месте, различавший по следам всех окрестных волков, зайцев и лисиц, — этот самый Ярмола никак не мог представить себе, почему, например, буквы «м» и «а» вместе составляют «ма». Обыкновенно над такой задачей он мучительно раздумывал минут десять, а то и больше, причем его смуглое худое лицо с впалыми черными глазами, все ушедшее в жесткую черную бороду и большие усы, выражало крайнюю степень умственного напряжения.

— Ну скажи, Ярмола, «ма». Просто только скажи «ма», — приставал я к нему. — Не гляди на бумагу, гляди на меня, вот так. Ну, говори — «ма»...

Тогда Ярмола глубоко вздыхал, клал на стол указку и произносил грустно и решительно:

— Нет... не могу...

— Как же не можешь? Это же ведь так легко. Скажи просто-напросто — «ма», вот как я говорю.

— Нет... не могу, паныч... забыл...

Все методы, приемы и сравнения разбивались об эту чудовищную непонятливость. Но стремление Ярмолы к просвещению вовсе не ослабевало.

— Мне бы только мою фамилию! — застенчиво упрашивал он меня. — Больше ничего не нужно. Только фамилию: Ярмола Попружук — и больше ничего.

Отказавшись окончательно от мысли выучить его разумному чтению и письму, я стал учить его подписываться механически. К моему великому удивлению, этот способ оказался наиболее доступным Ярмоле, так что к концу второго месяца мы уже почти осилили фамилию. Что же касается до имени, то его ввиду облегчения задачи мы решили совсем отбросить.

По вечерам, окончив топку печей, Ярмола с нетерпением дожидался, когда я позову его.

— Ну, Ярмола, давай учиться, — говорил я.

Он боком подходил к столу, облокачивался на него локтями, просовывал между своими черными, заскорузлыми, несгибающимися пальцами перо и спрашивал меня, подняв кверху брови:

— Писать?

— Пиши.

Ярмола довольно уверенно чертил первую букву — «П» (эта буква у нас носила название: «два стояка и сверху перекладина»); потом он смотрел на меня вопросительно.

— Что ж ты не пишешь? Забыл?

— Забыл... — досадливо качал головой Ярмола.

— Эх, какой ты! Ну, ставь колесо.

— А-а! Колесо, колесо!.. Знаю... — оживлялся Ярмола и старательно рисовал на бумаге вытянутую вверх фигуру, весьма похожую очертаниями на Каспийское море.

Окончивши этот труд, он некоторое время молча любовался им наклоняя голову то на левый, то на правый бок и щуря глаза.

— Что же ты стал? Пиши дальше.

— Подождите немного, панычу... сейчас.

Минуты две он размышлял и потом робко спрашивал:

— Так же, как первая?

— Верно. Пиши.

Так мало-помалу мы добрались до последней буквы — «к» (твердый знак мы отвергли), которая была у нас известна как «палка, а посредине палки кривуля хвостом набок».

— А что вы думаете, панычу, — говорил иногда Ярмола, окончив свой труд и глядя на него с любовной гордостью, — если бы мне еще месяцев с пять или шесть поучиться, я бы совсем хорошо знал. Как вы скажете?

II

Ярмола сидел на корточках перед заслонкой, перемешивая в печке уголья, а я ходил взад-вперед по диагонали моей комнаты. Из всех двенадцати комнат огромного помещичьего дома я занимал только одну, бывшую диванную. Другие стояли запертыми на ключ, и в них неподвижно и торжественно плесневела старинная штофная мебель, диковинная бронза и портреты XVIII столетия.

Ветер за стенами дома бесился, как старый озябший голый дьявол. В его реве слышались стоны, визг и дикий смех. Метель к вечеру расходилась еще сильнее. Снаружи кто-то яростно бросал в стекла окон горсти мелкого сухого снега. Недалекий лес роптал и гудел с непрерывной, затаенной, глухой угрозой...

Ветер забирался в пустые комнаты и в печные воющие трубы, и старый дом, весь расшатанный, дырявый, полуразвалившийся, вдруг оживлялся странными звуками, к которым я прислушивался с невольной тревогой. Вот точно вздохнуло что-то в белой зале, вздохнуло глубоко, прерывисто, печально. Вот заходили и заскрипели где-то далеко высохшие гнилые половицы под чьими-то тяжелыми и бесшумными шагами. Чудится мне затем, что рядом с моей комнатой, в коридоре, кто-то осторожно и настойчиво нажимает на дверную ручку и потом, внезапно разъярившись, мчится по всему дому, бешено потрясая всеми ставнями и дверьми, или, забравшись в трубу, скулит так жалобно, скучно и непрерывно, то поднимая все выше, все тоньше свой голос, до жалобного визга, то опуская его вниз, до звериного рычанья. Порою Бог весть откуда врывался этот страшный гость и в мою комнату, пробегал внезапным холодом у меня по спине и колебал пламя лампы, тускло светившей под зеленым бумажным, обгоревшим сверху абажуром.

На меня нашло странное, неопределенное беспокойство. Вот, думалось мне, сижу я глухой и ненастной зимней ночью в ветхом доме, среди деревни, затерявшейся в лесах и сугробах, в сотнях верст от городской жизни, от общества, от женского смеха, от человеческого разговора... И начинало мне представляться, что годы и десятки лет будет тянуться этот ненастный вечер, будет тянуться вплоть до моей смерти, и так же будет реветь за окнами ветер, так же тускло будет гореть лампа под убогим зеленым абажуром, так же тревожно буду ходить я взад и вперед по моей комнате, так же будет сидеть около печки молчаливый, сосредоточенный Ярмола — странное, чуждое мне существо, равнодушное ко всему на свете: и к тому, что у него дома в семье есть нечего, и к бушеванию ветра, и к моей неопределенной, разъедающей тоске.

Мне вдруг нестерпимо захотелось нарушить это томительное молчание каким-нибудь подобием человеческого голоса, и я спросил:

— Как ты думаешь, Ярмола, откуда это сегодня такой ветер?

— Ветер? — отозвался Ярмола, лениво подымая голову. — А паныч разве не знает?

— Конечно, не знаю. Откуда же мне знать?

— И вправду не знаете? — оживился вдруг Ярмола. — Это я вам скажу, — продолжал он с таинственным оттенком в голосе, — это я вам скажу: чи ведьмака народилась, чи ведьмак веселье справляет.

— Ведьмака — это колдунья по-вашему?

— А так, так... колдунья.

Я с жадностью накинулся на Ярмолу. «Почем знать, — думал я, — может быть, сейчас же мне удастся выжать из него какую-нибудь интересную историю, связанную с волшебством, с зарытыми кладами, с вовкулаками?..»

— Ну, а у вас здесь, на Полесье, есть ведьмы? — спросил я.

— Не знаю... Может, есть, — ответил Ярмола с прежним равнодушием и опять нагнулся к печке. — Старые люди говорят, что были когда-то... Может, и неправда...

Я сразу разочаровался. Характерной чертой Ярмолы была упорная несловоохотливость, и я уж не надеялся добиться от него ничего больше об этом интересном предмете. Но, к моему удивлению, он вдруг заговорил с ленивой небрежностью и как будто бы обращаясь не ко мне, а к гудевшей печке:

— Была у нас лет пять тому назад такая ведьма... Только ее хлопцы с села прогнали!

— Куда же они ее прогнали?

— Куда!.. Известно, в лес... Куда же еще? И хату ее сломали, чтобы от того проклятого кубла и щепок не осталось... А саму ее вывели за вышницы и по шее.

— За что же так с ней обошлись?

— Вреда от нее много было, ссорилась со всеми, зелье под хаты подливала, закрутки вязала в жите... Один раз просила она у нашей молодицы злот (пятнадцать копеек). Та ей говорит: «Нет у меня злота, отстань». — «Ну, добре, — говорит, — будешь ты помнить, как мне злотого не дала...» И что же вы думаете, панычу: с тех самых пор стало у молодицы дитя болеть. Болело, болело да и совсем умерло. Вот тогда хлопцы ведьмаку и прогнали, пусть ей очи повылазят...

— Ну, а где же теперь эта ведьмака? — продолжал я любопытствовать.

— Ведьмака? — медленно переспросил, по своему обыкновению, Ярмола. — А я знаю?

— Разве у нее не осталось в деревне какой-нибудь родни?

— Нет, не осталось. Да она чужая была, из кацапок чи из цыганок... Я еще маленьким хлопцем был, когда она пришла к нам на село. И девочка с ней была: дочка или внучка... Обеих прогнали...

— А теперь к ней разве никто не ходит: погадать там или зелья какого-нибудь попросить?

— Бабы бегают, — пренебрежительно уронил Ярмола.

— Ага! Значит, все-таки известно, где она живет?

— Я не знаю... Говорят люди, что где-то около Бисова Кута она живет... Знаете — болото, что за Ириновским шляхом. Так вот в этом болоте она и сидит, трясьця ее матери.

«Ведьма живет в каких-нибудь десяти верстах от моего дома... настоящая, живая, полесская ведьма!» Эта мысль сразу заинтересовала и взволновала меня.

— Послушай, Ярмола, — обратился я к полесовщику, — а как бы мне с ней познакомиться, с этой ведьмой?

— Тьфу! — сплюнул с негодованием Ярмола. — Вот еще добро нашли.

— Добро или недобро, а я к ней все равно пойду. Как только немного потеплеет, сейчас же и отправлюсь. Ты меня, конечно, проводишь?

Ярмолу так поразили последние слова, что он даже вскочил с полу.

— Я?! — воскликнул он с негодованием. — А и ни за что! Пусть оно там Бог ведает что, а я не пойду.

— Ну вот, глупости, пойдешь.

— Нет, панычу, не пойду... ни за что не пойду... Чтобы я?! — опять воскликнул он, охваченный новым наплывом возмущения. — Чтобы я пошел до ведьмачьего кубла? Да пусть меня Бог боронит. И вам не советую, паныч.

— Как хочешь... а я все-таки пойду. Мне очень любопытно на нее посмотреть.

— Ничего там нет любопытного, — пробурчал Ярмола, с сердцем захлопывая печную дверку.

Час спустя, когда он, уже убрав самовар и напившись в темных сенях чаю, собирался идти домой, я спросил:

— Как зовут эту ведьму?

— Мануйлиха, — ответил Ярмола с грубой мрачностью.

Он хотя и не высказывал никогда своих чувств, но, кажется, сильно ко мне привязался; привязался за нашу общую страсть к охоте, за мое простое обращение, за помощь, которую я изредка оказывал его вечно голодающей семье, а главным образом за то, что я один на всем свете не корил его пьянством, чего Ярмола терпеть не мог. Поэтому моя решимость познакомиться с ведьмой привела его в отвратительное настроение духа, которое он выразил только усиленным сопением да еще тем, что, выйдя на крыльцо, из всей силы ударил ногой в бок свою собаку Рябчика. Рябчик отчаянно завизжал и отскочил в сторону, но тотчас же побежал вслед за Ярмолой, не переставая скулить.

III

Дня через три потеплело. Однажды утром, очень рано, Ярмола вошел в мою комнату и заявил небрежно:

— Нужно ружья почистить, паныч.

— А что? — спросил я, потягиваясь под одеялом.

— Заяц ночью сильно походил: следов много. Может, пойдем на пановку?

Я видел, что Ярмоле не терпится скорее пойти в лес, но он скрывает это страстное желание охотника под напускным равнодушием. Действительно, в передней уже стояла его одностволка, от которой не ушел еще ни один бекас, несмотря на то что вблизи дула она была украшена несколькими оловянными заплатами, наложенными в тех местах, где ржавчина и пороховые газы проели железо.

Едва войдя в лес, мы тотчас же напали на заячий след: две лапки рядом и две позади, одна за другой. Заяц вышел на дорогу, прошел по ней сажен двести и сделал с дороги огромный прыжок в сосновый молодняк.

— Ну, теперь будем обходить его, — сказал Ярмола. — Как дал столба, так тут сейчас и ляжет. Вы, паныч, идите... — Он задумался, соображая по каким-то ему одному известным приметам, куда меня направить. — Вы идите до старой корчмы. А я его обойду от Замлына. Как только собака его выгонит, я буду гукать вам.

И он тотчас же скрылся, точно нырнул в густую чащу мелкого кустарника. Я прислушался. Ни один звук не выдал его браконьерской походки, ни одна веточка не треснула под его ногами, обутыми в лыковые постолы.

Я неторопливо дошел до старой корчмы — нежилой, развалившейся хаты — и стал на опушке хвойного леса, под высокой сосной с прямым, голым стволом. Было так тихо, как только бывает в лесу зимою в безветренный день. Нависшие на ветвях пышные комья снега давили их книзу, придавая им чудесный, праздничный и холодный вид. По временам срывалась с вершины тоненькая веточка, чрезвычайно ясно слышалось, как она, падая, с легким треском задевала за другие ветви. Снег розовел на солнце и синел в тени. Мной овладело тихое очарование этого торжественного, холодного безмолвия, и мне казалось, что я чувствую, как время медленно и бесшумно проходит мимо меня...

Вдруг далеко, в самой чаще, раздался лай Рябчика — характерный лай собаки, идущей за зверем: тоненький, заливчатый и нервный, почти переходящий в визг. Тотчас же услышал я и голос Ярмолы, кричавшего с ожесточением вслед собаке: «У — бый! У — бый!», первый слог — протяжным, резким фальцетом, а второй — отрывистой басовой нотой (я только много времени спустя дознался, что этот охотничий полесский крик происходит от глагола «убивать»).

Мне казалось, судя по направлению лая, что собака гонит влево от меня, и я торопливо побежал через полянку, чтобы перехватить зверя. Но не успел я сделать и двадцати шагов, как огромный серый заяц выскочил из-за пня и, как будто не торопясь, заложив назад длинные уши, высокими, редкими прыжками перебежал через дорогу и скрылся в молодняке. Следом за ним стремительно вылетел Рябчик. Увидев меня, он слабо махнул хвостом, торопливо куснул несколько раз зубами снег и опять погнал зайца.

Ярмола вдруг так же бесшумно вынырнул из чащи.

— Что же вы, паныч, не стали ему на дороге? — крикнул он и укоризненно зачмокал языком.

— Да ведь далеко было, больше двухсот шагов.

Видя мое смущение, Ярмола смягчился.

— Ну, ничего... он от нас не уйдет. Идите на Ириновский шлях — он сейчас туда выйдет.

Я пошел по направлению Ириновского шляха и уже через минуты две услыхал, что собака опять гонит где-то недалеко от меня. Охваченный охотничьим волнением, я побежал, держа ружье наперевес, сквозь густой кустарник, ломая ветви и не обращая внимания на их жестокие удары. Я бежал так довольно долго и уже стал задыхаться, как вдруг лай собаки прекратился. Я пошел тише. Мне казалось, что если я буду идти все прямо, то непременно встречусь с Ярмолой на Ириновском шляху. Но вскоре я убедился, что во время моего бега, огибая кусты и пни и совсем не думая о дороге, я заблудился. Тогда я начал кричать Ярмоле. Он не откликался.

Между тем машинально я шел все дальше, лес редел понемногу, почва опускалась и становилась кочковатой. След, оттиснутый на снегу моей ногой, быстро темнел и наливался водой. Несколько раз я уже проваливался по колена. Мне приходилось перепрыгивать с кочки на кочку; в покрывавшем их густом буром мху ноги тонули, точно в мягком ковре.

Кустарник скоро совсем окончился. Передо мной было большое круглое болото, занесенное снегом, из-под белой пелены которого торчали редкие кочки. На противоположном конце болота, между деревьями, выглядывали белые стены какой-то хаты. «Вероятно, здесь живет ириновский лесник, — подумал я. — Надо зайти и расспросить у него дорогу».

Но дойти до хаты было не так-то легко. Каждую минуту я увязал в трясине. Сапоги мои набрали воды и при каждом шаге громко хлюпали; становилось невмочь тянуть их за собою.

Наконец я перебрался через это болото, взобрался на маленький пригорок и теперь мог хорошо рассмотреть хату. Это даже была не хата, а именно сказочная избушка на курьих ножках. Она не касалась полом земли, а была построена на сваях, вероятно, ввиду половодья, затопляющего весною весь Ириновский лес. Но одна сторона ее от времени осела, и это придавало избушке хромой и печальный вид. В окнах недоставало нескольких стекол; их заменили какие-то грязные ветошки, выпиравшиеся горбом наружу.

Я нажал на клямку и отворил дверь. В хате было очень темно, а у меня, после того как я долго глядел на снег, ходили перед глазами фиолетовые круги; поэтому я долго не мог разобрать, есть ли кто-нибудь в хате.

— Эй, добрые люди, кто из вас дома? — спросил я громко.

Около печки что-то завозилось. Я подошел поближе и увидал старуху, сидевшую на полу. Перед ней лежала огромная куча куриных перьев. Старуха брала отдельно каждое перо, сдирала с него бородку и клала пух в корзинку, а стержни бросала прямо на землю.

«Да ведь это — Мануйлиха, ириновская ведьма», — мелькнуло у меня в голове, едва я только повнимательнее вгляделся в старуху. Все черты бабы-яги, как ее изображает народный эпос, были налицо: худые щеки, втянутые внутрь, переходили внизу в острый, длинный, дряблый подбородок, почти соприкасавшийся с висящим вниз носом; провалившийся беззубый рот беспрестанно двигался, точно пережевывая что-то; выцветшие, когда-то голубые глаза, холодные, круглые, выпуклые, с очень короткими красными веками, глядели, точно глаза невиданной зловещей птицы.

— Здравствуй, бабка! — сказал я как можно приветливее. — Тебя уж не Мануйлихой ли зовут?

В ответ что-то заклокотало и захрипело в груди у старухи; потом из ее беззубого, шамкающего рта вырвались странные звуки, то похожие на задыхающееся карканье старой вороны, то вдруг переходившие в сиплую, обрывающуюся фистулу:

— Прежде, может, и Мануйлихой звали добрые люди... А теперь зовут зовуткой, а величают уткой.

Тебе что надо-то? — спросила она недружелюбно и не прекращая своего однообразного занятия.

— Да вот, бабушка, заблудился я. Может, у тебя молоко найдется?

— Нет молока, — сердито отрезала старуха. — Много вас по лесу ходит... Всех не напоишь, не накормишь...

— Ну, бабушка, неласковая же ты до гостей.

— И верно, батюшка: совсем неласковая. Разносолов для вас не держим. Устал — посиди, никто тебя из хаты не гонит. Знаешь, как в пословице говорится: «Приходите к нам на завалинке посидеть, у нашего праздника звона послушать, а обедать к вам мы и сами догадаемся». Так-то вот.

Эти обороты речи сразу убедили меня, что старуха действительно пришлая в этом крае; здесь не любят и не понимают хлесткой, уснащенной редкими словцами речи, которой так охотно щеголяет краснобай-северянин. Между тем старуха, продолжая механически свою работу, все еще бормотала что-то себе под нос, но все тише и невнятнее. Я разбирал только отдельные слова, не имевшие между собой никакой связи: «Вот тебе и бабушка Мануйлиха... А кто такой — неведомо... Лета-то мои не маленькие... Ногами егозит, стрекочит, сокочит — чистая сорока...»

Я некоторое время молча прислушивался, и внезапная мысль, что передо мною сумасшедшая женщина, вызвала у меня ощущение брезгливого страха.

Однако я успел осмотреться вокруг себя. Бо́льшую часть избы занимала огромная облупившаяся печка. Образов в переднем углу не было. По стенам вместо обычных охотников с зелеными усами и фиолетовыми собаками и портретов никому не ведомых генералов висели пучки засушенных трав, связки сморщенных корешков и кухонная посуда. Ни совы, ни черного кота я не заметил, но зато с печки два рябых солидных скворца глядели на меня с удивленным и недоверчивым видом.

— Бабушка, а воды-то у вас, по крайней мере, можно напиться? — спросил я, возвышая голос.

— А вон в кадке, — кивнула головой старуха.

Вода отзывала болотной ржавчиной. Поблагодарив старуху (на что она не обратила ни малейшего внимания), я спросил ее, как мне выйти на шлях.

Она вдруг подняла голову, поглядела на меня пристально своими холодными, птичьими глазами и забормотала торопливо:

— Иди, иди... Иди, молодец, своей дорогой. Нечего тут тебе делать. Хорош гость в гостинку... Ступай, батюшка, ступай...

Мне действительно ничего больше не оставалось, как уйти. Но вдруг мне пришло в голову попытать последнее средство, чтобы хоть немного смягчить суровую старуху. Я вынул из кармана новый серебряный четвертак и протянул его Мануйлихе. Я не ошибся: при виде денег старуха зашевелилась, глаза ее раскрылись еще больше, и она потянулась за монетой своими скрюченными, узловатыми, дрожащими пальцами.

— Э, нет, бабка Мануйлиха, даром не дам, — поддразнил я ее, пряча монету. — Ну-ка, погадай мне.

Коричневое, сморщенное лицо колдуньи собралось в недовольную гримасу. Она, по-видимому, колебалась и нерешительно глядела на мой кулак, где были зажаты деньги. Но жадность взяла верх.

— Ну, ну, пойдем, что ли, пойдем, — прошамкала она, с трудом подымаясь с полу. — Никому я не ворожу теперь, касатик. Забыла... Стара стала, глаза не видят. Только для тебя разве.

Держась за стену, сотрясаясь на каждом шагу сгорбленным телом, она подошла к столу, достала колоду бурых, распухших от времени карт, стасовала их и придвинула ко мне.

— Сыми-ка... Левой ручкой сыми... От сердца...

Поплевав на пальцы, она начала раскладывать кабалу. Карты падали на стол с таким звуком, как будто бы они были сваляны из теста, и укладывались в правильную восьмиконечную звезду. Когда последняя карта легла рубашкой вверх на короля, Мануйлиха протянула ко мне руку.

— Позолоти, барин хороший... Счастлив будешь, богат будешь... — запела она попрошайническим, чисто цыганским тоном.

Я сунул ей приготовленную монету. Старуха проворно, по-обезьяньи спрятала ее за щеку.

— Большой интерес тебе выходит через дальнюю дорогу, — начала она привычной скороговоркой. — Встреча с бубновой дамой и какой-то приятный разговор в важном доме. Вскорости получишь неожиданное известие от трефового короля. Падают тебе какие-то хлопоты, а потом опять падают какие-то небольшие деньги. Будешь в большой компании, пьян будешь... Не так чтобы очень сильно, а все-таки выходит тебе выпивка. Жизнь твоя будет долгая. Если в шестьдесят лет не умрешь, то...

Вдруг она остановилась, подняла голову, точно к чему-то прислушиваясь. Я тоже насторожился. Чей-то женский голос, свежий, звонкий и сильный, пел, приближаясь к хате. Я тоже узнал слова грациозной малорусской песенки:

> Ой чи цвит, чи не цвит
> Калиноньку ломит.
> Ой чи сон, чи не сон
> Головоньку клонит.

— Ну иди, иди теперь, соколик, — тревожно засуетилась старуха, отстраняя меня рукой от стола. —

Нечего тебе по чужим хатам околачиваться. Иди, куда шел...

Она даже ухватила меня за рукав моей куртки и тянула к двери. Лицо ее выражало какое-то звериное беспокойство.

Голос, певший песню, вдруг оборвался совсем близко около хаты, громко звякнула железная клямка, и в просвете быстро распахнувшейся двери показалась рослая смеющаяся девушка. Обеими руками она бережно поддерживала полосатый передник, из которого выглядывали три крошечные головки с красными шейками и черными блестящими глазенками.

— Смотри, бабушка, зяблики опять за мной увязались, — воскликнула она, громко смеясь, — посмотри, какие смешные... Голодные совсем. А у меня, как нарочно, хлеба с собой не было.

Но, увидев меня, она вдруг замолчала и вспыхнула густым румянцем. Ее тонкие черные брови недовольно сдвинулись, а глаза с вопросом обратились на старуху.

— Вот барин зашел... Пытает дорогу, — пояснила старуха. — Ну, батюшка, — с решительным видом обернулась она ко мне, — будет тебе прохлаждаться. Напился водицы, поговорил, да пора и честь знать. Мы тебе не компания...

— Послушай, красавица, — сказал я девушке. — Покажи мне, пожалуйста, дорогу на Ириновский шлях, а то из вашего болота во веки веков не выберешься.

Должно быть, на нее подействовал мягкий, просительный тон, который я придал этим словам. Она бережно посадила на печку, рядом со скворцами, своих зябликов, бросила на лавку скинутую уже короткую свитку и молча вышла из хаты. Я последовал за ней.

— Это у тебя все ручные птицы? — спросил я, догоняя девушку.

— Ручные, — ответила она отрывисто и даже не взглянув на меня. — Ну, вот, глядите, — сказала она, останавливаясь у плетня. — Видите тропочку, вон, вон, между соснами-то? Видите?

— Вижу...

— Идите по ней все прямо. Как дойдете до дубовой колоды, повернете налево. Так прямо, все лесом, лесом и идите. Тут сейчас вам и будет Ириновский шлях.

В то время когда она вытянутой правой рукой показывала мне направление дороги, я невольно залюбовался ею. В ней не было ничего похожего на местных «дивчат», лица которых под уродливыми повязками, прикрывающими сверху лоб, а снизу рот и подбородок, носят такое однообразное, испуганное выражение. Моя незнакомка, высокая брюнетка лет около двадцати — двадцати пяти, держалась легко и стройно. Просторная белая рубаха свободно и красиво обвивала ее молодую, здоровую грудь. Оригинальную красоту ее лица, раз его увидев, нельзя было позабыть, но трудно было, даже привыкнув к нему, его описать. Прелесть его заключалась в этих больших, блестящих, темных глазах, которым тонкие, надломленные посредине брови придавали неуловимый оттенок лукавства, властности и наивности; в смугло-розовом тоне кожи, в своевольном изгибе губ, из которых нижняя, несколько более полная, выдавалась вперед с решительным и капризным видом.

— Неужели вы не боитесь жить одни в такой глуши? — спросил я, остановившись у забора.

Она равнодушно пожала плечами.

— Чего же нам бояться? Волки сюда не заходят.

— Да разве волки одни... Снегом вас занести может, пожар может случиться... И мало ли что еще. Вы здесь одни, вам и помочь никто не успеет.

— И слава Богу! — махнула она пренебрежительно рукой. — Как бы нас с бабкой вовсе в покое оставили, так лучше бы было, а то...

— А то что?

— Много будете знать, скоро состаритесь, — отрезала она. — Да вы сами-то кто будете? — спросила она тревожно.

Я догадался, что, вероятно, и старуха и эта красавица боятся каких-нибудь утеснений со стороны «предержащих», и поспешил ее успокоить:

— О! Ты, пожалуйста, не тревожься. Я не урядник, не писарь, не акцизный, словом — я никакое начальство.

— Нет, вы правду говорите?

— Даю тебе честное слово. Ей-богу, я самый посторонний человек. Просто приехал сюда погостить на несколько месяцев, а там и уеду. Если хочешь, я даже никому не скажу, что был здесь и видел вас. Ты мне веришь?

Лицо девушки немного прояснилось.

— Ну, значит, коль не врете, так правду говорите. А вы как: раньше об нас слышали или сами зашли?

— Да я и сам не знаю, как тебе сказать... Слышать-то я слышал, положим, и даже хотел когда-нибудь забрести к вам, а сегодня зашел случайно — заблудился... Ну, а теперь скажи, чего вы людей боитесь? Что они вам злого делают?

Она поглядела на меня с испытующим недоверием. Но совесть у меня была чиста, и я, не сморгнув, выдержал этот пристальный взгляд. Тогда она заговорила с возрастающим волнением:

— Плохо нам от них приходится... Простые люди еще ничего, а вот начальство... Приедет урядник — тащит, приедет становой — тащит. Да еще, прежде чем взять-то, над бабкой надругается: ты, говорят, ведьма, чертовка, каторжница... Эх! Да что и говорить!

— А тебя не трогают? — сорвался у меня неосторожный вопрос.

Она с надменной самоуверенностью повела головой снизу вверх, и в ее сузившихся глазах мелькнуло злое торжество...

— Не трогают... Один раз сунулся ко мне землемер какой-то... Поласкаться ему, видишь, захотелось... Так, должно быть, и до сих пор не забыл, как я его приласкала.

В этих насмешливых, но своеобразно гордых словах прозвучало столько грубой независимости, что я невольно подумал: «Однако недаром ты выросла среди полесского бора, — с тобой и впрямь опасно шутить».

— А мы разве трогаем кого-нибудь! — продолжала она, проникаясь ко мне все бо́льшим доверием. — Нам и людей не надо. Раз в год только схожу я в местечко купить мыла да соли... Да вот еще бабушке чаю — чай она у меня любит. А то хоть бы и вовсе никого не видеть.

— Ну, я вижу, вы с бабушкой людей не жалуете... А мне можно когда-нибудь зайти на минуточку?

Она засмеялась, и — как странно, как неожиданно изменилось ее красивое лицо! Прежней суровости в нем и следа не осталось: оно вдруг сделалось светлым, застенчивым, детским.

— Да что у нас вам делать? Мы с бабкой скучные... Что ж, заходите, пожалуй, коли вы и впрямь добрый человек. Только вот что... вы уж если когда к нам забредете, так без ружья лучше...

— Ты боишься?

— Чего мне бояться? Ничего я не боюсь. — И в ее голосе опять послышалась уверенность в своей силе. — А только не люблю я этого. Зачем бить пташек или вот зайцев тоже? Никому они худого не делают, а жить им хочется так же, как и нам с вами. Я их люблю: они маленькие, глупые такие... Ну, однако, до свидания, — заторопилась она, — не знаю, как величать-то вас по имени... Боюсь, бабка браниться станет.

И она легко и быстро побежала в хату, наклонив вниз голову и придерживая руками разбившиеся от ветра волосы.

— Постой, постой! — крикнул я. — Как тебя зовут-то? Уж будем знакомы, как следует.

Она остановилась на мгновение и обернулась ко мне.

— Аленой меня зовут... По-здешнему — Олеся.

Я вскинул ружье на плечи и пошел по указанному мне направлению. Поднявшись на небольшой холмик, откуда начиналась узкая, едва заметная лесная тропинка, я оглянулся. Красная юбка Олеси, слегка колеблемая ветром, еще виднелась на крыльце хаты, выделяясь ярким пятном на ослепительно белом, ровном фоне снега.

Через час после меня пришел домой Ярмола. По своей обычной неохоте к праздному разговору, он ни слова не спросил меня о том, как и где я заблудился. Он только сказал как будто бы вскользь:

— Там... я зайца на кухню занес... жарить будем или пошлете кому-нибудь?

— А ведь ты не знаешь, Ярмола, где я был сегодня? — сказал я, заранее представляя себе удивление полесовщика.

— Отчего же мне не знать? — грубо проворчал Ярмола. — Известно, к ведьмакам ходили...

— Как же ты узнал это?

— А почему же мне не узнать? Слышу, что вы голоса не подаете, ну я и вернулся на ваш след...

Эх, паныч! — прибавил он с укоризненной досадой. — Не следует вам такими делами заниматься... Грех!..

IV

Весна наступила в этом году ранняя, дружная и — как всегда на Полесье — неожиданная. Побежали по деревенским улицам бурливые, коричневые, сверкающие ручейки, сердито пенясь вокруг встречных каменьев и быстро вертя щепки и гусиный пух; в огромных лужах воды отразилось голубое небо с плывущими по нему круглыми, точно крутящимися, белыми облаками; с крыш посыпались частые звонкие капли. Воробьи, стаями обсыпавшие придорожные ветлы, кричали так громко и возбужденно, что ничего нельзя было расслышать за их криком. Везде чувствовалась радостная, торопливая тревога жизни.

Снег сошел, оставшись еще кое-где грязными рыхлыми клочками в лощинах и тенистых перелесках. Из-под него выглянула обнаженная, мокрая, теплая земля, отдохнувшая за зиму и теперь полная свежих соков, полная жажды нового материнства. Над черными нивами вился легкий парок, наполнявший воздух запахом оттаявшей земли, — тем свежим, вкрадчивым и могучим пьяным запахом весны, который даже и в городе узнаешь среди сотен других запахов. Мне казалось, что вместе с этим ароматом вливалась в мою душу весенняя грусть, сладкая и нежная, исполненная беспокойных ожиданий и смутных предчувствий, — поэтическая грусть, делающая в ваших глазах всех женщин хорошенькими и всегда приправленная неопределенными сожалениями о прошлых вёснах. Ночи стали теплее; в их густом влажном мраке чувствовалась незримая спешная творческая работа природы...

В эти весенние дни образ Олеси не выходил из моей головы. Мне нравилось, оставшись одному, лечь, зажмурить глаза, чтобы лучше сосредоточиться, и беспрестанно вызывать в своем воображении ее то суровое, то лукавое, то сияющее нежной улыбкой лицо, ее молодое тело, выросшее в приволье старого бора так же стройно и так же могуче, как растут молодые елочки, ее свежий голос с неожиданными низкими бархатными нотками... «Во всех ее движениях, в ее словах, — думал я, — есть что-то благородное (конечно, в лучшем смысле этого довольно пошлого слова), какая-то врожденная изящная умеренность...» Также привлекал меня к Олесе и некоторый ореол окружавшей ее таинственности, суеверная репутация ведьмы, жизнь в лесной чаще среди болота и в особенности — эта гордая уверенность в свои силы, сквозившая в немногих обращенных ко мне словах.

Нет ничего мудреного, что, как только немного просохли лесные тропинки, я отправился в избушку на курьих ножках. На случай если бы понадобилось успокоить ворчливую старуху, я захватил с собою полфунта чаю и несколько пригоршен кусков сахару.

Я застал обеих женщин дома. Старуха возилась около ярко пылавшей печи, а Олеся пряла лен, сидя на очень высокой скамейке; когда я, входя, стукнул дверью, она обернулась, нитка оборвалась под ее руками, и веретено покатилось по полу.

Старуха некоторое время внимательно и сердито вглядывалась в меня, сморщившись и заслоняя лицо ладонью от жара печки.

— Здравствуй, бабуся! — сказал я громким, бодрым голосом. — Не узнаешь, должно быть, меня? Помнишь, я в прошлом месяце заходил про дорогу спрашивать? Ты мне еще гадала?

— Ничего не помню, батюшка, — зашамкала старуха, недовольно тряся головой, — ничего не помню.

И что ты у нас позабыл — никак не пойму. Что мы тебе за компания? Мы люди простые, серые... Нечего тебе у нас делать. Лес велик, есть место, где разойтись... так-то...

Ошеломленный нелюбезным приемом, я совсем потерялся и очутился в том глупом положении, когда не знаешь, что делать: обратить ли грубость в шутку, или самому рассердиться, или, наконец, не сказав ни слова, повернуться и уйти назад. Невольно я повернулся с беспомощным выражением к Олесе. Она чуть-чуть улыбнулась с оттенком незлой насмешки, встала из-за прялки и подошла к старухе.

— Не бойся, бабка, — сказала она примирительно, — это не лихой человек, он нам худого не сделает. Милости просим садиться, — прибавила она, указывая мне на лавку в переднем углу и не обращая более внимания на воркотню старухи.

Ободренный ее вниманием, я догадался выдвинуть самое решительное средство.

— Какая же ты сердитая, бабуся... Чуть гости на порог, а ты сейчас и бранишься. А я было тебе гостинцу принес, — сказал я, доставая из сумки свои свертки.

Старуха бросила быстрый взгляд на свертки, но тотчас же отвернулась к печке.

— Никаких мне твоих гостинцев не нужно, — проворчала она, ожесточенно разгребая кочергой уголья. — Знаем мы тоже гостей этих. Сперва без мыла в душу лезут, а потом... Что у тебя в кулечке-то? — вдруг обернулась она ко мне.

Я тотчас же вручил ей чай и сахар. Это подействовало на старуху смягчающим образом, и хотя она и продолжала ворчать, но уже не в прежнем непримиримом тоне.

Олеся села опять за пряжу, а я поместился около нее на низкой, короткой и очень шаткой скамеечке.

Левой рукой Олеся быстро сучила белую, мягкую, как шелк, кудель, а в правой у нее с легким жужжанием крутилось веретено, которое она то пускала падать почти до земли, то ловко подхватывала его и коротким движением пальцев опять заставляла вертеться. Эта работа, такая простая на первый взгляд, но, в сущности, требующая огромного, многовекового навыка и ловкости, так и кипела в ее руках. Невольно я обратил внимание на эти руки: они загрубели и почернели от работы, но были невелики и такой красивой формы, что им позавидовали бы многие благовоспитанные девицы.

— А вот вы мне тогда не сказали, что вам бабка гадала, — произнесла Олеся. И, видя, что я опасливо обернулся назад, она прибавила: — Ничего, ничего, она немного на ухо туга, не услышит. Она только мой голос хорошо разбирает.

— Да, гадала. А что?

— Да так себе... Просто спрашиваю... А вы верите? — кинула она на меня украдкой быстрый взгляд.

— Чему? Тому, что твоя бабка мне гадала, или вообще?

— Нет, вообще...

— Как сказать, вернее будет, что не верю, а все-таки почем знать? Говорят, бывают случаи... Даже в умных книгах об них напечатано. А вот тому, что твоя бабка говорила, так совсем не верю. Так и любая баба деревенская сумеет поворожить.

Олеся улыбнулась.

— Да, это правда, что она теперь плохо гадает. Стара стала, да и боится она очень. А что вам карты сказали?

— Ничего интересного не было. Я теперь и не помню. Что обыкновенно говорят: дальняя дорога, трефовый интерес... Я и позабыл даже.

— Да, да, плохая она стала ворожка. Слова многие позабыла от старости... Куда ж ей? Да и опасается она. Разве только деньги увидит, так согласится.

— Чего же она боится?

— Известно чего — начальства боится... Урядник приедет, так завсегда грозит. «Я, — говорит, — тебя во всякое время могу упрятать. Ты знаешь, — говорит, — что вашему брату за чародейство полагается? Ссылка в каторжную работу, без сроку, на Соколиный остров». Как вы думаете, врет он это или нет?

— Нет, врать он не врет; действительно за это что-то полагается, но уже не так страшно... Ну а ты, Олеся, умеешь гадать?

Она как будто бы немного замялась, но всего лишь на мгновение.

— Гадаю... Только не за деньги, — добавила она поспешно.

— Может быть, ты и мне кинешь карты?

— Нет, — тихо, но решительно ответила она, покачав головой.

— Почему же ты не хочешь? Ну, не теперь, так когда-нибудь после... Мне почему-то кажется, что ты мне правду скажешь.

— Нет. Не стану. Ни за что не стану.

— Ну, уж это нехорошо, Олеся. Ради первого знакомства нельзя отказывать... Почему ты не согласна?

— Потому что я на вас уже бросала карты, в другой раз нельзя...

— Нельзя? Отчего же? Я этого не понимаю.

— Нет, нет, нельзя... нельзя... — зашептала она с суеверным страхом. — Судьбу нельзя два раза пытать... Не годится... Она узнает, подслушает... Судьба не любит, когда ее спрашивают. Оттого все ворожки несчастные.

Я хотел ответить Олесе какой-нибудь шуткой и не мог: слишком много искреннего убеждения было в ее словах, так что даже, когда она, упомянув про судьбу, со странной боязнью оглянулась на дверь, я невольно повторил это движение.

— Ну, если не хочешь мне погадать, так расскажи, что у тебя тогда вышло? — попросил я.

Олеся вдруг бросила прялку и притронулась рукой к моей руке.

— Нет... Лучше не надо, — сказала она, и ее глаза приняли умоляюще-детское выражение. — Пожалуйста, не просите... Нехорошо вам вышло... Не просите лучше...

Но я продолжал настаивать. Я не мог разобрать: был ли ее отказ и темные намеки на судьбу наигранным приемом гадалки, или она действительно сама верила в то, о чем говорила, но мне стало как-то не по себе, почти жутко.

— Ну, хорошо, я, пожалуй, скажу, — согласилась наконец Олеся. — Только смотрите, уговор лучше денег: не сердиться, если вам что не понравится. Вышло вам вот что: человек вы хотя и добрый, но только слабый... Доброта ваша не хорошая, не сердечная. Слову вы своему не господин. Над людьми любите верх брать, а сами им хотя и не хотите, но подчиняетесь. Вино любите, а также... Ну да все равно, говорить, так уже все по порядку... До нашей сестры больно охочи, и через это вам много в жизни будет зла... Деньгами вы не дорожите и копить их не умеете — богатым никогда не будете... Говорить дальше?

— Говори, говори! Все, что знаешь, говори!

— Дальше вышло, что жизнь ваша будет невеселая. Никого вы сердцем не полюбите, потому что сердце у вас холодное, ленивое, а тем, которые вас будут любить, вы много горя принесете. Никогда вы не женитесь, так холостым и умрете. Радостей вам в жизни больших не будет, но будет много скуки и тяготы... Настанет такое время, что руки сами на себя наложить захотите... Такое у вас дело одно выйдет... Но только не посмеете, так снесете. Сильную нужду будете терпеть, однако под конец жизни судьба ваша переменится через смерть какого-то близкого вам человека и совсем для вас неожиданно. Только все это будет еще через много лет, а вот в этом году... Я не знаю, уж когда именно... карты говорят, что очень скоро... Может быть, даже и в этом месяце...

— Что же случится в этом году? — спросил я, когда она опять остановилась.

— Да уж боюсь даже говорить дальше. Падает вам большая любовь со стороны какой-то трефовой дамы. Вот только не могу догадаться, замужняя она или девушка, а знаю, что с темными волосами...

Я невольно бросил быстрый взгляд на голову Олеси.

— Что вы смотрите? — покраснела вдруг она, почувствовав мой взгляд с пониманием, свойственным некоторым женщинам. — Ну да, вроде моих, — продолжала она, машинально поправляя волосы и еще больше краснея.

— Так ты говоришь — большая трефовая любовь? — шутил я.

— Не смейтесь, не надо смеяться, — серьезно, почти строго заметила Олеся. — Я вам все только правду говорю.

— Ну, хорошо, не буду, не буду. Что же дальше?

— Дальше... Ох! Нехорошо выходит этой трефовой даме, хуже смерти. Позор она через вас большой примет, такой, что во всю жизнь забыть нельзя, печаль долгая ей выходит... А вам в ее планете ничего дурного не выходит.

— Послушай, Олеся, а не могли ли тебя карты обмануть? Зачем же я буду трефовой даме столько неприятностей делать? Человек я тихий, скромный, а ты столько страхов про меня наговорила.

— Ну, уж этого я не знаю. Да и вышло-то так, что не вы это сделаете — не нарочно, значит, а только через вас вся эта беда стрясется... Вот когда мои слова сбудутся, вы меня тогда вспомните.

— И все это тебе карты сказали, Олеся?

Она ответила не сразу, уклончиво и как будто бы неохотно:

— И карты... Да я и без них узнаю много, вот хоть бы по лицу. Если, например, который человек должен скоро нехорошей смертью умереть, я это сейчас у него на лице прочитаю, даже говорить мне с ним не нужно.

— Что же ты видишь у него в лице?

— Да я и сама не знаю. Страшно мне вдруг сделается, точно он неживой передо мной стоит. Вот хоть у бабушки спросите, она вам скажет, что я правду говорю. Трофим, мельник, в позапрошлом году у себя на млине удавился, а я его только за два дня перед тем видела и тогда же сказала бабушке: «Вот посмотри, бабуся, что Трофим на днях дурной смертью умрет». Так оно и вышло. А на прошлые святки зашел к нам конокрад Яшка, просил бабушку погадать. Бабушка разложила на него карты, стала ворожить. А он шутя спрашивает: «Ты мне скажи, бабка, какой я смертью умру?» А сам смеется. Я как поглядела на него, так и пошевельнуться не могу: вижу, сидит Яков, а лицо у него мертвое, зеленое... Глаза закрыты, а губы черные... Потом, через неделю, слышим, что поймали мужики Якова, когда он лошадей хотел свести... Всю ночь его били... Злой у нас народ здесь, безжалостный... В пятки гвозди ему заколотили, перебили кольями все ребра; а к утру из него и дух вон.

— Отчего же ты ему не сказала, что его беда ждет?

— А зачем говорить? — возразила Олеся. — Что у судьбы положено, разве от этого убежишь? Только бы понапрасну человек свои последние дни тревожился... Да мне и самой гадко, что я так вижу, сама себе я противна делаюсь... Только что ж? Это ведь у меня от судьбы. Бабка моя, когда помоложе была, тоже смерть узнавала, и моя мать тоже, и бабкина мать — это не от нас... это в нашей крови так.

Она перестала прясть и сидела, низко опустив голову, тихо положив руки вдоль колен. В ее неподвижно остановившихся глазах с расширившимися зрачками отразился какой-то темный ужас, какая-то невольная покорность таинственным силам и сверхъестественным знаниям, осенявшим ее душу.

V

В это время старуха разостлала на столе чистое полотенце с вышитыми концами и поставила на него дымящийся горшок.

— Иди ужинать, Олеся, — позвала она внучку и после минутного колебания прибавила, обращаясь ко мне: — Может быть, и вы, господин, с нами откушаете? Милости просим... Только неважные у нас кушанья-то, супов не варим, а просто крупничок полевой...

Нельзя сказать, чтобы ее приглашение отзывалось особенной настойчивостью, и я уже было хотел отказаться от него, но Олеся, в свою очередь, попросила меня с такой милой простотой и с такой ласковой улыбкой, что я поневоле согласился. Она сама налила мне полную тарелку крупника — похлебки из гречневой крупы с салом, луком, картофелем и курицей — чрезвычайно вкусного и питательного кушанья. Садясь за стол, ни бабушка, ни внучка не перекрестились. За ужином я не переставал наблюдать за обеими женщинами, потому что, по моему глубокому убеждению, которое я и до сих пор сохраняю, нигде человек не высказывается так ясно, как во время еды. Старуха глотала крупник с торопливой жадностью, громко чавкая и запихивая в рот огромные куски хлеба, так что под ее дряблыми щеками вздувались и двигались большие гули. У Олеси даже в манере есть была какая-то врожденная порядочность.

Спустя час после ужина я простился с хозяйками избушки на курьих ножках.

— Хотите, я вас провожу немножко? — предложила Олеся.

— Какие такие проводы еще выдумала! — сердито прошамкала старуха. — Не сидится тебе на месте, стрекоза...

Но Олеся уже накинула на голову красный кашемировый платок и вдруг, подбежав к бабушке, обняла ее и звонко поцеловала.

— Бабушка! Милая, дорогая, золотая... я только на минуточку, сейчас и назад.

— Ну ладно, уж ладно, верченая, — слабо отбивалась от нее старуха. — Вы, господин, не обессудьте: совсем дурочка она у меня.

Пройдя узкую тропинку, мы вышли на лесную дорогу, черную от грязи, всю истоптанную следами копыт и изборожденную колеями, полными воды, в которой отражался пожар вечерней зари. Мы шли обочиной дороги, сплошь покрытой бурыми прошлогодними листьями, еще не высохшими после снега. Кое-где сквозь их мертвую желтизну подымали свои лиловые головки крупные колокольчики «сна» — первого цветка Полесья.

— Послушай, Олеся, — начал я, — мне очень хочется спросить тебя кое о чем, да я боюсь, что ты рассердишься... Скажи мне, правду ли говорят, что твоя бабка... как бы это выразиться?..

— Колдунья? — спокойно помогла мне Олеся.

— Нет... Не колдунья... — замялся я. — Ну да, если хочешь — колдунья... Конечно, ведь мало ли что болтают... Почему ей просто-напросто не знать каких-нибудь трав, средств, заговоров?.. Впрочем, если тебе это неприятно, ты можешь не отвечать.

— Нет, отчего же, — отозвалась она просто, — что ж тут неприятного? Да, она правда колдунья. Но только теперь она стала стара и уж не может делать того, что делала раньше.

— Что же она умела делать? — полюбопытствовал я.

— Разное. Лечить умела, от зубов пользовала, руду заговаривала, отчитывала, если кого бешеная собака укусит или змея, клады указывала... да всего и не перечислишь.

— Знаешь что, Олеся?.. Ты меня извини, а я ведь этому всему не верю. Ну, будь со мною откровенна, я тебя никому не выдам: ведь все это — одно притворство, чтобы только людей морочить?

Она равнодушно пожала плечами.

— Думайте, как хотите. Конечно, бабу деревенскую обморочить ничего не стоит, но вас бы я не стала обманывать.

— Значит, ты твердо веришь колдовству?

— Да как же мне не верить? Ведь у нас в роду чары... Я и сама многое умею.

— Олеся, голубушка... Если бы ты знала, как мне это интересно... Неужели ты мне ничего не покажешь?

— Отчего же, покажу, если хотите, — с готовностью согласилась Олеся. — Сейчас желаете?

— Да, если можно, сейчас.

— А бояться не будете?

— Ну вот глупости. Ночью, может быть, боялся бы, а теперь еще светло.

— Хорошо. Дайте мне руку.

Я повиновался. Олеся быстро засучила рукав моего пальто и расстегнула запонку у манжетки, потом достала из своего кармана небольшой, вершка в три, финский ножик и вынула его из кожаного чехла.

— Что ты хочешь делать? — спросил я, чувствуя, как во мне шевельнулось подленькое опасение.

— А вот сейчас... Ведь вы же сказали, что не будете бояться!

Вдруг рука ее сделала едва заметное легкое движение, и я ощутил в мякоти руки, немного выше того места, где щупают пульс, раздражающее прикосновение острого лезвия. Кровь тотчас же выступила во всю ширину пореза, полилась по руке и частыми каплями закапала на землю. Я едва удержался от того, чтобы не крикнуть, но, кажется, побледнел.

— Не бойтесь, живы останетесь, — усмехнулась Олеся.

Она крепко обхватила рукой мою руку повыше раны и, низко склонившись к ней лицом, стала быстро шептать что-то, обдавая мою кожу горячим прерывистым дыханием. Когда же Олеся выпрямилась и разжала свои пальцы, то на пораненном месте осталась только красная царапина.

— Ну, что? Довольно с вас? — с лукавой улыбкой спросила она, пряча свой ножик. — Хотите еще?

— Конечно, хочу. Только, если бы можно было, не так уж страшно и без кровопролития, пожалуйста.

— Что бы вам такое показать? — задумалась она. — Ну хоть разве это вот: идите впереди меня по дороге... Только смотрите не оборачивайтесь назад.

— А это не будет страшно? — спросил я, стараясь беспечной улыбкой прикрыть боязливое ожидание неприятного сюрприза.

— Нет, нет... Пустяки... Идите.

Я пошел вперед, очень заинтересованный опытом, чувствуя за своей спиной напряженный взгляд Олеси. Но, пройдя около двадцати шагов, я вдруг споткнулся на совсем ровном месте и упал ничком.

— Идите, идите! — закричала Олеся. — Не оборачивайтесь! Это ничего, до свадьбы заживет... Держитесь крепче за землю, когда будете падать.

Я пошел дальше. Еще десять шагов, и я вторично растянулся во весь рост.

Олеся громко захохотала и захлопала в ладоши.

— Ну, что? Довольны? — крикнула она, сверкая своими белыми зубами. — Верите теперь? Ничего, ничего!.. Полетели не вверх, а вниз.

— Как ты это сделала? — с удивлением спросил я, отряхиваясь от приставших к моей одежде веточек и сухих травинок. — Это не секрет?

— Вовсе не секрет. Я вам с удовольствием расскажу. Только боюсь, что, пожалуй, вы не поймете... Не сумею я объяснить...

Я действительно не совсем понял ее. Но, если не ошибаюсь, этот своеобразный фокус состоит в том, что она, идя за мною следом шаг за шагом, нога в ногу и неотступно глядя на меня, в то же время старается подражать каждому, самому малейшему моему движению, так сказать, отожествляет себя со мною. Пройдя таким образом несколько шагов, она начинает мысленно воображать на некотором расстоянии впереди меня веревку, протянутую поперек дороги на аршин от земли. В ту минуту, когда я должен прикоснуться ногой к этой воображаемой веревке, Олеся вдруг делает падающее движение, и тогда, по ее словам, самый крепкий человек должен непременно упасть... Только много времени спустя я вспомнил сбивчивое объяснение Олеси, когда читал отчет доктора Шарко об опытах, произведенных им над двумя пациентками Сальпетриера, профессиональными колдуньями, страдавшими истерией. И я был очень удивлен, узнав, что французские колдуньи из простонародья прибегали в подобных случаях совершенно к той же сноровке, какую пускала в ход хорошенькая полесская ведьма.

— О! Я еще много чего умею, — самоуверенно заявила Олеся. — Например, я могу нагнать на вас страх.

— Что это значит?

— Сделаю так, что вам страшно станет. Сидите вы, например, у себя в комнате вечером, и вдруг на вас найдет ни с того ни с сего такой страх, что вы задрожите и оглянуться не посмеете. Только для этого мне нужно знать, где вы живете, и раньше видеть вашу комнату.

— Ну, уж это совсем просто, — усомнился я. — Подойдешь к окну, постучишь, крикнешь что-нибудь.

— О нет, нет... Я буду в лесу в это время, никуда из хаты не выйду... Но я буду сидеть и все думать, что вот я иду по улице, вхожу в ваш дом, отворяю двери, вхожу в вашу комнату... Вы сидите где-нибудь... ну хоть у стола... я подкрадываюсь к вам сзади тихонько... вы меня не слышите... я хватаю вас за плечо руками и начинаю давить... все крепче, крепче, крепче... а сама гляжу на вас... вот так — смотрите...

Ее тонкие брови вдруг сдвинулись, глаза в упор остановились на мне с грозным и притягивающим выражением, зрачки увеличились и посинели. Мне тотчас же вспомнилась виденная мною в Москве, в Третьяковской галерее, голова Медузы — работа уж не помню какого художника. Под этим пристальным, странным взглядом меня охватил холодный ужас сверхъестественного.

— Ну, полно, полно, Олеся... будет, — сказал я с деланным смехом. — Мне гораздо больше нравится, когда ты улыбаешься, — тогда у тебя такое милое, детское лицо.

Мы пошли дальше. Мне вдруг вспомнилась выразительность и даже для простой девушки изысканность фраз в разговоре Олеси, и я сказал:

— Знаешь, что меня удивляет в тебе, Олеся? Вот ты выросла в лесу, никого не видавши... Читать ты, конечно, тоже много не могла...

— Да я вовсе не умею и читать-то.

— Ну, тем более... А между тем ты так хорошо говоришь, не хуже настоящей барышни. Скажи мне, откуда у тебя это? Понимаешь, о чем я спрашиваю?

— Да, понимаю. Это все от бабушки... Вы не глядите, что она такая с виду. У! Какая она умная! Вот, может быть, она и при вас разговорится, когда побольше привыкнет... Она все знает, ну просто все на свете, про что ни спросишь. Правда, постарела она теперь.

— Значит, она много видела на своем веку? Откуда она родом? Где она раньше жила?

Кажется, эти вопросы не понравились Олесе. Она ответила не сразу, уклончиво и неохотно:

— Не знаю... Да она об этом и не любит говорить. Если же когда и скажет что, то всегда просит забыть и не вспоминать больше... Ну, однако, мне пора, — заторопилась Олеся, — бабушка будет сердиться. До свиданья... Простите, имени вашего не знаю.

Я назвался.

— Иван Тимофеевич? Ну, вот и отлично. Так до свиданья, Иван Тимофеевич! Не брезгуйте нашей хатой, заходите.

На прощанье я протянул ей руку, и ее маленькая крепкая рука ответила мне сильным, дружеским пожатием.

VI

С этого дня я стал частым гостем в избушке на курьих ножках. Каждый раз, когда я приходил, Олеся встречала меня со своим привычным сдержанным достоинством. Но всегда, по первому невольному движению, которое она делала, увидев меня, я замечал, что она радуется моему приходу. Старуха по-прежнему не переставала бурчать что-то себе под нос, но явного недоброжелательства не выражала благодаря невидимому для меня, но несомненному заступничеству внучки; также немалое влияние в благотворном для меня смысле оказывали приносимые мною кое-когда подарки: то теплый платок, то банка варенья, то бутылка вишневой наливки. У нас с Олесей, точно по безмолвному обоюдному уговору, вошло в обыкновение, что она меня провожала до Ириновского шляха, когда я уходил домой. И всегда у нас в это время завязывался такой живой, интересный разговор, что мы оба старались поневоле продлить дорогу, идя как можно тише безмолвными лесными опушками. Дойдя до Ириновского шляха, я ее провожал обратно с полверсты, и все-таки, прежде чем проститься, мы еще долго разговаривали, стоя под пахучим навесом сосновых ветвей.

Не одна красота Олеси меня в ней очаровывала, но также и ее цельная, самобытная, свободная натура, ее ум, одновременно ясный и окутанный непоколебимым наследственным суеверием, детски-невинный, но и не лишенный лукавого кокетства красивой женщины. Она не уставала меня расспрашивать подробно обо всем, что занимало и волновало ее первобытное, яркое воображение: о странах и народах, об явлениях природы, об устройстве земли и вселенной, об ученых людях, о больших городах... Многое ей казалось удивительным, сказочным, неправдоподобным. Но я с самого начала нашего знакомства взял с нею такой серьезный, искренний и простой тон, что она охотно принимала на бесконтрольную веру все мои рассказы. Иногда, затрудняясь объяснить ей что-нибудь слишком, по моему мнению, непонятное для ее полудикарской головы (а иной раз и самому мне не совсем ясное), я возражал на ее жадные вопросы:

— Видишь ли... Я не сумею тебе этого рассказать... Ты не поймешь меня.

Тогда она принималась меня умолять:

— Нет, пожалуйста, пожалуйста, я постараюсь... Вы хоть как-нибудь скажите... хоть и непонятно...

Она принуждала меня пускаться в чудовищные сравнения, в самые дерзкие примеры, и, если я затруднялся подыскать выражение, она сама помогала мне целым дождем нетерпеливых вопросов, вроде тех, которые мы предлагаем заике, мучительно застрявшему на одном слове. И действительно, в конце концов ее гибкий, подвижный ум и свежее воображение торжествовали над моим педагогическим бессилием. Я поневоле убеждался, что для своей среды, для своего воспитания (или, вернее сказать, отсутствия его) она обладала изумительными способностями.

Однажды я вскользь упомянул что-то про Петербург. Олеся тотчас же заинтересовалась:

— Что такое Петербург? Местечко?

— Нет, это не местечко; это самый большой русский город.

— Самый большой? Самый, самый, что ни на есть? И больше его нету? — наивно пристала она ко мне.

— Ну да... Там все главное начальство живет... господа большие... Дома там все каменные, деревянных нет.

— Уж конечно, гораздо больше нашей Степани? — уверенно спросила Олеся.

— О да... немножко побольше... так, раз в пятьсот. Там такие есть дома, в которых в каждом народу живет вдвое больше, чем во всей Степани.

— Ах, Боже мой! Какие же это дома? — почти в испуге спросила Олеся.

Мне пришлось, по обыкновению, прибегнуть к сравнению.

— Ужасные дома. В пять, в шесть, а то и семь этажей. Видишь вот ту сосну?

— Самую большую? Вижу.

— Так вот такие высокие дома. И сверху донизу набиты людьми. Живут эти люди в маленьких конурках, точно птицы в клетках, человек по десяти в каждой, так что всем и воздуху-то не хватает. А другие внизу живут, под самой землей, в сырости и холоде; случается, что солнца у себя в комнате круглый год не видят.

— Ну, уж я б ни за что не променяла своего леса на ваш город, — сказала Олеся, покачав головой. — Я и в Степань-то приду на базар, так мне противно сделается. Толкаются, шумят, бранятся... И такая меня тоска возьмет за лесом — так бы бросила все и без оглядки побежала... Бог с ним, с городом вашим, не стала бы я там жить никогда.

— Ну, а если твой муж будет из города? — спросил я с легкой улыбкой.

Ее брови нахмурились, и тонкие ноздри вздрогнули.

— Вот еще! — сказала она с пренебрежением. — Никакого мне мужа не надо.

— Это ты теперь только так говоришь, Олеся. Почти все девушки то же самое говорят и всё же замуж выходят. Подожди немного: встретишься с кем-нибудь, полюбишь — тогда не только в город, а на край света с ним пойдешь.

— Ах нет, нет... пожалуйста, не будем об этом, — досадливо отмахнулась она. — Ну к чему этот разговор?.. Прошу вас, не надо.

— Какая ты смешная, Олеся. Неужели ты думаешь, что никогда в жизни не полюбишь мужчину? Ты — такая молодая, красивая, сильная. Если в тебе кровь загорится, то уж тут не до зароков будет.

— Ну что ж — и полюблю! — сверкнув глазами, с вызовом ответила Олеся. — Спрашиваться ни у кого не буду...

— Стало быть, и замуж пойдешь, — поддразнил я.

— Это вы, может быть, про церковь говорите? — догадалась она.

— Конечно, про церковь... Священник вокруг аналоя будет водить, дьякон запоет «Исаия ликуй», на голову тебе наденут венец...

Олеся опустила веки и со слабой улыбкой отрицательно покачала головой.

— Нет, голубчик... Может быть, вам и не понравится, что я скажу, а только у нас в роду никто не венчался: и мать и бабка без этого прожили... Нам в церковь и заходить-то нельзя...

— Все из-за колдовства вашего?

— Да, из-за нашего колдовства, — со спокойной серьезностью ответила Олеся. — Как же я посмею в церковь показаться, если уже от самого рождения моя душа продана *ему*.

— Олеся... Милая... Поверь мне, что ты сама себя обманываешь... Ведь это дико, это смешно, что ты говоришь.

На лице Олеси опять показалось уже замеченное мною однажды странное выражение убежденной и мрачной покорности своему таинственному предназначению.

— Нет, нет... Вы этого не можете понять, а я это чувствую... Вот здесь, — она крепко притиснула руку к груди, — в душе чувствую. Весь наш род проклят во веки веков. Да вы посудите сами: кто же нам помогает, как не *он*? Разве может простой человек сделать то, что я могу? Вся наша сила от *него* идет.

И каждый раз наш разговор, едва коснувшись этой необычайной темы, кончался подобным образом. Напрасно я истощал все доступные пониманию Олеси доводы, напрасно говорил в простой форме о гипнотизме, о внушении, о докторах-психиатрах и об индийских факирах, напрасно старался объяснить ей физиологическим путем некоторые из ее опытов, хотя бы, например, заговаривание крови, которое так просто достигается искусным нажатием на вену, — Олеся, такая доверчивая ко мне во всем остальном, с упрямой настойчивостью опровергала все мои доказательства и объяснения... «Ну, хорошо, хорошо, про заговор крови я вам, так и быть, поверю, — говорила она, возвышая голос в увлечении спора, — а откуда же другое берется? Разве я одно только и знаю, что кровь заговаривать? Хотите, я вам в один день всех мышей и тараканов выведу из хаты? Хотите, я в два дня вылечу простой водой самую сильную огневицу, хоть бы все ваши доктора от больного отказались? Хотите, я сделаю так, что вы какое-нибудь одно слово совсем позабудете? А сны почему я разгадываю? А будущее почему узнаю?»

Кончался этот спор всегда тем, что и я и Олеся умолкали не без внутреннего раздражения друг против друга. Действительно, для многого из ее черного искусства я не умел найти объяснения в своей небольшой науке. Я не знаю и не могу сказать, обладала ли Олеся и половиной тех секретов, о которых говорила с такой наивной верой, но то, чему я сам бывал нередко свидетелем, вселило в меня непоколебимое убеждение, что Олесе были доступны те бессознательные, инстинктивные, туманные, добытые случайным опытом, странные знания, которые, опередив точную науку на целые столетия, живут, перемешавшись со смешными и дикими поверьями, в темной, замкнутой народной массе, передаваясь, как величайшая тайна, из поколения в поколение.

Несмотря на резкое разногласие в этом единственном пункте, мы все сильнее и крепче привязывались друг к другу. О любви между нами не было сказано еще ни слова, но быть вместе для нас уже сделалось потребностью, и часто в молчаливые минуты, когда наши взгляды нечаянно и одновременно встречались, я видел, как увлажнялись глаза Олеси и как билась тоненькая голубая жилка у нее на виске...

Зато мои отношения с Ярмолой совсем испортились. Для него, очевидно, не были тайной мои посещения избушки на курьих ножках и вечерние прогулки с Олесей: он всегда с удивительной точностью знал все, что происходит в *его* лесу. С некоторого времени я заметил, что он начинает избегать меня. Его черные глаза следили за мною издали с упреком и неудовольствием каждый раз, когда я собирался идти в лес, хотя порицания своего он не высказывал ни одним словом. Наши комически-серьезные занятия грамотой прекратились. Если же я иногда вечером звал Ярмолу учиться, он только махал рукой.

— Куда там! Пустое это дело, паныч, — говорил он с ленивым презрением.

На охоту мы тоже перестали ходить. Всякий раз, когда я подымал об этом разговор, у Ярмолы находился какой-нибудь предлог для отказа: то ружье у него не исправно, то собака больна, то ему самому некогда. «Нема часу, паныч... нужно пашню сегодня орать», — чаще всего отвечал Ярмола на мое приглашение, и я отлично знал, что он вовсе не будет «орать пашню», а проведет целый день около монополии в сомнительной надежде на чье-нибудь угощение. Эта безмолвная, затаенная вражда начинала меня утомлять, и я уже подумывал о том, чтобы отказаться от услуг Ярмолы, воспользовавшись для этого первым подходящим предлогом... Меня останавливало только чувство жалости к его огромной нищей семье, которой четыре рубля Ярмолова жалованья помогали не умереть с голода.

VII

Однажды, когда я, по обыкновению, пришел перед вечером в избушку на курьих ножках, мне сразу бросилось в глаза удрученное настроение духа ее обитательниц. Старуха сидела с ногами на постели и, сгорбившись, обхватив голову руками, качалась взад и вперед и что-то невнятно бормотала. На мое приветствие она не обратила никакого внимания. Олеся поздоровалась со мной, как и всегда, ласково, но разговор у нас не вязался. По-видимому, она слушала меня рассеянно и отвечала невпопад. На ее красивом лице лежала тень какой-то беспрестанной внутренней заботы.

— Я вижу, у вас случилось что-то нехорошее, Олеся, — сказал я, осторожно прикасаясь рукой к ее руке, лежавшей на скамейке.

Олеся быстро отвернулась к окну, точно разглядывая там что. Она старалась казаться спокойной, но ее брови сдвинулись и задрожали, а зубы крепко прикусили нижнюю губу.

— Нет... что же у нас могло случиться особенного? — произнесла она глухим голосом. — Все как было, так и осталось.

— Олеся, зачем ты говоришь мне неправду? Это нехорошо с твоей стороны... А я было думал, что мы с тобой совсем друзьями стали.

— Право же, ничего нет... Так... свои заботы, пустячные...

— Нет, Олеся, должно быть, не пустячные. Посмотри — ты сама на себя не похожа сделалась.

— Это вам так кажется только.

— Будь же со мной откровенна, Олеся. Не знаю, смогу ли я тебе помочь, но, может быть, хоть совет какой-нибудь дам... Ну, наконец, просто тебе легче станет, когда поделишься горем.

— Ах, да, правда, не стоит и говорить об этом, — с нетерпением возразила Олеся. — Ничем вы тут нам не можете пособить.

Старуха вдруг с небывалой горячностью вмешалась в наш разговор:

— Чего ты фордыбачишься, дурочка! Тебе дело говорят, а ты нос дерёшь. Точно умнее тебя и на свете-то нет никого. Позвольте, господин, я вам всю эту историю расскажу по порядку, — повернулась она в мою сторону.

Размеры неприятности оказались гораздо значительнее, чем я мог предположить из слов гордой Олеси. Вчера вечером в избушку на курьих ножках заезжал местный урядник.

— Сначала-то он честь честью сел и водки потребовал, — говорила Мануйлиха, — а потом и пошёл, и пошёл. «Выбирайся, — говорит, — из хаты в двадцать четыре часа со всеми своими потрохами. Если, — говорит, — я в следующий раз приеду и застану тебя здесь, так и знай, не миновать тебе этапного порядка. При двух, — говорит, — солдатах отправлю тебя, анафему, на родину». А моя родина, батюшка, далёкая, город Амченск... У меня там теперь и души знакомой нет, да и пачпорта наши просрочены-распросрочены, да еще к тому неисправные. Ах ты, Господи, несчастье мое!

— Почему же он раньше позволял тебе жить, а только теперь надумался? — спросил я.

— Да вот поди ж ты... Брехал он что-то такое, да я, признаться, не поняла. Видишь, какое дело: хибарка эта, вот в которой мы живем, не наша, а помещичья. Ведь мы раньше с Олесей на селе жили, а потом...

— Знаю, знаю, бабушка, слышал об этом... Мужики на тебя рассердились...

— Ну, вот это самое. Я тогда у старого помещика, господина Абросимова, эту халупу выпросила. Ну, а теперь будто бы купил лес новый помещик и будто бы хочет он какие-то болота, что ли, сушить. Только чего ж я-то им помешала?

— Бабушка, а может быть, все это вранье одно? — заметил я. — Просто-напросто уряднику «красненькую» захотелось получить.

— Давала, родной, давала. Не бере-ет! Вот история... Четвертной билет давала, не берет... Куд-да тебе! Так на меня вызверился, что я уж не знала, где стою. Заладил в одну душу: «Вон да вон!» Что ж мы теперь делать будем, сироты мы несчастные! Батюшка родимый, хотя бы ты нам чем помог, усовестил бы его, утробу ненасытную. Век бы, кажется, была тебе благодарна.

— Бабушка! — укоризненно, с расстановкой произнесла Олеся.

— Чего там — бабушка! — рассердилась старуха. — Я тебе уже двадцать пятый год — бабушка. Что же, по-твоему, с сумой лучше идти? Нет, господин, вы ее не слушайте. Уж будьте милостивы, если можете сделать, то сделайте.

Я в неопределенных выражениях обещал похлопотать, хотя, по правде сказать, надежды было мало. Если уж наш урядник отказывался «взять», значит, дело было слишком серьезное. В этот вечер Олеся простилась со мной холодно и, против обыкновения, не пошла меня провожать. Я видел, что самолюбивая девушка сердится на меня за мое вмешательство и немного стыдится бабушкиной плаксивости.

VIII

Было серенькое, теплое утро. Уже несколько раз принимался идти крупный, короткий, благодатный дождь, после которого на глазах растет молодая трава и вытягиваются новые побеги. После дождя на минутку выглядывало солнце, обливая радостным сверканием облитую дождем молодую, еще нежную зелень сиреней, сплошь наполнявших мой палисадник; громче становился задорный крик воробьев на рыхлых огородных грядках; сильнее благоухали клейкие коричневые почки тополя. Я сидел у стола и чертил план лесной дачи, когда в комнату вошел Ярмола.

— Есть врядник, — проговорил он мрачно.

У меня в эту минуту совсем вылетело из головы отданное мною два дня тому назад приказание уведомить меня в случае приезда урядника, и я никак не мог сразу сообразить, какое отношение имеет в настоящую минуту ко мне этот представитель власти.

— Что такое? — спросил я в недоумении.

— Говорю, что врядник приехал, — повторил Ярмола тем же враждебным тоном, который он вообще принял со мною за последние дни. — Сейчас я видел его на плотине. Сюда едет.

На улице послышалось тарахтение колес. Я поспешно бросился к окну и отворил его. Длинный, худой, шоколадного цвета мерин с отвислой нижней губой и обиженной мордой степенной рысцой влек высокую, тряскую плетушку, с которой он был соединен при помощи одной лишь оглобли — другую оглоблю заменяла толстая веревка (злые уездные языки уверяли, что урядник нарочно завел этот печальный «выезд» для пресечения всевозможных нежелательных толкований). Урядник сам правил лошадью, занимая своим чудовищным телом, облеченным в серую шинель щегольского офицерского сукна, оба сиденья.

— Мое почтение, Евпсихий Африканович! — крикнул я, высовываясь из окошка.

— А-а, мое почтенье-с! Как здоровьице? — отозвался он любезным, раскатистым начальническим баритоном.

Он сдержал мерина и, прикоснувшись выпрямленной ладонью к козырьку, с тяжеловесной грацией наклонил вперед туловище.

— Зайдите на минуточку. У меня к вам делишко одно есть.

Урядник широко развел руками и затряс головой.

— Не могу-с! При исполнении служебных обязанностей. Еду в Волошу на мертвое тело — утопленник-с.

Но я уже знал слабые стороны Евпсихия Африкановича и потому сказал с деланным равнодушием:

— Жаль, жаль... А я из экономии графа Ворцеля добыл пару таких бутылочек...

— Не могу-с. Долг службы...

— Мне буфетчик по знакомству продал. Он их в погребе, как детей родных, воспитывал... Зашли бы... А я вашему коньку овса прикажу дать.

— Ведь вот вы какой, право, — с упреком сказал урядник. — Разве не знаете, что служба прежде всего?.. А они с чем, эти бутылки-то? Сливянка?

— Какое сливянка! — махнул я рукой. — Старка, батюшка, вот что!

— Мы, признаться, уж подзакусили, — с сожалением почесал щеку урядник, невероятно сморщив при этом лицо.

Я продолжал с прежним спокойствием:

— Не знаю, правда ли, но буфетчик божился, что ей двести лет. Запах — прямо как коньяк, и самой янтарной желтизны.

— Эх! Что вы со мной делаете! — воскликнул в комическом отчаянии урядник. — Кто же у меня лошадь-то примет?

Старки у меня действительно оказалось несколько бутылок, хотя и не такой древней, как я хвастался, но я рассчитывал, что сила внушения прибавит ей несколько десятков лет... Во всяком случае, это была подлинная домашняя, ошеломляющая старка, гордость погреба разорившегося магната. (Евпсихий Африканович, который происходил из духовных, немедленно выпросил у меня бутылку на случай, как он выразился, могущего произойти простудного заболевания...) И закуска у меня нашлась гастрономическая: молодая редиска со свежим, только что сбитым маслом.

— Ну-с, а дельце-то ваше какого сорта? — спросил после пятой рюмки урядник, откинувшись на спинку затрещавшего под ним старого кресла.

Я принялся излагать ему положение бедной старухи, упомянул про ее беспомощность и отчаяние, вскользь прошелся насчет ненужного формализма. Урядник слушал меня с опущенной вниз головой, методически очищая от корешков красную, упругую, ядреную редиску и пережевывая ее с аппетитным хрустением. Изредка он быстро вскидывал на меня равнодушные, мутные, до смешного маленькие и голубые глаза, но на его красной огромной физиономии я не мог ничего прочесть: ни сочувствия, ни сопротивления. Когда я наконец замолчал, он только спросил:

— Ну, так чего же вы от меня хотите?

— Как чего? — заволновался я. — Вникните же, пожалуйста, в их положение. Живут две бедные, беззащитные женщины...

— И одна из них прямо бутон садовый! — ехидно вставил урядник.

— Ну уж там бутон или не бутон — это дело девятое. Но почему, скажите, вам и не принять в них участия? Будто бы вам уж так к спеху требуется их выселить? Ну хоть подождите немного, покамест я сам у помещика похлопочу. Чем вы рискуете, если подождете с месяц?

— Как чем я рискую-с?! — взвился с кресла урядник. — Помилуйте, да всем рискую, и прежде всего службой-с. Бог его знает, каков этот господин Ильяшевич, новый помещик. А может быть, каверзник-с... из таких, которые, чуть что, сейчас бумажку, перышко и доносик в Петербург-с? У нас ведь бывают и такие-с!

Я попробовал успокоить расходившегося урядника:

— Ну полноте, Евпсихий Африканович. Вы преувеличиваете все это дело. Наконец что же? Ведь риск риском, а благодарность все-таки благодарностью.

— Фью-ю-ю! — протяжно свистнул урядник и глубоко засунул руки в карманы шаровар. — Тоже благодарность называется! Что же вы думаете, я из-за каких-нибудь двадцати пяти рублей поставлю на карту свое служебное положение? Нет-с, это вы обо мне плохо понимаете.

— Да что вы горячитесь, Евпсихий Африканович? Здесь вовсе не в сумме дело, а просто так... Ну, хоть по человечеству...

— По че-ло-ве-че-ству? — иронически отчеканил он каждый слог. — Позвольте-с, да у меня эти человеки вот где сидят-с!

Он энергично ударил себя по могучему бронзовому затылку, который свешивался на воротник жирной безволосой складкой.

— Ну, уж это вы, кажется, слишком, Евпсихий Африканович.

— Ни капельки не слишком-с. «Это язва здешних мест», по выражению знаменитого баснописца, господина Крылова. Вот кто эти две дамы-с! Вы не изволили читать прекрасное сочинение его сиятельства князя Урусова под заглавием «Полицейский урядник»?

— Нет, не приходилось.

— И очень напрасно-с. Прекрасное и высоконравственное произведение. Советую на досуге ознакомиться...

— Хорошо, хорошо, я с удовольствием ознакомлюсь. Но я все-таки не понимаю, какое отношение имеет эта книжка к двум бедным женщинам?

— Какое? Очень прямое-с. Пункт первый (Евпсихий Африканович загнул толстый, волосатый указательный палец на левой руке): «Урядник имеет неослабное наблюдение, чтобы все ходили в храм Божий с усердием, пребывая, однако, в оном без усилия...» Позвольте узнать, ходит ли эта... как ее... Мануйлиха, что ли?.. Ходит ли она когда-нибудь в церковь?

Я молчал, удивленный неожиданным оборотом речи. Он поглядел на меня с торжеством и загнул второй палец.

— Пункт второй: «Запрещаются повсеместно лжепредсказания и лжепредзнаменования...» Чувствуете-с? Затем пункт третий-с: «Запрещается выдавать себя за колдуна или чародея и употреблять подобные обманы-с». Что вы на это скажете? А вдруг все это обнаружится или стороной дойдет до начальства? Кто в ответе? Я. Кого из службы по шапке? Меня. Видите, какая штукенция.

Он опять уселся в кресло. Глаза его, поднятые кверху, рассеянно бродили по стенам комнаты, а пальцы громко барабанили по столу.

— Ну, а если я вас попрошу, Евпсихий Африканович? — начал я опять умильным тоном. — Конечно, ваши обязанности сложные и хлопотливые, но ведь сердце у вас, я знаю, предоброе, золотое сердце. Что вам стоит пообещать мне не трогать этих женщин?

Глаза урядника вдруг остановились поверх моей головы.

— Хорошенькое у вас ружьишко, — небрежно уронил он, не переставая барабанить. — Славное ружьишко. Прошлый раз, когда я к вам заезжал и не застал дома, я все на него любовался... Чудное ружьецо!

Я тоже повернул голову назад и поглядел на ружье.

— Да, ружье недурное, — похвалил я. — Ведь оно старинное, фабрики Гастин-Реннета, я его только в прошлом году на центральное переделал. Вы обратите внимание на стволы.

— Как же-с, как же-с... я на стволы-то главным образом и любовался. Великолепная вещь... Просто, можно сказать, сокровище.

Наши глаза встретились, и я увидел, как в углах губ урядника дрогнула легкая, но многозначительная улыбка. Я поднялся с места, снял со стены ружье и подошел с ним к Евпсихию Африкановичу.

— У черкесов есть очень милый обычай дарить гостю все, что он похвалит, — сказал я любезно. — Мы с вами хотя и не черкесы, Евпсихий Африканович, но я прошу вас принять от меня эту вещь на память.

Урядник для виду застыдился.

— Помилуйте, такую прелесть! Нет, нет, это уже чересчур щедрый обычай!

Однако мне не пришлось долго его уговаривать. Урядник принял ружье, бережно поставил его между своих колен и любовно отер чистым носовым платком пыль, осевшую на спусковой скобе. Я немного успокоился, увидев, что ружье, по крайней мере, перешло в руки любителя и знатока. Почти тотчас Евпсихий Африканович встал и заторопился ехать.

— Дело не ждет, а я тут с вами забалакался, — говорил он, громко стуча о пол неналезавшими калошами. — Когда будете в наших краях, милости просим ко мне.

— Ну, а как же насчет Мануйлихи, господин начальство? — деликатно напомнил я.

— Посмотрим, увидим... — неопределенно буркнул Евпсихий Африканович. — Я вот вас о чем хотел попросить... Редис у вас замечательный...

— Сам вырастил.

— Удивительный редис! А у меня, знаете ли, моя благоверная страшная обожательница всякой овощи. Так если бы, знаете, того, пучочек один.

— С наслаждением, Евпсихий Африканович. Сочту долгом... Сегодня же с нарочным отправлю корзиночку. И маслица уж позвольте заодно... Масло у меня на редкость.

— Ну, и маслица... — милостиво разрешил урядник. — А этим бабам вы дайте уж знак, что я их пока что не трону. Только пусть они ведают, — вдруг возвысил он голос, — что одним спасибо от меня не отделаются. А засим желаю здравствовать. Еще раз мерси вам за подарочек и за угощение.

Он по-военному приступкнул каблуками и грузной походкой сытого важного человека пошел к своему экипажу, около которого в почтительных позах, без шапок, уже стояли сотский, сельский староста и Ярмола.

IX

Евпсихий Африканович сдержал свое обещание и оставил на неопределенное время в покое обитательниц лесной хатки. Но мои отношения с Олесей резко и странно изменились. В ее обращении со мной не осталось и следа прежней доверчивой и наивной ласки, прежнего оживления, в котором так мило смешивалось кокетство красивой девушки с резвой ребяческой шаловливостью. В нашем разговоре появилась какая-то непреодолимая неловкая принужденность...

С поспешной боязливостью Олеся избегала живых тем, дававших раньше такой безбрежный простор нашему любопытству.

В моем присутствии она отдавалась работе с напряженной, суровой деловитостью, но часто я наблюдал, как среди этой работы ее руки вдруг опускались бессильно вдоль колен, а глаза неподвижно и неопределенно устремлялись вниз, на пол. Если в такую минуту я называл Олесю по имени или предлагал ей какой-нибудь вопрос, она вздрагивала и медленно обращала ко мне свое лицо, в котором отражались испуг и усилие понять смысл моих слов. Иногда мне казалось, что ее тяготит и стесняет мое общество, но это предположение плохо вязалось с громадным интересом, возбуждаемым в ней всего лишь несколько дней тому назад каждым моим замечанием, каждой фразой... Оставалось думать только, что Олеся не хочет мне простить моего так возмутившего ее независимую натуру покровительства в деле с урядником. Но и эта догадка не удовлетворяла меня: откуда в самом деле могла явиться у простой, выросшей среди леса девушки такая чрезмерно щепетильная гордость?

Все это требовало разъяснений, а Олеся упорно избегала всякого благоприятного случая для откровенного разговора. Наши вечерние прогулки прекратились. Напрасно каждый день, собираясь уходить, я бросал на Олесю красноречивые, умоляющие взгляды, — она делала вид, что не понимает их значения. Присутствие же старухи, несмотря на ее глухоту, беспокоило меня.

Иногда я возмущался против собственного бессилия и против привычки, тянувшей меня каждый день к Олесе. Я и сам не подозревал, какими тонкими, крепкими, незримыми нитями было привязано мое сердце к этой очаровательной, непонятной для меня девушке. Я еще не думал о любви, но я уже переживал тревожный, предшествующий любви период, полный смутных, томительно-грустных ощущений. Где бы я ни был, чем бы ни старался развлечься — все мои мысли были заняты образом Олеси, все мое существо стремилось к ней, каждое воспоминание об ее иной раз самых ничтожных словах, об ее жестах и улыбках сжимало с тихой и сладкой болью мое сердце. Но наступал вечер, и я подолгу сидел возле нее на низкой шаткой скамеечке, с досадой чувствуя себя все более робким, неловким и ненаходчивым.

Однажды я провел таким образом около Олеси целый день. Уже с утра я себя чувствовал нехорошо, хотя еще не мог ясно определить, в чем заключалось мое нездоровье. К вечеру мне стало хуже. Голова сделалась тяжелой, в ушах шумело, в темени я ощущал тупую беспрестанную боль, точно кто-то давил на него мягкой, но сильной рукой. Во рту у меня пересохло, и по всему телу постоянно разливалась какая-то ленивая, томная слабость, от которой каждую минуту хотелось зевать и тянуться. В глазах чувствовалась такая боль, как будто бы я только что пристально и близко глядел на блестящую точку.

Когда же поздним вечером я возвращался домой, то как раз на середине пути меня вдруг схватил и затряс бурный приступ озноба. Я шел, почти не видя дороги, почти не сознавая, куда иду, и шатаясь, как пьяный, между тем как мои челюсти выбивали одна о другую частую и громкую дробь.

Я до сих пор не знаю, кто довез меня до дому... Ровно шесть дней била меня неотступная ужасная полесская лихорадка. Днем недуг как будто бы затихал, и ко мне возвращалось сознание. Тогда, совершенно изнуренный болезнью, я еле-еле бродил по комнате с болью и слабостью в коленях; при каждом более сильном движении кровь приливала горячей волной к голове и застилала мраком все предметы перед моими глазами. Вечером же, обыкновенно часов около семи, как буря, налетал на меня приступ болезни, и я проводил на постели ужасную, длинную, как столетие, ночь, то трясясь под одеялом от холода, то пылая невыносимым жаром. Едва только дремота слегка касалась меня, как странные, нелепые, мучительно-пестрые сновидения начинали играть моим разгоряченным мозгом. Все мои грезы были полны мелочных микроскопических деталей, громоздившихся и цеплявшихся одна за другую в безобразной сутолоке. То мне казалось, что я разбираю какие-то разноцветные, причудливых форм ящики, вынимая маленькие из больших, а из маленьких еще меньшие, и никак не могу прекратить этой бесконечной работы, которая мне давно уже кажется отвратительной. То мелькали перед моими глазами с одуряющей быстротой длинные яркие полосы обоев, и на них вместо узоров я с изумительной отчетливостью видел целые гирлянды из человеческих физиономий — порою красивых, добрых и улыбающихся, порою делающих страшные гримасы, высовывающих языки, скалящих зубы и вращающих огромными белками. Затем я вступал с Ярмолой в запутанный, необычайно сложный отвлеченный спор. С каждой минутой доводы, которые мы приводили друг другу, становились все более тонкими и глубокими; отдельные слова и даже буквы слов принимали вдруг таинственное, неизмеримое значение, и вместе с тем меня все сильнее охватывал брезгливый ужас перед неведомой, противоестественной силой, что выматывает из моей головы один за другим уродливые софизмы и не позволяет мне прервать давно уже опротивевшего спора.

Это был какой-то кипящий вихрь человеческих и звериных фигур, ландшафтов, предметов самых удивительных форм и цветов, слов и фраз, значение которых воспринималось всеми чувствами... Но — странное дело — в то же время я не переставал видеть на потолке светлый ровный круг, отбрасываемый лампой с зеленым обгоревшим абажуром. И я знал почему-то, что в этом спокойном круге с нечеткими краями притаилась безмолвная, однообразная, таинственная и грозная жизнь, еще более жуткая и угнетающая, чем бешеный хаос моих сновидений.

Потом я просыпался или, вернее, не просыпался, а внезапно заставал себя бодрствующим. Сознание почти возвращалось ко мне. Я понимал, что лежу в постели, что я болен, что я только что бредил, но светлый круг на темном потолке все-таки пугал меня затаенной зловещей угрозой. Слабою рукой дотягивался я до часов, смотрел на них и с тоскливым недоумением убеждался, что вся бесконечная вереница моих уродливых снов заняла не более двух-трех минут. «Господи! Да когда же настанет рассвет!» — с отчаянием думал я, мечась головой по горячим подушкам и чувствуя, как опаляет мне губы мое собственное тяжелое и короткое дыхание... Но вот опять овладевала мною тонкая дремота, и опять мозг мой делался игралищем пестрого кошмара, и опять через две минуты я просыпался, охваченный смертельной тоской...

Через шесть дней моя крепкая натура, вместе с помощью хинина и настоя подорожника, победила болезнь. Я встал с постели весь разбитый, едва держась на ногах. Выздоровление совершалось с жадной быстротой. В голове, утомленной шестидневным лихорадочным бредом, чувствовалось теперь ленивое и приятное отсутствие мыслей. Аппетит явился в удвоенном размере, и тело мое крепло по часам, впивая каждой своей частицей здоровье и радость жизни. Вместе с тем с новой силой потянуло меня в лес, в одинокую покривившуюся хату. Нервы мои еще не оправились, и каждый раз, вызывая в памяти лицо и голос Олеси, я чувствовал такое нежное умиление, что мне хотелось плакать.

X

Прошло еще пять дней, и я настолько окреп, что пешком, без малейшей усталости, дошел до избушки на курьих ножках. Когда я ступил на ее порог, то сердце забилось с тревожным страхом у меня в груди. Почти две недели не видал я Олеси и теперь особенно ясно понял, как была она мне близка и мила. Держась за скобку двери, я несколько секунд медлил и едва переводил дыхание. В нерешимости я даже закрыл глаза на некоторое время, прежде чем толкнуть дверь...

В впечатлениях, подобных тем, которые последовали за моим входом, никогда невозможно разобраться... Разве можно запомнить слова, произносимые в первые моменты встречи матерью и сыном, мужем и женой или двумя влюбленными? Говорятся самые простые, самые обиходные фразы, смешные даже, если их записывать с точностью на бумаге. Но здесь каждое слово уместно и бесконечно мило уже потому, что говорится оно самым дорогим на свете голосом.

Я помню, очень ясно помню только то, что ко мне быстро обернулось бледное лицо Олеси и что на этом прелестном, новом для меня лице в одно мгновение отразились, сменяя друг друга, недоумение, испуг, тревога и нежная сияющая улыбка любви... Старуха что-то шамкала, топчась возле меня, но я не слышал ее приветствий. Голос Олеси донесся до меня, как сладкая музыка:

— Что с вами случилось? Вы были больны? Ох, как же вы исхудали, бедный мой.

Я долго не мог ничего ответить, и мы молча стояли друг против друга, держась за руки, прямо, глубоко и радостно смотря друг другу в глаза. Эти несколько молчаливых секунд я всегда считаю самыми счастливыми в моей жизни; никогда, никогда, ни раньше, ни позднее, я не испытывал такого чистого, полного, всепоглощающего восторга. И как много я читал в больших темных глазах Олеси: и волнение встречи, и упрек за мое долгое отсутствие, и горячее признание в любви... Я почувствовал, что вместе с этим взглядом Олеся отдает мне радостно, без всяких условий и колебаний все свое существо.

Она первая нарушила это очарование, указав мне медленным движением век на Мануйлиху. Мы уселись рядом, и Олеся принялась подробно и заботливо расспрашивать меня о ходе моей болезни, о лекарствах, которые я принимал, о словах и мнениях доктора (два раза приезжавшего ко мне из местечка). Про доктора она заставила меня рассказать несколько раз подряд, и я порою замечал на ее губах беглую насмешливую улыбку.

— Ах, зачем я не знала, что вы захворали! — воскликнула она с нетерпеливым сожалением. — Я бы в один день вас на ноги поставила... Ну как же им можно доверяться, когда они ничего, ни-че-го не понимают? Почему вы за мной не послали?

Я замялся.

— Видишь ли, Олеся... это и случилось так внезапно... и, кроме того, я боялся тебя беспокоить. Ты в последнее время стала со мной какая-то странная, точно все сердилась на меня или надоел я тебе...

Послушай, Олеся, — прибавил я, понижая голос, — нам с тобой много, много нужно поговорить... только одним... понимаешь?

Она тихо опустила веки в знак согласия, потом боязливо оглянулась на бабушку и быстро шепнула:

— Да... я и сама хотела... потом... подождите...

Едва только закатилось солнце, как Олеся стала меня торопить идти домой.

— Собирайтесь, собирайтесь скорее, — говорила она, увлекая меня за руку со скамейки. — Если вас теперь сыростью охватит — болезнь сейчас же назад вернется.

— А ты куда же, Олеся? — спросила вдруг Мануйлиха, видя, что ее внучка поспешно набросила на голову большой серый шерстяной платок.

— Пойду... провожу немножко, — ответила Олеся.

Она произнесла это равнодушно, глядя не на бабушку, а в окно, но в ее голосе я уловил чуть заметный оттенок раздражения.

— Пойдешь-таки? — с ударением переспросила старуха.

Глаза Олеси сверкнули и в упор остановились на лице Мануйлихи.

— Да, и пойду! — возразила она надменно. — Уж давно об этом говорено и переговорено... Мое дело, мой и ответ.

— Эх, ты!.. — с досадой и укоризной воскликнула старуха.

Она хотела еще что-то прибавить, но только махнула рукой, поплелась своей дрожащей походкой в угол и, кряхтя, закопошилась там над какой-то корзиной.

Я понял, что этот быстрый недовольный разговор, которому я только что был свидетелем, служит продолжением длинного ряда взаимных ссор и вспышек. Спускаясь рядом с Олесей к бору, я спросил ее:

— Бабушка не хочет, чтобы ты ходила со мной гулять? Да?

Олеся с досадой пожала плечами.

— Пожалуйста, не обращайте на это внимания. Ну да, не хочет... Что ж!.. Разве я не вольна делать, что мне нравится?

Во мне вдруг поднялось неудержимое желание упрекнуть Олесю за ее прежнюю суровость.

— Значит, и раньше, еще до моей болезни, ты тоже могла, но только не хотела оставаться со мною один на один... Ах, Олеся, если бы ты знала, какую ты причинила мне боль... Я так ждал, так ждал каждый вечер, что ты опять пойдешь со мною... А ты, бывало, всегда такая невнимательная, скучная, сердитая... О, как ты меня мучила, Оле-ся!..

— Ну, перестаньте, голубчик... Забудьте это, — с мягким извинением в голосе попросила Олеся.

— Нет, я ведь не в укор тебе говорю — так, к слову пришлось... Теперь я понимаю, почему это было... А ведь сначала — право, даже смешно и вспомнить — я подумал, что ты обиделась на меня из-за урядника. И эта мысль меня сильно огорчала. Мне казалось, что ты меня таким далеким, чужим человеком считаешь, что даже простую дружескую услугу тебе от меня трудно принять... Очень мне это было горько... Я ведь и не подозревал, Олеся, что все это от бабушки идет...

Лицо Олеси вдруг вспыхнуло ярким румянцем.

— И вовсе не от бабушки!.. Сама я этого не хотела! — горячо, с задором воскликнула она.

Я поглядел на нее сбоку, так что мне стал виден чистый, нежный профиль ее слегка наклоненной головы. Только теперь я заметил, что и сама Олеся похудела за это время и вокруг ее глаз легли голубоватые тени. Почувствовав мой взгляд, Олеся вскинула на меня глаза, но тотчас же опустила их и отвернулась с застенчивой улыбкой.

— Почему ты не хотела, Олеся? Почему? — спросил я обрывающимся от волнения голосом и, схватив Олесю за руку, заставил ее остановиться.

Мы в это время находились как раз на середине длинной, узкой и прямой, как стрела, лесной просеки. Высокие, стройные сосны обступали нас с обеих сторон, образуя гигантский, уходящий вдаль коридор со сводом из душистых сплетшихся ветвей. Голые, облупившиеся стволы были окрашены багровым отблеском догорающей зари...

— Почему? Почему, Олеся? — твердил я шепотом и все сильнее сжимал ее руку.

— Я не могла... Я боялась, — еле слышно произнесла Олеся. — Я думала, что можно уйти от судьбы... А теперь... теперь...

Она задохнулась, точно ей не хватало воздуху, и вдруг ее руки быстро и крепко обвились вокруг моей шеи, и мои губы сладко обжег торопливый, дрожащий шепот Олеси:

— Теперь мне все равно, все равно!.. Потому что я люблю тебя, мой дорогой, мое счастье, мой ненаглядный!..

Она прижималась ко мне все сильнее, и я чувствовал, как трепетало под моими руками ее сильное, крепкое, горячее тело, как часто билось около моей груди ее сердце. Ее страстные поцелуи вливались в мою еще не окрепшую от болезни голову, как пьяное вино, и я начал терять самообладание.

— Олеся, ради Бога, не надо... оставь меня, — говорил я, стараясь разжать ее руки. — Теперь и я боюсь... боюсь самого себя... Пусти меня, Олеся.

Она подняла кверху свое лицо, и все оно осветилось томной, медленной улыбкой.

— Не бойся, мой миленький, — сказала она с непередаваемым выражением нежной ласки и трогательной смелости. — Я никогда не попрекну тебя, ни к кому ревновать не стану... Скажи только: любишь ли?

— Люблю, Олеся. Давно люблю и крепко люблю. Но... не целуй меня больше... Я слабею, у меня голова кружится, я не ручаюсь за себя...

Ее губы опять долго и мучительно-сладко прильнули к моим, и я не услышал, а скорее угадал ее слова:

— Ну, так и не бойся и не думай ни о чем больше... Сегодня наш день, и никто у нас его не отнимет...

. . . .

И вся эта ночь слилась в какую-то волшебную, чарующую сказку. Взошел месяц, и его сияние причудливо-пестро и таинственно расцветило лес, легло среди мрака неровными, иссиня-бледными пятнами на корявые стволы, на изогнутые сучья, на мягкий, как плюшевый ковер, мох. Тонкие стволы берез белели резко и отчетливо, а на их редкую листву, казалось, были наброшены серебристые, прозрачные, газовые покровы. Местами свет вовсе не проникал под густой навес сосновых ветвей. Там стоял полный, непроницаемый мрак, и только в самой середине его скользнувший неведомо откуда луч вдруг ярко озарял длинный ряд деревьев и бросал на землю узкую правильную дорожку, такую светлую, нарядную и прелестную, точно аллея, убранная эльфами для торжественного шествия Оберона и Титании. И мы шли, обнявшись, среди этой улыбающейся живой легенды, без единого слова, подавленные своим счастьем и жутким безмолвием леса.

— Дорогой мой, а я ведь и забыла совсем, что тебе домой надо спешить, — спохватилась вдруг Олеся. — Вот какая гадкая! Ты только что выздоровел, а я тебя до сих пор в лесу держу.

Я обнял ее и откинул платок с ее густых темных волос и, наклонясь к ее уху, спросил чуть слышно:

— Ты не жалеешь, Олеся? Не раскаиваешься?

Она медленно покачала головой.

— Нет, нет... Что бы потом ни случилось, я не пожалею. Мне так хорошо...

— А разве непременно должно что-нибудь случиться?

В ее глазах мелькнуло отражение знакомого мне мистического ужаса.

— О, да, непременно... Помнишь, я тебе говорила про трефовую даму? Ведь эта трефовая дама — я, это со мной будет несчастье, про что сказали карты... Ты знаешь, я ведь хотела тебя попросить, чтобы ты и вовсе у нас перестал бывать. А тут как раз ты заболел, и я тебя чуть не полмесяца не видала... И такая меня по тебе тоска обуяла, такая грусть, что, кажется, все бы на свете отдала, лишь бы с тобой хоть минуточку еще побыть... Вот тогда-то я и решилась. Пусть, думаю, что будет, то и будет, а я своей радости никому не отдам...

— Это правда, Олеся. Это и со мной так было, — сказал я, прикасаясь губами к ее виску. — Я до тех пор не знал, что люблю тебя, покамест не расстался с тобой. Недаром, видно, кто-то сказал, что разлука для любви то же, что ветер для огня: маленькую любовь она тушит, а большую раздувает еще сильней.

— Как ты сказал? Повтори, повтори, пожалуйста, — заинтересовалась Олеся.

Я повторил еще раз это не знаю кому принадлежащее изречение. Олеся задумалась, и я увидел по движению ее губ, что она повторяет мои слова.

Я близко вглядывался в ее бледное, закинутое назад лицо, в ее большие черные глаза с блестевшими в них яркими лунными бликами, — и смутное предчувствие близкой беды вдруг внезапным холодом заползло в мою душу.

XI

Почти целый месяц продолжалась наивная, очаровательная сказка нашей любви, и до сих пор вместе с прекрасным обликом Олеси живут с неувядающей силой в моей душе эти пылающие вечерние зори, эти росистые, благоухающие ландышами и медом утрá, полные бодрой свежести и звонкого птичьего гама, эти жаркие, томные, ленивые июньские дни... Ни разу ни скука, ни утомление, ни вечная страсть к бродячей жизни не шевельнулись за это время в моей душе. Я, как языческий бог или как молодое, сильное животное, наслаждался светом, теплом, сознательной радостью жизни и спокойной, здоровой, чувственной любовью.

Старая Мануйлиха стала после моего выздоровления так несносно брюзглива, встречала меня с такой откровенной злобой и, покамест я сидел в хате, с таким шумным ожесточением двигала горшками в печке, что мы с Олесей предпочитали сходиться каждый вечер в лесу... И величественная зеленая прелесть бора, как драгоценная оправа, украшала нашу безмятежную любовь.

Каждый день я все с большим удивлением находил, что Олеся — эта выросшая среди леса, не умеющая даже читать девушка — во многих случаях жизни проявляет чуткую деликатность и особенный, врожденный такт. В любви — в прямом, грубом ее смысле — всегда есть ужасные стороны, составляющие мученье и стыд для нервных, художественных натур. Но Олеся умела избегать их с такой наивной целомудренностью, что ни разу ни одно дурное сравнение, ни один циничный момент не оскорбили нашей связи.

Между тем приближалось время моего отъезда. Собственно говоря, все мои служебные обязанности в Переброде были уже покончены, и я умышленно оттягивал срок моего возвращения в город. Я еще ни слова не говорил об этом Олесе, боясь даже представить себе, как она примет мое извещение о необходимости уехать. Вообще я находился в затруднительном положении. Привычка пустила во мне слишком глубокие корни. Видеть ежедневно Олесю, слышать ее милый голос и звонкий смех, ощущать нежную прелесть ее ласки стало для меня больше чем необходимостью. В редкие дни, когда ненастье мешало нам встречаться, я чувствовал себя точно потерянным, точно лишенным чего-то самого главного, самого важного в моей жизни. Всякое занятие казалось мне скучным, лишним, и все мое существо стремилось в лес, к теплу, к свету, к милому привычному лицу Олеси.

Мысль жениться на Олесе все чаще и чаще приходила мне в голову. Сначала она лишь изредка представлялась мне как возможный, на крайний случай, честный исход из наших отношений. Одно лишь обстоятельство пугало и останавливало меня: я не смел даже воображать себе, какова будет Олеся, одетая в модное платье, разговаривающая в гостиной с женами моих сослуживцев, исторгнутая из этой очаровательной рамки старого леса, полного легенд и таинственных сил.

Но чем ближе подходило время моего отъезда, тем больший ужас одиночества и большая тоска овладевали мною. Решение жениться с каждым днем крепло в моей душе, и под конец я уже перестал видеть в нем дерзкий вызов обществу. «Женятся же хорошие и ученые люди на швейках, на горничных, — утешал я себя, — и живут прекрасно и до конца дней своих благословляют судьбу, толкнувшую их на это решение. Не буду же я несчастнее других, в самом деле?»

Однажды в середине июня, под вечер, я, по обыкновению, ожидал Олесю на повороте узкой лесной тропинки между кустами цветущего боярышника. Я еще издали узнал легкий, быстрый шум ее шагов.

— Здравствуй, мой родненький, — сказала Олеся, обнимая меня и тяжело дыша. — Заждался небось? А я насилу-насилу вырвалась... Все с бабушкой воевала.

— До сих пор не утихла?

— Куда там! «Ты, — говорит, — пропадешь из-за него... Натешится он тобою вволю, да и бросит. Не любит он тебя вовсе...»

— Это она про меня так?

— Про тебя, милый... Ведь я все равно ни одному ее словечку не верю.

— А она все знает?

— Не скажу наверно... кажется, знает. Я с ней, впрочем, об этом ничего не говорю — сама догадывается. Ну, да что об этом думать... Пойдем.

Она сорвала ветку боярышника с пышным гнездом белых цветов и воткнула себе в волосы. Мы медленно пошли по тропинке, чуть розовевшей на вечернем солнце.

Я еще прошлой ночью решил во что бы то ни стало высказаться в этот вечер. Но странная робость отяжеляла мой язык. Я думал: если скажу Олесе о моем отъезде и об женитьбе, то поверит ли она мне? Не покажется ли ей, что я своим предложением только уменьшаю, смягчаю первую боль наносимой раны? «Вот как дойдем до того клена с ободранным стволом, так сейчас же и начну», — назначил я себе мысленно. Мы равнялись с кленом, и я, бледнея от волнения, уже переводил дыхание, чтобы начать говорить, но внезапно моя смелость ослабевала, разрешаясь нервным, болезненным биением сердца и холодом во рту. «Двадцать семь — мое феральное число, — думал я несколько минут спустя, — досчитаю до двадцати семи, и тогда!..» И я принимался считать в уме, но когда доходил до двадцати семи, то чувствовал, что решимость еще не созрела во мне. «Нет, — говорил я себе, — лучше уж буду продолжать считать до шестидесяти, это составит как раз целую минуту, и тогда непременно, непременно...»

— Что такое сегодня с тобой? — спросила вдруг Олеся. — Ты думаешь о чем-то неприятном. Что с тобой случилось?

Тогда я заговорил, но заговорил каким-то самому мне противным тоном, с напускной, неестественной небрежностью, точно дело шло о самом пустячном предмете.

— Действительно, есть маленькая неприятность... ты угадала, Олеся... Видишь ли, моя служба здесь окончена, и меня начальство вызывает в город.

Мельком, сбоку я взглянул на Олесю и увидел, как сбежала краска с ее лица и как задрожали ее губы. Но она не ответила мне ни слова. Несколько минут я молча шел с ней рядом. В траве громко кричали кузнечики, и откуда-то издалека доносился однообразный напряженный скрип коростеля.

— Ты, конечно, и сама понимаешь, Олеся, — опять начал я, — что мне здесь оставаться неудобно и негде, да, наконец, и службой пренебрегать нельзя...

— Нет... что же... тут и говорить нечего, — отозвалась Олеся как будто бы спокойно, но таким глухим, безжизненным голосом, что мне стало жутко. — Если служба, то, конечно... надо ехать...

Она остановилась около дерева и оперлась спиною об его ствол, вся бледная, с бессильно упавшими вдоль тела руками, с жалкой, мучительной улыбкой на губах. Ее бледность испугала меня. Я кинулся к ней и крепко сжал ее руки.

— Олеся... что с тобой? Олеся... милая!..
— Ничего... извините меня... это пройдет. Так... голова закружилась...

Она сделала над собой усилие и прошла вперед, не отнимая у меня своей руки.

— Олеся, ты теперь обо мне дурно подумала, — сказал я с упреком. — Стыдно тебе! Неужели и ты думаешь, что я могу уехать, бросив тебя? Нет, моя дорогая. Я потому и начал этот разговор, что хочу сегодня же пойти к твоей бабушке и сказать ей, что ты будешь моей женой.

Совсем неожиданно для меня Олесю почти не удивили мои слова.

— Твоей женой? — Она медленно и печально покачала головой. — Нет, Ванечка, милый, это невозможно!

— Почему же, Олеся? Почему?
— Нет, нет... Ты и сам понимаешь, что об этом смешно и думать. Ну какая я тебе жена на самом деле? Ты барин, ты умный, образованный, а я? Я и читать не умею, и куда ступить — не знаю... Ты одного стыда из-за меня не оберешься...

— Это все глупости, Олеся! — возразил я горячо. — Ты через полгода сама себя не узнаешь. Ты не подозреваешь даже, сколько в тебе врожденного ума и наблюдательности. Мы с тобой вместе прочитаем много хороших книжек, познакомимся с добрыми, умными людьми, мы с тобой весь широкий свет увидим, Олеся... Мы до старости, до самой смерти будем идти рука об руку, вот как теперь идем, и не стыдиться, а гордиться тобой я буду и благодарить тебя!..

На мою пылкую речь Олеся ответила мне признательным пожатием руки, но продолжала стоять на своем.

— Да разве это одно?.. Может быть, ты еще не знаешь?.. Я никогда не говорила тебе... Ведь у меня отца нет... Я незаконная...

— Перестань, Олеся... Это меньше всего меня останавливает. Что мне за дело до твоей родни, если ты сама для меня дороже отца и матери, дороже целого мира? Нет, все это мелочи, все это пустые отговорки!..

Олеся с тихой, покорной лаской прижалась плечом к моему плечу.

— Голубчик... Лучше бы ты вовсе об этом не начинал разговора... Ты молодой, свободный... Неужели у меня хватило бы духу связать тебя по рукам и по ногам на всю жизнь?.. Ну, а если тебе потом другая понравится? Ведь ты меня тогда возненавидишь, проклянешь тот день и час, когда я согласилась пойти за тебя. Не сердись, мой дорогой! — с мольбой воскликнула она, видя по моему лицу, что мне неприятны эти слова. — Я не хочу тебя обидеть. Я ведь только о твоем счастье думаю. Наконец, ты позабыл про бабушку. Ну посуди сам, разве хорошо будет с моей стороны ее одну оставить?

— Что ж... и бабушке у нас место найдется. (Признаться, мысль о бабушке меня сильно покоробила.) А не захочет она у нас жить, так во всяком городе есть такие дома... они называются богадельнями... где таким старушкам дают и покой, и уход внимательный...

— Нет, что ты! Она из леса никуда не пойдет. Она людей боится.

— Ну, так ты уж сама придумывай, Олеся, как лучше. Тебе придется выбирать между мной и бабушкой.

Но только знай одно — что без тебя мне и жизнь будет противна.

— Солнышко мое! — с глубокой нежностью произнесла Олеся. — Уж за одни твои слова спасибо тебе... Отогрел ты мое сердце... Но все-таки замуж я за тебя не пойду... Лучше уж я так пойду с тобой, если не прогонишь... Только не спеши, пожалуйста, не торопи меня. Дай мне денька два, я все это хорошенько обдумаю... И с бабушкой тоже нужно поговорить.

— Послушай, Олеся, — спросил я, осененный новой догадкой. — А может быть, ты опять... церкви боишься?

Пожалуй, что с этого вопроса и надо было начать. Почти ежедневно спорил я с Олесей, стараясь разубедить ее в мнимом проклятии, тяготеющем над ее родом вместе с обладанием чародейными силами. В сущности, в каждом русском интеллигенте сидит немножко развивателя. Это у нас в крови, это внедрено нам всей русской беллетристикой последних десятилетий. Почем знать? Если бы Олеся глубоко веровала, строго блюла посты и не пропускала ни одного церковного служения, — весьма возможно, что тогда я стал бы иронизировать (но только слегка, ибо я всегда был верующим человеком) над ее религиозностью и развивать в ней критическую пытливость ума. Но она с твердой и наивной убежденностью исповедовала свое общение с темными силами и свое отчуждение от Бога, о котором она даже боялась говорить.

Напрасно я покушался поколебать суеверие Олеси. Все мои логические доводы, все мои иной раз грубые и злые насмешки разбивались об ее покорную уверенность в свое таинственное роковое призвание.

— Ты боишься церкви, Олеся? — повторил я.
Она молча наклонила голову.

— Ты думаешь, что Бог не примет тебя? — продолжал я с возрастающей горячностью. — Что у него не хватит для тебя милосердия? У Того, который, повелевая миллионами ангелов, сошел, однако, на землю и принял ужасную, позорную смерть для избавления всех людей? У Того, кто не погнушался раскаянием самой последней женщины и обещал разбойнику-убийце, что он сегодня же будет с Ним в раю?..

Все это было уже не ново Олесе в моем толковании, но на этот раз она даже и слушать меня не стала. Она быстрым движением сбросила с себя платок и, скомкав его, бросила мне в лицо. Началась возня. Я старался отнять у нее цветок боярышника. Сопротивляясь, она упала на землю и увлекла меня за собою, радостно смеясь и протягивая мне свои раскрытые частым дыханием, влажные, милые губы...

Поздно ночью, когда мы простились и уже разошлись на довольно большое расстояние, я вдруг услышал за собою голос Олеси:

— Ванечка! Подожди минутку... Я тебе что-то скажу!

Я повернулся и пошел к ней навстречу. Олеся поспешно подбежала ко мне. На небе уже стоял тонкий серебряный зазубренный серп молодого месяца, и при его бледном свете я увидел, что глаза Олеси полны крупных невыливших ся слез.

— Олеся, о чем ты? — спросил я тревожно.

Она схватила мои руки и стала их целовать поочередно.

— Милый... какой ты хороший! Какой ты добрый! — говорила она дрожащим голосом. — Я сейчас шла и подумала: как ты меня любишь!.. И знаешь, мне ужасно хочется сделать тебе что-нибудь очень, очень приятное.

— Олеся... Девочка моя славная, успокойся...

— Послушай, скажи мне, — продолжала она, — ты бы очень был доволен, если бы я когда-нибудь пошла в церковь? Только правду, истинную правду скажи.

Я задумался. У меня вдруг мелькнула в голове суеверная мысль: а не случится ли от этого какого-нибудь несчастья?

— Что же ты молчишь? Ну, говори скорее, был бы ты этому рад или тебе все равно?

— Как тебе сказать, Олеся? — начал я с запинкой. — Ну да, пожалуй, мне это было бы приятно. Я ведь много раз говорил тебе, что мужчина может не верить, сомневаться, даже смеяться, наконец. Но женщина... женщина должна быть набожна без рассуждений. В той простой и нежной доверчивости, с которой она отдает себя под защиту Бога, я всегда чувствую что-то трогательное, женственное и прекрасное.

Я замолчал. Олеся тоже не отзывалась, притаившись головой около моей груди.

— А зачем ты меня об этом спросила? — полюбопытствовал я.

Она вдруг встрепенулась.

— Так себе... Просто спросила... Ты не обращай внимания. Ну, до свидания, милый. Приходи же завтра.

Она скрылась. Я еще долго глядел в темноту, прислушиваясь к частым, удалявшимся от меня шагам. Вдруг внезапный ужас предчувствия охватил меня. Мне неудержимо захотелось побежать вслед за Олесей, догнать ее и просить, умолять, даже требовать, если нужно, чтобы она не шла в церковь. Но я сдержал свой неожиданный порыв и даже — помню, — пускаясь в дорогу, проговорил вслух:

— Кажется, вы сами, дорогой мой Ванечка, заразились суеверием.

О Боже мой! Зачем я не послушался тогда смутного влечения сердца, которое — я теперь, безусловно, верю в это! — никогда не ошибается в своих быстрых тайных предчувствиях?

XII

На другой день после этого свидания пришелся как раз праздник Св. Троицы, выпавший в этом году на день великомученика Тимофея, когда, по народным сказаниям, бывают знамения перед неурожаем. Село Переброд в церковном отношении считалось приписным, то есть в нем хотя и была своя церковь, но отдельного священника при ней не полагалось, а наезжал изредка, постом и по большим праздникам, священник села Волчьего.

Мне в этот день необходимо было съездить по служебным делам в соседнее местечко, и я отправился туда часов в восемь утра, еще по холодку, верхом. Для разъездов я давно уже купил себе небольшого жеребчика лет шести-семи, происходившего из местной неказистой породы, но очень любовно и тщательно выхоленного прежним владельцем, уездным землемером. Лошадь звали Таранчиком. Я сильно привязался к этому милому животному с крепкими, тоненькими, точеными ножками, с косматой челкой, из-под которой сердито и недоверчиво выглядывали огненные глазки, с крепкими, энергично сжатыми губами. Масти он был довольно редкой и смешной: весь серый, мышастый, и только по крупу у него шли пестрые, белые и черные пятна.

Мне пришлось проезжать через все село. Большая зеленая площадь, идущая от церкви до кабака, была сплошь занята длинными рядами телег, в которых с женами и детьми приехали на праздник крестьяне окрестных деревень: Волоши, Зульни и Печаловки. Между телегами сновали люди. Несмотря на ранний час и строгие постановления, между ними уже намечались пьяные (водкой по праздникам и в ночное время торговал потихоньку бывший шинкарь Сруль). Утро было безветренное, душное. В воздухе парило, и день обещал быть нестерпимо жарким. На раскаленном и точно подернутом серебристой пылью небе не показывалось ни одного облачка.

Справив все, что мне нужно было в местечке, я перекусил на скорую руку в заезжем доме фаршированной еврейской щукой, запил ее прескверным, мутным пивом и отправился домой. Но, проезжая мимо кузницы, я вспомнил, что у Таранчика давно уже хлябает подкова на левой передней, и остановился, чтобы перековать лошадь. Это заняло у меня еще часа полтора времени, так что, когда я подъезжал к переброской околице, было уже между четырьмя и пятью часами пополудни.

Вся площадь кишмя кишела пьяным, галдящим народом. Ограду и крыльцо кабака буквально запрудили, толкая и давя друг друга, покупатели; перебродские крестьяне перемешались с приезжими, рассевшись на траве, в тени повозок. Повсюду виднелись запрокинутые назад головы и поднятые вверх бутылки. Трезвых уже не было ни одного человека. Общее опьянение дошло до того предела, когда мужик начинает бурно и хвастливо преувеличивать свой хмель, когда все движения его приобретают расслабленную и грузную размашистость, когда вместо того, например, чтобы утвердительно кивнуть головой, он оседает вниз всем туловищем, сгибает колени и, вдруг потеряв устойчивость, беспомощно пятится назад. Ребятишки возились и визжали тут же, под ногами лошадей, равнодушно жевавших сено. В ином месте баба, сама еле держась на ногах, с плачем и руганью тащила домой за рукав упиравшегося, безобразно пьяного мужа... В тени забора густая кучка, человек в двадцать мужиков и баб, тесно обсела слепого лирника, и его дрожащий, гнусавый тенор, сопровождаемый звенящим монотонным жужжанием инструмента, резко выделялся из сплошного гула толпы. Еще издали услышал я знакомые слова «думки»:

> Ой зийшла зоря, тай вечирняя
> Над Почаевым стала.
> Ой вышло вийско турецкое,
> Як та черная хмара...

Дальше в этой думке рассказывается о том, как турки, не осилив Почаевской лавры приступом, порешили взять ее хитростью. С этой целью они послали, как будто бы в дар монастырю, огромную свечу, начиненную порохом. Привезли эту свечу на двенадцати парах волов, и обрадованные монахи уже хотели возжечь ее перед иконой Почаевской Божией Матери, но Бог не допустил совершиться злодейскому замыслу.

> А приснилося старшему чтецу:
> Той свичи не брати.
> Вывезти еи в чистое поле,
> Сокирами зрубати.

И вот иноки

> Вывезли еи в чистое поле,
> Сталы еи рубати,
> Кули и патроны на вси стороны
> Сталы — геть! — роскидати...

Невыносимо жаркий воздух, казалось, весь был насыщен отвратительным смешанным запахом перегоревшей водки, лука, овчинных тулупов, крепкой махорки-бакуна и испарений грязных человеческих тел. Пробираясь осторожно между людьми и с трудом удерживая мотавшего головой Таранчика, я не мог не заметить, что со всех сторон меня провожали бесцеремонные, любопытные и враждебные взгляды. Против обыкновения, ни один человек не снял шапки, но шум как будто бы утих при моем появлении. Вдруг где-то в самой середине толпы раздался пьяный, хриплый выкрик, который я, однако, ясно не расслышал, но в ответ на него раздался сдержанный хохот. Какой-то женский голос стал испуганно урезонивать горлана:

— Тиши ты, дурень... Чего орешь! Услышит...

— А что мне, что услышит? — продолжал задорно мужик. — Что же он мне, начальство, что ли? Он только в лесу у своей...

. . . .

Омерзительная, длинная, ужасная фраза повисла в воздухе вместе со взрывом неистового хохота. Я быстро повернул назад лошадь и судорожно сжал рукоятку нагайки, охваченный той безумной яростью, которая ничего не видит, ни о чем не думает и ничего не боится. И вдруг странная, болезненная, тоскливая мысль промелькнула у меня в голове: «Все это уже происходило когда-то, много, много лет тому назад в моей жизни... Так же горячо палило солнце... Так же была залита шумящим, возбужденным народом огромная площадь... Так же обернулся я назад в припадке бешеного гнева... Но где это было? Когда? Когда?..» Я опустил нагайку и галопом поскакал к дому.

Ярмола, медленно вышедший из кухни, принял у меня лошадь и сказал грубо:

— Там, паныч, у вас в комнате сидит из Мариновской экономии приказчик.

Мне почудилось, что он хочет еще что-то прибавить, очень важное для меня и неприятное; мне показалось даже, что по лицу его скользнуло беглое выражение злой насмешки. Я нарочно задержался в дверях и с вызовом оглянулся на Ярмолу. Но он уже, не глядя на меня, тащил за узду лошадь, которая вытягивала вперед шею и осторожно переступала ногами.

В моей комнате я застал конторщика соседнего имения — Никиту Назарыча Мищенку. Он был в сером пиджачке с огромными рыжими клетками, в узких брючках василькового цвета и в огненно-красном галстуке, с припомаженным пробором посередине головы, весь благоухающий персидской сиренью. Увидев меня, он вскочил со стула и принялся расшаркиваться, не кланяясь, а как-то ломаясь в пояснице, с улыбкой, обнажавшей бледные десны обеих челюстей.

— Имею честь кланяться, — любезно тараторил Никита Назарыч. — Очень приятно увидеться... А я уж тут жду вас с самой обедни. Давно я вас видел, даже соскучился за вами. Что это вы к нам никогда не заглянете? Наши степаньские барышни даже смеются с вас.

И вдруг, подхваченный внезапным воспоминанием, он разразился неудержимым хохотом.

— Вот, я вам скажу, потеха-то была сегодня! — воскликнул он, давясь и прыская. — Ха-ха-ха-ха... Я даже боки рвал со смеху!..

— Что такое? Что за потеха? — грубо спросил я, не скрывая своего неудовольствия.

— После обедни скандал здесь произошел, — продолжал Никита Назарыч, прерывая свою речь залпами хохота. — Перебродские дивчата... Нет, ей-Богу, не выдержу... Перебродские дивчата поймали здесь на площади ведьму... То есть, конечно, они ее ведьмой считают по своей мужицкой необразованности... Ну и задали же они ей встряску!.. Хотели дегтем вымазать, да она вывернулась как-то, утекла...

Страшная догадка блеснула у меня в уме. Я бросился к конторщику и, не помня себя от волнения, крепко вцепился рукой в его плечо.

— Что вы говорите! — закричал я неистовым голосом. — Да перестаньте же ржать, черт вас подери! Про какую ведьму вы говорите?

Он вдруг сразу перестал смеяться и выпучил на меня круглые, испуганные глаза.

— Я... я... право, не знаю-с, — растерянно залепетал он. — Кажется, какая-то Самуйлиха... Мануйлиха... или... Позвольте... Дочка какой-то Мануйлихи?.. Тут что-то такое болтали мужики, но я, признаться, не запомнил.

Я заставил его рассказать мне по порядку все, что он видел и слышал. Он говорил нелепо, несвязно, путаясь в подробностях, я каждую минуту перебивал его нетерпеливыми расспросами и восклицаниями, почти бранью. Из его рассказа я понял очень мало и только месяца два спустя восстановил всю последовательность этого проклятого события со слов его очевидицы, жены казенного лесничего, которая в тот день также была у обедни.

Мое предчувствие не обмануло меня. Олеся переломила свою боязнь и пришла в церковь; хотя она поспела только к середине службы и стала в церковных сенях, но ее приход был тотчас же замечен всеми находившимися в церкви крестьянами. Всю службу женщины перешептывались и оглядывались назад.

Однако Олеся нашла в себе достаточно силы, чтобы достоять до конца обедню. Может быть, она не поняла настоящего значения этих враждебных взглядов, может быть, из гордости пренебрегла ими. Но когда она вышла из церкви, то у самой ограды ее со всех сторон обступила кучка баб, становившаяся с каждой минутой все больше и больше и все теснее сдвигавшаяся вокруг Олеси. Сначала они только молча и бесцеремонно разглядывали беспомощную, пугливо озиравшуюся по сторонам девушку. Потом посыпались грубые насмешки, крепкие слова, ругательства, сопровождаемые хохотом, потом отдельные восклицания слились в общий пронзительный бабий гвалт, в котором ничего нельзя было разобрать и который еще больше взвинчивал нервы расходившейся толпы. Несколько раз Олеся пыталась пройти сквозь это живое ужасное кольцо, но ее постоянно отталкивали опять на середину. Вдруг визгливый старушечий голос заорал откуда-то позади толпы: «Дегтем ее вымазать, стерву!» (Известно, что в Малороссии мазанье дегтем даже ворот того дома, где живет девушка, сопряжено для нее с величайшим несмываемым позором.) Почти в ту же минуту над головами беснующихся баб появилась мазница с дегтем и кистью, передаваемая из рук в руки.

Тогда Олеся в припадке злобы, ужаса и отчаяния бросилась на первую попавшуюся из своих мучительниц так стремительно, что сбила ее с ног. Тотчас же на земле закипела свалка, и десятки тел смешались в одну общую кричащую массу. Но Олесе прямо каким-то чудом удалось выскользнуть из этого клубка, и она опрометью побежала по дороге — без платка, с растерзанной в лохмотья одеждой, из-под которой во многих местах было видно голое тело. Вслед ей вместе с бранью, хохотом и улюлюканьем полетели камни. Однако погнались за ней только немногие, да и те сейчас же отстали... Отбежав шагов на пятьдесят, Олеся остановилась, повернула к озверевшей толпе свое бледное, исцарапанное, окровавленное лицо и крикнула так громко, что каждое ее слово было слышно на площади:

— Хорошо же!.. Вы еще у меня вспомните это! Вы еще все наплачетесь досыта!

Эта угроза, как мне потом передавала та же очевидица события, была произнесена с такой страстной ненавистью, таким решительным, пророческим тоном, что на мгновение вся толпа как будто бы оцепенела, но только на мгновение, потому что тотчас же раздался новый взрыв брани.

Повторяю, что многие подробности этого происшествия я узнал гораздо позднее. У меня не хватило сил и терпения дослушать до конца рассказ Мищенки. Я вдруг вспомнил, что Ярмола, наверно, не успел еще расседлать лошадь, и, не сказав изумленному конторщику ни слова, поспешно вышел на двор. Ярмола действительно еще водил Таранчика вдоль забора. Я быстро взнуздал лошадь, затянул подпруги и объездом, чтобы опять не пробираться сквозь пьяную толпу, поскакал в лес.

XIII

Невозможно описать того состояния, в котором я находился в продолжение моей бешеной скачки. Минутами я совсем забывал, куда и зачем еду; оставалось только смутное сознание, что совершилось что-то непоправимое, нелепое и ужасное, — сознание, похожее на тяжелую беспричинную тревогу, овладевающую иногда в лихорадочном кошмаре человеком. И в то же время — как это странно! — у меня в голове не переставал дрожать, в такт с лошадиным топотом, гнусавый, разбитый голос слепого лирника:

Ой вышло вийско турецкое,
Як та черная хмара...

Добравшись до узкой тропинки, ведшей прямо к хате Мануйлихи, я слез с Таранчика, на котором по краям потника и в тех местах, где его кожа соприкасалась со сбруей, белыми комьями выступила густая пена, и повел его в поводу. От сильного дневного жара и от быстрой езды кровь шумела у меня в голове, точно нагнетаемая каким-то огромным, безостановочным насосом.

Привязав лошадь к плетню, я вошел в хату. Сначала мне показалось, что Олеси нет дома, и у меня даже в груди и во рту похолодело от страха, но спустя минуту я ее увидел, лежащую на постели, лицом к стене, с головой, спрятанной в подушки. Она даже не обернулась на шум отворяемой двери.

Мануйлиха, сидевшая тут же рядом, на земле, с трудом поднялась на ноги и замахала на меня руками.

— Тише! Не шуми ты, окаянный, — с угрозой зашептала она, подходя ко мне вплотную. И, взглянув мне прямо в глаза своими выцветшими, холодными глазами, она прошипела злобно: — Что? Доигрался, голубчик?

— Послушай, бабка, — возразил я сурово, — теперь не время считаться и выговаривать. Что с Олесей?

— Тсс... тише! Без памяти лежит Олеся, вот что с Олесей... Кабы ты не лез, куда тебе не следует, да не болтал бы чепухи девчонке, ничего бы худого не случилось. И я-то, дура пятая, смотрела, потворствовала... А ведь чуяло мое сердце беду... Чуяло оно недоброе с того самого дня, когда ты чуть не силою к нам в хату ворвался. Что? Скажешь, это не ты ее подбил в церковь потащиться? — вдруг с искривленным от ненависти лицом накинулась на меня старуха. — Не ты, барчук проклятый? Да не лги — и не верти лисьим хвостом-то, срамник! Зачем тебе понадобилось ее в церковь манить?

— Не манил я ее, бабка... Даю тебе слово в этом. Сама она захотела.

— Ах ты, горе, горе мое! — всплеснула руками Мануйлиха. — Прибежала оттуда — лица на ней нет, вся рубаха в шматки растерзана... Простоволосая... Рассказывает, как что было, а сама — то хохочет, то плачет... Ну, прямо вот как кликуша какая... Легла в постель... все плакала, а потом, гляжу, как будто бы и задремала. Я-то, дура старая, обрадовалась было: вот, думаю, все сном пройдет, перекинется. Гляжу, рука у нее вниз свесилась, думаю: надо поправить, затечет рука-то... Тронула я ее, голубушку, за руку, а она вся так жаром и пышет... Значит, огневица с ней началась... С час без умолку говорила, быстро да жалостно так... Вот только-только замолчала на минуточку. Что ты наделал? Что ты наделал с ней? — с новым наплывом отчаяния воскликнула старуха.

И вдруг ее коричневое лицо собралось в чудовищную, отвратительную гримасу плача: губы растянулись и опустились по углам вниз, все личные мускулы напряглись и задрожали, брови поднялись кверху, наморщив лоб глубокими складками, а из глаз необычайно часто посыпались крупные, как горошины, слезы. Обхватив руками голову и положив локти на стол, она принялась качаться взад и вперед всем телом и завыла нараспев вполголоса:

— Дочечка моя-а-а! Внучечка миленькая-а-а!.. Ох, г-о-о-орько мне, то-о-ошно!..

— Да не реви ты, старая, — грубо прервал я Мануйлиху. — Разбудишь!

Старуха замолчала, но все с той же страшной гримасой на лице продолжала качаться взад и вперед, между тем как крупные слезы падали на стол... Так прошло минут с десять. Я сидел рядом с Мануйлихой и с тоской слушал, как, однообразно и прерывисто жужжа, бьется об оконное стекло муха...

— Бабушка! — раздался вдруг слабый, чуть слышный голос Олеси. — Бабушка, кто у нас?

Мануйлиха поспешно заковыляла к кровати и тотчас же опять завыла:

— Ох, внучечка моя, ро-одная-а-а! Ох, горько мне, ста-а-рой, тошно мне-е-е-е...

— Ах, бабушка, да перестань ты! — с жалобной мольбой и страданием в голосе сказала Олеся. — Кто у нас в хате сидит?

Я осторожно, на цыпочках, подошел к кровати с тем неловким, виноватым сознанием своего здоровья и своей грубости, какое всегда ощущаешь около больного.

— Это я, Олеся, — сказал я, понижая голос. — Я только что приехал верхом из деревни... А все утро я в городе был... Тебе нехорошо, Олеся?

Она, не отнимая лица от подушек, протянула назад обнаженную руку, точно ища чего-то в воздухе. Я понял это движение и взял ее горячую руку в свои руки. Два огромных синих пятна — одно над кистью, а другое повыше локтя — резко выделялись на белой нежной коже.

— Голубчик мой, — заговорила Олеся, медленно, с трудом отделяя одно слово от другого. — Хочется мне... на тебя посмотреть... да не могу я... Всю меня... изуродовали... Помнишь... тебе... мое лицо так нравилось?.. Правда, ведь нравилось, родной?.. И я так этому всегда радовалась... А теперь тебе противно будет... смотреть на меня... Ну, вот... я... и не хочу...

— Олеся, прости меня, — шепнул я, наклоняясь к самому ее уху.

Ее пылающая рука крепко и долго сжимала мою.

— Да что ты!.. Что ты, милый?.. Как тебе не стыдно и думать об этом? Чем же ты виноват здесь? Все я одна, глупая... Ну чего я полезла... в самом деле? Нет, солнышко, ты себя не виноват...

— Олеся, позволь мне... Только обещай сначала, что позволишь...

— Обещаю, голубчик... все, что ты хочешь...

— Позволь мне, пожалуйста, послать за доктором... Прошу тебя! Ну, если хочешь, ты можешь ничего не исполнять из того, что он прикажет. Но ты хоть для меня согласись, Олеся.

— Ох, милый... В какую ты меня ловушку поймал! Нет, уж лучше ты позволь мне своего обещания не держать. Я, если бы и на самом деле была больна, при смерти бы лежала, так и то к себе доктора не подпустила бы. А теперь я разве больна? Это просто у меня от испугу так сделалось, это пройдет к вечеру. А нет — так бабушка мне ландышевой настойки даст или малины в чайнике заварит. Зачем же тут доктор? Ты — мой доктор самый лучший. Вот ты пришел, и мне сразу легче сделалось... Ах, одно мне только нехорошо: хочу поглядеть на тебя хоть одним глазком, да боюсь...

Я с нежным усилием отнял ее голову от подушки. Лицо Олеси пылало лихорадочным румянцем, темные глаза блестели неестественно ярко, сухие губы нервно вздрагивали. Длинные красные ссадины избороздили ее лоб, щеки и шею. Темные синяки были на лбу и под глазами.

— Не смотри на меня... Прошу тебя... Гадкая я теперь, — умоляюще шептала Олеся, стараясь своею ладонью закрыть мне глаза.

Сердце мое переполнилось жалостью. Я приник губами к Олесиной руке, неподвижно лежавшей на одеяле, и стал покрывать ее долгими, тихими поцелуями. Я и раньше целовал иногда ее руки, но она всегда отнимала их у меня с торопливым, застенчивым испугом. Теперь же она не противилась этой ласке и другой, свободной рукой тихо гладила меня по волосам.

— Ты все знаешь? — шепотом спросила она.

Я молча наклонил голову. Правда, я не все понял из рассказа Никиты Назарыча. Мне не хотелось только, чтобы Олеся волновалась, вспоминая об утреннем происшествии. Но вдруг при мысли об оскорблении, которому она подверглась, на меня сразу нахлынула волна неудержимой ярости.

— О! Зачем меня там не было в это время! — вскричал я, выпрямившись и сжимая кулаки. — Я бы... я бы...

— Ну, полно... полно... Не сердись, голубчик, — кротко прервала меня Олеся.

Я не мог более удерживать слез, давно давивших мне горло и жегших глаза. Припав лицом к плечу Олеси, я беззвучно и горько зарыдал, сотрясаясь всем телом.

— Ты плачешь? Ты плачешь? — В голосе ее зазвучали удивление, нежность и сострадание. — Милый мой... Да перестань же, перестань... Не мучь себя, голубчик. Ведь мне так хорошо возле тебя. Не будем же плакать, пока мы вместе. Давай хоть последние дни проведем весело, чтобы нам не так тяжело было расставаться.

Я с изумлением поднял голову. Неясное предчувствие вдруг медленно сжало мое сердце.

— Последние дни, Олеся? Почему последние? Зачем же нам расставаться?

Олеся закрыла глаза и несколько секунд молчала.

— Надо нам проститься с тобой, Ванечка, — заговорила она решительно. — Вот как только чуть-чуть поправлюсь, сейчас же мы с бабушкой и уедем отсюда. Нельзя нам здесь оставаться больше...

— Ты боишься чего-нибудь?

— Нет, мой дорогой, ничего я не боюсь, если понадобится. Только зачем же людей в грех вводить? Ты, может быть, не знаешь... Ведь я там... в Переброде... погрозилась со зла да со стыда... А теперь чуть что случится, сейчас на нас скажут; скот ли начнет падать, или хата у кого загорится — всё мы будем виноваты. Бабушка, — обратилась она к Мануйлихе, возвышая голос, — правду ведь я говорю?

— Чего ты говорила-то, внученька? Не расслышала я, признаться! — прошамкала старуха, подходя поближе и приставляя к уху ладонь.

— Я говорю, что теперь, какая бы беда в Переброде ни случилась, все на нас с тобой свалят.

— Ох, правда, правда, Олеся, все на нас, горемычных, свалят... Не жить нам на белом свете, изведут нас с тобой, совсем изведут, проклятики... А тогда, как меня из села выгнали... Что ж? Разве не так же было? Погрозилась я... тоже вот с досады... одной дурище полосатой, а у нее — хвать — ребенок помер. То есть ни сном ни духом тут моей вины не было, а ведь меня чуть не убили, окаянные... Камнями стали шибать... Я бегу от них, да только тебя, малолетку, все оберегаю... Ну, думаю, пусть уж мне попадет, а за что же диту-то неповинную обижать?.. Одно слово — варвары, висельники поганые!

— Да куда же вы поедете? У вас ведь нигде ни родных, ни знакомых нет... Наконец, и деньги нужны, чтобы на новом месте устроиться.

— Обойдемся как-нибудь, — небрежно проговорила Олеся. — И деньги у бабушки найдутся, припасла она кое-что.

— Ну уж и деньги тоже! — с неудовольствием возразила старуха, отходя от кровати. — Копеечки сиротские, слезами облитые...

— Олеся... А я как же? Обо мне ты и думать даже не хочешь! — воскликнул я, чувствуя, как во мне подымается горький, больной, недобрый упрек против Олеси.

Она привстала и, не стесняясь присутствием бабки, взяла руками мою голову и несколько раз подряд поцеловала меня в лоб и щеки.

— Об тебе я больше всего думаю, мой родной. Только... видишь ли... не судьба нам вместе быть... вот что!.. Помнишь, я на тебя карты бросала? Ведь все так и вышло, как они сказали тогда. Значит, не хочет судьба нашего с тобой счастья... А если бы не это, разве, ты думаешь, я чего-нибудь испугалась бы?

— Олеся, опять ты про свою судьбу? — воскликнул я нетерпеливо. — Не хочу я в нее верить... и не буду никогда верить.

— Ох, нет, нет... не говори этого, — испуганно зашептала Олеся. — Я не за себя, за тебя боюсь, голубчик. Нет, лучше ты уж об этом и разговора не начинай совсем.

Напрасно я старался разубедить Олесю, напрасно рисовал перед ней картины безмятежного счастья, которому не помешают ни завистливая судьба, ни грубые, злые люди. Олеся только целовала мои руки и отрицательно качала головой.

— Нет... нет... нет... я знаю, я вижу, — твердила она настойчиво. — Ничего нам, кроме горя, не будет... ничего... ничего...

Растерянный, сбитый с толку этим суеверным упорством, я наконец спросил:

— Но ведь, во всяком случае, ты дашь мне знать о дне отъезда?

Олеся задумалась. Вдруг слабая улыбка пробежала по ее губам.

— Я тебе на это скажу маленькую сказочку... Однажды волк бежал по лесу, увидел зайчика и говорит ему: «Заяц, а заяц, ведь я тебя съем!» Заяц стал проситься: «Помилуй меня, волк, мне еще жить хочется, у меня дома детки маленькие». Волк не соглашается. Тогда заяц говорит: «Ну, дай мне хоть три дня еще на свете пожить, а потом и съешь. Все же мне легче умирать будет». Дал ему волк эти три дня, не ест его, а только все стережет. Прошел один день, прошел другой, наконец и третий кончается. «Ну, теперь готовься, — говорит волк, — сейчас я начну тебя есть». Тут мой заяц и заплакал горючими слезами: «Ах, зачем ты мне, волк, эти три дня подарил! Лучше бы ты сразу меня съел, как только увидел. А то я все три дня не жил, а только терзался!» Милый мой, ведь зайчик-то этот правду сказал. Как ты думаешь?

Я молчал, охваченный тоскливым предчувствием близкого одиночества. Олеся вдруг поднялась и присела на постели. Лицо ее стало сразу серьезным.

— Ваня, послушай... — произнесла она с расстановкой. — Скажи мне: покамест ты был со мною, был ли ты счастлив? Хорошо ли тебе было?

— Олеся! И ты еще спрашиваешь!

— Подожди... Жалел ли ты, что узнал меня? Думал ли ты о другой женщине, когда виделся со мною?

— Ни одного мгновения! Не только в твоем присутствии, но, даже и оставшись один, я ни о ком, кроме тебя, не думал.

— Ревновал ли ты меня? Был ли ты когда-нибудь на меня недоволен? Не скучал ли ты со мною?

— Никогда, Олеся! Никогда!

Она положила обе руки мне на плечи и с невыразимой любовью поглядела в мои глаза.

— Так и знай же, мой дорогой, что никогда ты обо мне не вспомнишь дурно или со злом, — сказала она так убедительно, точно читала у меня в глазах будущее. — Как расстанемся мы с тобой, тяжело тебе в первое время будет, ох, как тяжело... Плакать будешь, места себе не найдешь нигде. А потом все пройдет, все изгладится. И уж без горя ты будешь обо мне думать, а легко и радостно. — Она опять откинулась головой на подушки и прошептала ослабевшим голосом: — А теперь поезжай, мой дорогой... Поезжай домой, голубчик... Устала я немножко.

Подожди... поцелуй меня... Ты бабушки не бойся... она позволит. Позволишь ведь, бабушка?

— Да уж простись, простись как следует, — недовольно проворчала старуха. — Чего же передо мной таиться-то?.. Давно знаю...

— Поцелуй меня сюда, и сюда еще... и сюда, — говорила Олеся, притрагиваясь пальцем к своим глазам, щекам и рту.

— Олеся! Ты прощаешься со мною так, как будто бы мы уже не увидимся больше! — воскликнул я с испугом.

— Не знаю, не знаю, мой милый. Ничего не знаю. Ну поезжай с Богом. Нет, постой... еще минуточку... Наклони ко мне ухо... Знаешь, о чем я жалею? — зашептала она, прикасаясь губами к моей щеке. — О том, что у меня нет от тебя ребеночка... Ах, как я была бы рада этому!

Я вышел на крыльцо в сопровождении Мануйлихи. Полнеба закрыла черная туча с резкими курчавыми краями, но солнце еще светило, склоняясь к западу, и в этом смешении света и надвигающейся тьмы было что-то зловещее. Старуха посмотрела вверх, прикрыв глаза, как зонтиком, ладонью, и значительно покачала головой.

— Быть сегодня над Перебродом грозе, — сказала она убедительным тоном. — А чего доброго, даже и с градом.

XIV

Я подъезжал уже к Переброду, когда внезапный вихрь закрутил и погнал по дороге столбы пыли. Упали первые — редкие и тяжелые — капли дождя.

Мануйлиха не ошиблась. Гроза, медленно накоплявшаяся за весь этот жаркий, нестерпимо душный день, разразилась с необыкновенной силой над Перебродом. Молния блистала почти беспрерывно, и от раскатов грома дрожали и звенели стекла в окнах моей комнаты. Часов около восьми вечера гроза утихла на несколько минут, но только для того, чтобы потом начаться с новым ожесточением. Вдруг что-то с оглушительным треском посыпалось на крышу и на стены старого дома. Я бросился к окну. Огромный град, с грецкий орех величиной, стремительно падал на землю, высоко подпрыгивая потом кверху. Я взглянул на тутовое дерево, росшее около самого дома, — оно стояло совершенно голое, все листья были сбиты с него страшными ударами града... Под окном показалась еле заметная в темноте фигура Ярмолы, который, накрывшись с головой свиткой, выбежал из кухни, чтобы притворить ставни. Но он опоздал. В одно из стекол вдруг с такой силой ударил громадный кусок льду, что оно разбилось, и осколки его со звоном разлетелись по полу комнаты.

Я почувствовал себя утомленным и прилег, не раздеваясь, на кровать. Я думал, что мне вовсе не удастся заснуть в эту ночь и что я до утра буду в бессильной тоске ворочаться с боку на бок, поэтому я решил лучше не снимать платья, чтобы потом хоть немного утомить себя однообразной ходьбой по комнате. Но со мной случилась очень странная вещь: мне показалось, что я только на минутку закрыл глаза; когда же я раскрыл их, то сквозь щели ставен уже тянулись длинные яркие лучи солнца, в которых кружились бесчисленные золотые пылинки.

Над моей кроватью стоял Ярмола. Его лицо выражало суровую тревогу и нетерпеливое ожидание: должно быть, он уже давно дожидался здесь моего пробуждения.

— Паныч, — сказал он своим тихим голосом, в котором слышалось беспокойство.

— Паныч, треба вам отсюда уезжать...

Я свесил ноги с кровати и с изумлением поглядел на Ярмолу.

— Уезжать? Куда уезжать? Зачем? Ты, верно, с ума сошел?

— Ничего я с ума не сходил, — огрызнулся Ярмола. — Вы не чули, что вчерашний град наробил? У половины села жито, как ногами, потоптано. У кривого Максима, у Козла, у Мута, у Прокопчуков, у Гордия Олефира... Наслала-таки шкоду ведьмака чертова... чтоб ей сгинуть!

Мне вдруг в одно мгновение вспомнился весь вчерашний день, угроза, произнесенная около церкви Олесей и ее опасения.

— Теперь вся громада бунтуется, — продолжал Ярмола. — С утра все опять перепились и орут... И про вас, паничу, кричат недоброе... А вы знаете, яка у нас громада?.. Если они ведьмакам що зробят, то так и треба, то справедливое дело, а вам, паничу, я скажу одно — утекайте скорейше.

Итак, опасения Олеси оправдались. Нужно было немедленно предупредить ее о грозившей ей и Мануйлихе беде. Я торопливо оделся, на ходу сполоснул водою лицо и через полчаса уже ехал крупной рысью по направлению Бисова Куга.

Чем ближе подвигался я к избушке на курьих ножках, тем сильнее возрастало во мне неопределенное, тоскливое беспокойство. Я с уверенностью говорил самому себе, что сейчас меня постигнет какое-то новое, неожиданное горе.

Почти бегом пробежал я узкую тропинку, вившуюся по песчаному пригорку. Окна хаты были открыты, дверь растворена настежь.

— Господи! Что же такое случилось? — прошептал я, входя с замиранием сердца в сени.

Хата была пуста. В ней господствовал тот печальный, грязный беспорядок, который всегда остается после поспешного выезда. Кучи сора и тряпок лежали на полу, да в углу стоял деревянный остов кровати...

С стесненным, переполненным слезами сердцем я хотел уже выйти из хаты, как вдруг мое внимание привлек яркий предмет, очевидно нарочно повешенный на угол оконной рамы. Это была нитка дешевых красных бус, известных в Полесье под названием «кораллов», — единственная вещь, которая осталась мне на память об Олесе и об ее нежной, великодушной любви.

СУЛАМИФЬ

> Положи мя, яко печать, на сердце твоем, яко печать, на мышце твоей: зане крепка, яко смерть, любовь, жестока, яко смерть, ревность: стрелы ее — стрелы огненные.
>
> *Песнь Песней*

I

Царь Соломон не достиг еще среднего возраста — сорока пяти лет, — а слава о его мудрости и красоте, о великолепии его жизни и пышности его двора распространилась далеко за пределами Палестины. В Ассирии и Финикии, в Верхнем и Нижнем Египте, от древней Тавризы до Йемена и от Исмара до Персеполя, на побережье Черного моря и на островах Средиземного — с удивлением произносили его имя, потому что не было подобного ему между царями во все дни его.

В 480 году по исшествии Израиля, в четвертый год своего царствования, в месяце зифе, предпринял царь сооружение великого храма Господня на горе Мориа и постройку дворца в Иерусалиме. Восемьдесят тысяч каменотесов и семьдесят тысяч носильщиков беспрерывно работали в горах и в предместьях города, а десять тысяч дровосеков из числа тридцати восьми тысяч отправлялись посменно на Ливан, где проводили целый месяц в столь тяжкой работе, что после нее отдыхали два месяца. Тысячи людей вязали срубленные деревья в плоты, и сотни моряков сплавляли их морем в Иаффу, где их обделывали тиряне, искусные в токарной и столярной работе. Только лишь при возведении пирамид Хефрена, Хуфу и Микерина в Гизехе употреблено было такое несметное количество рабочих.

Три тысячи шестьсот приставников надзирали за работами, а над приставниками начальствовал Азария, сын Нафанов, человек жестокий и деятельный, про которого сложился слух, что он никогда не спит, пожираемый огнем внутренней неизлечимой болезни. Все же планы дворца и храма, рисунки колонн, давира и медного моря, чертежи окон, украшения стен и тронов созданы были зодчим Хирамом-Авием из Сидона, сыном медника из рода Нафалимова.

Через семь лет, в месяце буле, был завершен храм Господень и через тринадцать лет — царский дворец. За кедровые бревна с Ливана, за кипарисные и оливковые доски, за дерево певговое, ситтим и фарсис, за обтесанные и отполированные громадные дорогие камни, за пурпур, багряницу и виссон, шитый золотом, за голубые шерстяные материи, за слоновую кость и красные бараньи кожи, за железо, оникс и множество мрамора, за драгоценные камни, за золотые цепи, венцы, шнурки, щипцы, сетки, лотки, лампады, цветы и светильники, золотые петли к дверям и золотые гвозди, весом в шестьдесят сиклей каждый, за златокованые чаши и блюда, за резные и мозаичные орнаменты, залитые и иссеченные в камне изображения львов, херувимов, волов, пальм и ананасов — подарил Соломон Тирскому царю Хираму, соименнику зодчего, двадцать городов и селений в земле Галилейской, и Хирам нашел этот подарок ничтожным, — с такой неслыханной роскошью были выстроены храм Господень, и дворец Соломонов, и малый дворец в Милло для жены царя, красавицы Астис, дочери египетского фараона Суссакима. Красное же дерево, которое позднее пошло на перила и лестницы галерей, на музыкальные инструменты и на переплеты для священных книг, было принесено в дар Соломону царицей Савской, мудрой и прекрасной Балкис, вместе с таким количеством ароматных курений, благовонных масл и драгоценных духов, какого до сих пор еще не видали в Израиле.

С каждым годом росли богатства царя. Три раза в год возвращались в гавани его корабли: «Фарсис», ходивший по Средиземному морю, и «Хирам», ходивший по Черному морю. Они привозили из Африки слоновую кость, обезьян, павлинов и антилоп; богато украшенные колесницы из Египта, живых тигров и львов, а также звериные шкуры и меха из Месопотамии, белоснежных коней из Кувы, парваимский золотой песок на шестьсот шестьдесят талантов в год, красное, черное и сандаловое дерево из страны Офир, пестрые ассурские и калахские ковры с удивительными рисунками — дружественные дары царя Тиглат-Пилеазара, художественную мозаику из Ниневии, Нимруда и Саргона; чудные узорчатые ткани из Хатуара; златокованые кубки из Тира; из Сидона — цветные стекла, а из Пунта, близ Баб-эль-Мандеба, те редкие благовония — нард, алоэ, трость, киннамон, шафран, амбру, мускус, стакти, халван, смирну и ладан, из-за обладания которыми египетские фараоны предпринимали не раз кровавые войны. Серебро же во дни Соломоновы стало ценою как простой камень и красное дерево не дороже простых сикимор, растущих на низинах.

Каменные бани, обложенные порфиром, мраморные водоемы и прохладные фонтаны устроил царь, повелев провести воду из горных источников, низвергавшихся в Кедронский поток, а вокруг дворца насадил сады и рощи и развел виноградник в Ваал-Гамоне.

Было у Соломона сорок тысяч стойл для мулов и коней колесничных и двенадцать тысяч для конницы; ежедневно привозили для лошадей ячмень и солому из провинций. Десять волов откормленных и двадцать волов с пастбища, тридцать коров пшеничной муки и шестьдесят прочей, сто батов вина разного, триста овец, не считая птицы откормленной, оленей, серн и сайгаков, — все это через руки двенадцати приставников шло ежедневно к столу Соломона, а также к столу его двора, свиты и гвардии. Шестьдесят воинов, из числа пятисот самых сильных и храбрых во всем войске, держали посменно караул во внутренних покоях дворца. Пятьсот щитов, покрытых золотыми пластинками, повелел Соломон сделать для своих телохранителей.

II

Чего бы глаза царя ни пожелали, он не отказывал им и не возбранял сердцу своему никакого веселия. Семьсот жен было у царя и триста наложниц, не считая рабынь и танцовщиц. И всех их очаровывал своей любовью Соломон, потому что Бог дал ему такую неиссякаемую силу страсти, какой не было у людей обыкновенных. Он любил белолицых, черноглазых, красногубых хеттеянок за их яркую, но мгновенную красоту, которая так же рано и прелестно расцветает и так же быстро вянет, как цветок нарцисса; смуглых, высоких, пламенных филистимлянок с жесткими курчавыми волосами, носивших золотые звенящие запястья на кистях рук, золотые обручи на плечах, а на обеих щиколотках широкие браслеты, соединенные тонкой цепочкой; нежных, маленьких, гибких аммореянок, сложенных без упрека, — их верность и покорность в любви вошли в пословицу; женщин из Ассирии, удлинявших красками свои глаза и вытравливавших синие звезды на лбу и на щеках; образованных, веселых и остроумных дочерей Сидона, умевших хорошо петь, танцевать, а также играть на арфах, лютнях и флейтах под аккомпанемент бубна; желтокожих египтянок, неутомимых в любви и безумных в ревности; сладострастных вавилонянок, у которых все тело под одеждой было гладко, как мрамор, потому что они особой пастой истребляли на нем волосы; дев Бактрии, красивших волосы и ногти в огненно-красный цвет и носивших шальвары; молчаливых, застенчивых моавитянок, у которых роскошные груди были прохладны в самые жаркие летние ночи; беспечных и расточительных аммонитянок с огненными волосами и с телом такой белизны, что оно светилось во тьме; хрупких голубоглазых женщин с льняными волосами и нежным запахом кожи, которых привозили с севера, через Баальбек, и язык которых был непонятен для всех живущих в Палестине. Кроме того, любил царь многих дочерей Иудеи и Израиля.

Также разделял он ложе с Балкис-Македа, царицей Савской, превзошедшей всех женщин в мире красотой, мудростью, богатством и разнообразием искусства в страсти; и с Ависагой-сунамитянкой, согревавшей старость царя Давида, с этой ласковой, тихой красавицей, из-за которой Соломон предал своего старшего брата Адонию смерти от руки Ванеи, сына Иодаева.

И с бедной девушкой из виноградника, по имени Суламифь, которую одну из всех женщин любил царь всем своим сердцем.

Носильный одр сделал себе Соломон из лучшего кедрового дерева, с серебряными столпами, с золотыми локотниками в виде лежащих львов, с шатрами из пурпуровой тирской ткани. Внутри же весь шатер был украшен золотым шитьем и драгоценными камнями — любовными дарами жен и дев иерусалимских. И когда стройные черные рабы проносили Соломона в дни великих празднеств среди народа, поистине был прекрасен царь, как лилия Саронской долины!

Бледно было его лицо, губы — точно яркая алая лента; волнистые волосы черны иссиня, и в них — украшение мудрости — блестела седина, подобно серебряным нитям горных ручьев, падающих с высоты темных скал Аэрмона; седина сверкала и в его черной бороде, завитой, по обычаю царей ассирийских, правильными мелкими рядами.

Глаза же у царя были темны, как самый темный агат, как небо в безлунную летнюю ночь, а ресницы, разверзавшиеся стрелами вверх и вниз, походили на черные лучи вокруг черных звезд. И не было человека во вселенной, который мог бы выдержать взгляд Соломона, не потупив своих глаз. И молнии гнева в очах царя повергали людей на землю.

Но бывали минуты сердечного веселия, когда царь опьянялся любовью, или вином, или сладостью власти, или радовался он мудрому и красивому слову, сказанному кстати. Тогда тихо опускались до половины его длинные ресницы, бросая синие тени на светлое лицо, и в глазах царя загорались, точно искры в черных брильянтах, теплые огни ласкового, нежного смеха; и те, кто видел эту улыбку, готовы были за нее отдать тело и душу — так она была неописуемо прекрасна. Одно имя царя Соломона, произнесенное вслух, волновало сердце женщин, как аромат пролитого мирра, напоминающий о ночах любви.

Руки царя были нежны, белы, теплы и красивы, как у женщины, но в них заключался такой избыток жизненной силы, что, налагая ладони на темя больных, царь исцелял головные боли, судороги, черную меланхолию и беснование. На указательном пальце левой руки носил Соломон гемму из кроваво-красного астерикса, извергавшего из себя шесть лучей жемчужного цвета. Много сотен лет было этому кольцу, и на оборотной стороне его камня вырезана была надпись на языке древнего, исчезнувшего народа: «Все проходит».

И так велика была власть души Соломона, что повиновались ей даже животные: львы и тигры ползали у ног царя, и терлись мордами о его колени, и лизали его руки своими жесткими языками, когда он входил в их помещения. И он, находивший веселие сердца в сверкающих переливах драгоценных камней, в аромате египетских благовонных смол, в нежном прикосновении легких тканей, в сладостной музыке, в тонком вкусе красного искристого вина, играющего в чеканном нинуанском потире, — он любил также гладить суровые гривы львов, бархатные спины черных пантер и нежные лапы молодых пятнистых леопардов, любил слушать рев диких зверей, видеть их сильные и прекрасные движения и ощущать горячий запах их хищного дыхания.

Так живописал царя Соломона Иосафат, сын Ахилуда, историк его дней.

III

«За то, что ты не просил себе долгой жизни, не просил себе богатства, не просил себе душ врагов, но просил мудрости, то вот я делаю по слову твоему. Вот я даю тебе сердце мудрое и разумное, так что подобного тебе не было прежде тебя, и после тебя не восстанет подобный тебе».

Так сказал Соломону Бог, и по слову его познал царь составление мира и действие стихий, постиг начало, конец и середину времени, проник в тайну вечного волнообразного и кругового возвращения событий; у астрономов Библоса, Акры, Саргона, Борсиппы и Ниневии научился он следить за изменением расположения звезд и за годовыми кругами. Знал он также естество всех животных и угадывал чувства зверей, понимал происхождение и направление ветров, различные свойства растений и силу целебных трав.

Помыслы в сердце человеческом — глубокая вода, но и их умел вычерпывать мудрый царь. В словах и голосе, в глазах, в движениях рук так же ясно читал он самые сокровенные тайны душ, как буквы в открытой книге. И потому со всех концов Палестины приходило к нему великое множество людей, прося суда, совета, помощи, разрешения спора, а также и за разгадкою непонятных предзнаменований и снов. И дивились люди глубине и тонкости ответов Соломоновых.

Три тысячи притчей сочинил Соломон и тысячу и пять песней. Диктовал он их двум искусным и быстрым писцам, Елихоферу и Ахии, сыновьям Сивы, и потом сличал написанное обоими. Всегда облекал он свои мысли изящными выражениями, потому что золотому яблоку в чаше из прозрачного сардоникса подобно слово, сказанное умело, и потому также, что слова мудрых остры, как иглы, крепки, как вбитые гвозди, и составители их все от единого пастыря. «Слово — искра в движении сердца» — так говорил царь. И была мудрость Соломона выше мудрости всех сынов Востока и всей мудрости египтян. Был он мудрее и Ефана Езрахитянина, и Емана, и Хилколы, и Додры, сыновей Махола. Но уже начинал он тяготиться красотою обыкновенной человеческой мудрости, и не имела она в глазах его прежней цены. Беспокойным и пытливым умом жаждал он той высшей мудрости, которую Господь имел на своем пути прежде всех созданий своих искони, от начала, прежде бытия земли, той мудрости, которая была при нем великой художницей, когда он проводил круговую черту по лицу бездны. И не находил ее Соломон.

Изучил царь учения магов халдейских и ниневийских, науку астрологов из Абидоса, Саиса и Мемфиса, тайны волхвов, мистагогов, и эпоптов ассирийских, и прорицателей из Бактры и Персеполя и убедился, что знания их были знаниями человеческими.

Также искал он мудрости в тайнодействиях древних языческих верований и потому посещал капища и приносил жертвы: могущественному Ваалу-Либанону, которого чтили под именем Мелькарта, бога созидания и разрушения, покровителя мореплавания, в Тире и Сидоне, называли Аммоном в оазисе Сивах, где идол его кивал головою, указывая пути праздничным шествиям, Бэлом у халдеев, Молохом у хананеев; поклонялся также жене его — грозной и сладострастной Астарте, имевшей в других храмах имена Иштар, Исаар, Ваальтис, Ашера, Истар-Белит и Атаргатис. Изливал он елей и возжигал курение Изиде и Озирису египетским, брату и сестре, соединившимся браком еще во чреве матери своей и зачавшим там бога Гора, и Деркето, рыбообразной богине тирской, и Анубису с собачьей головой, богу бальзамирования, и вавилонскому Оанну, и Дагону филистимскому, и Авденаго ассирийскому, и Утсабу, идолу ниневийскому, и мрачной Кибелле, и Бэл-Меродоху, покровителю Вавилона — богу планеты Юпитер, и халдейскому Ору — богу вечного огня, и таинственной Омороге — праматери богов, которую Бэл рассек на две части, создав из них небо и землю, а из головы — людей; и поклонялся царь еще богине Атанаис, в честь которой девушки Финикии, Лидии, Армении и Персии отдавали прохожим свое тело, как священную жертву, на пороге храмов.

Но ничего не находил царь в обрядах языческих, кроме пьянства, ночных оргий, блуда, кровосмешения и противоестественных страстей, и в догматах их видел суесловие и обман. Но никому из подданных не воспрещал приношение жертв любимому богу и даже сам построил на Масличной горе капище Хамосу, мерзости моавитской, по просьбе прекрасной, задумчивой Эллаан — моавитянки, бывшей тогда возлюбленной женою царя. Одного лишь не терпел Соломон и преследовал смертью — жертвоприношение детей.

И увидел он в своих исканиях, что участь сынов человеческих и участь животных одна: как те умирают, так умирают и эти, и одно дыхание у всех, и нет у человека преимущества перед скотом. И понял царь, что во многой мудрости много печали, и кто умножает познание — умножает скорбь. Узнал он также, что и при смехе иногда болит сердце и концом радости бывает печаль. И однажды утром впервые продиктовал он Елихоферу и Ахии:

— «Все суета сует и томление духа» — так говорит Екклезиаст.

Но тогда не знал еще царь, что скоро пошлет ему Бог такую нежную и пламенную, преданную и прекрасную любовь, которая одна дороже богатства, славы и мудрости, которая дороже самой жизни, потому что даже жизнью она не дорожит и не боится смерти.

IV

Виноградник был у царя в Ваал-Гамоне, на южном склоне Ватн-эль-Хава, к западу от капища Молоха; туда любил царь уединяться в часы великих размышлений. Гранатовые деревья, оливы и дикие яблони вперемежку с кедрами и кипарисами окаймляли его с трех сторон по горе, с четвертой же был он огражден от дороги высокой каменной стеной. И другие виноградники, лежавшие вокруг, также принадлежали Соломону; он отдавал их внаем сторожам за тысячу сребреников каждый.

Только с рассветом окончился во дворце роскошный пир, который давал царь Израильский в честь послов царя Ассирийского, славного Тиглат-Пилеазара. Несмотря на утомление, Соломон не мог заснуть этим утром. Ни вино, ни сикера не отуманили крепких ассирийских голов и не развязали их хитрых языков. Но проницательный ум мудрого царя уже опередил их планы и уже вязал, в свою очередь, тонкую политическую сеть, которою он оплетет этих важных людей с надменными глазами и с льстивой речью. Соломон сумеет сохранить необходимую приязнь с повелителем Ассирии и в то же время, ради вечной дружбы с Хирамом Тирским, спасет от разграбления его царство, которое своими неисчислимыми богатствами, скрытыми в подвалах под узкими улицами с тесными домами, давно уже привлекает жадные взоры восточных владык.

И вот на заре приказал Соломон отнести себя на гору Ватн-эль-Хав, оставил носилки далеко на дороге и теперь один сидит на простой деревянной скамье, на верху виноградника, под сенью деревьев, еще затаивших в своих ветвях росистую прохладу ночи. Простой белый плащ надет на царе, скрепленный на правом плече и на левом боку двумя египетскими аграфами из зеленого золота, в форме свернувшихся крокодилов — символ бога Себаха. Руки царя лежат неподвижно на коленях, а глаза, затененные глубокой мыслью, не мигая, устремлены на восток, в сторону Мертвого моря — туда, где из-за круглой вершины Аназе восходит в пламени зари солнце.

Утренний ветер дует с востока и разносит аромат цветущего винограда — тонкий аромат резеды и вареного вина. Темные кипарисы важно раскачивают тонкими верхушками и льют свое смолистое дыхание. Торопливо переговариваются серебряно-зеленые листы олив.

Но вот Соломон встает и прислушивается. Милый женский голос, ясный и чистый, как это росистое утро, поет где-то невдалеке, за деревьями. Простой и нежный мотив льется, льется себе, как звонкий ручей в горах, повторяя все те же пять-шесть нот. И его незатейливая изящная прелесть вызывает тихую улыбку умиления в глазах царя.

Все ближе слышится голос. Вот он уже здесь, рядом, за раскидистыми кедрами, за темной зеленью можжевельника. Тогда царь осторожно раздвигает руками ветки, тихо пробирается между колючими кустами и выходит на открытое место.

Перед ним, за низкой стеной, грубо сложенной из больших желтых камней, расстилается вверх виноградник. Девушка в легком голубом платье ходит между рядами лоз, нагибается над чем-то внизу и опять выпрямляется и поет. Рыжие волосы ее горят на солнце.

> День дохнул прохладою,
> Убегают ночные тени.
> Возвращайся скорее, мой милый,
> Будь легок, как серна,
> Как молодой олень среди горных ущелий...

Так поет она, подвязывая виноградные лозы, и медленно спускается вниз, ближе и ближе к каменной стене, за которой стоит царь. Она одна — никто не видит и не слышит ее; запах цветущего винограда, радостная свежесть утра и горячая кровь и сердце опьяняют ее, и вот слова наивной песенки мгновенно рождаются у нее на устах и уносятся ветром, забытые навсегда:

> Ловите нам лис и лисенят,
> Они портят наши виноградники,
> А виноградники наши в цвете.

Так она доходит до самой стены и, не замечая царя, поворачивает назад и идет, легко взбираясь в гору, вдоль соседнего ряда лоз. Теперь песня звучит глуше:

> Беги, возлюбленный мой,
> Будь подобен серне
> Или молодому оленю
> На горах бальзамических.

Но вдруг она замолкает и так пригибается к земле, что ее не видно за виноградником.

Тогда Соломон произносит голосом, ласкающим ухо:

— Девушка, покажи мне лицо твое, дай еще услышать твой голос.

Она быстро выпрямляется и оборачивается лицом к царю. Сильный ветер срывается в эту секунду и треплет на ней легкое платье и вдруг плотно облепляет его вокруг ее тела и между ног. И царь на мгновение, пока она не становится спиной к ветру, видит всю ее под одеждой, как нагую, высокую и стройную, в сильном расцвете тринадцати лет; видит ее маленькие, круглые, крепкие груди и возвышения сосцов, от которых материя лучами расходится врозь, и круглый, как чаша, девический живот, и глубокую линию, которая разделяет ее ноги снизу доверху и там расходится надвое, к выпуклым бедрам.

— Потому что голос твой сладок и лицо твое приятно! — говорит Соломон.

Она подходит ближе и смотрит на царя с трепетом и с восхищением. Невыразимо прекрасно ее смуглое и яркое лицо. Тяжелые, густые темно-рыжие волосы, в которые она воткнула два цветка алого мака, упругими бесчисленными кудрями покрывают ее плечи, и разбегаются по спине, и пламенеют, пронзенные лучами солнца, как золотой пурпур. Самодельное ожерелье из каких-то красных сухих ягод трогательно и невинно обвивает в два раза ее темную, высокую, тонкую шею.

— Я не заметила тебя! — говорит она нежно, и голос ее звучит, как пение флейты. — Откуда ты пришел?

— Ты так хорошо пела, девушка!

Она стыдливо опускает глаза и сама краснеет, но под ее длинными ресницами и в углах губ дрожит тайная улыбка.

— Ты пела о своем милом. Он легок, как серна, как молодой горный олень. Ведь он очень красив, твой милый, девушка, не правда ли?

Она смеется так звонко и музыкально, точно серебряный град падает на золотое блюдо.

— У меня нет милого. Это только песня. У меня еще не было милого...

Они молчат с минуту и глубоко, без улыбки смотрят друг на друга... Птицы громко перекликаются среди деревьев. Грудь девушки часто колеблется под ветхим полотном.

— Я не верю тебе, красавица. Ты так прекрасна...

— Ты смеешься надо мною. Посмотри, какая я черная...

Она поднимает кверху маленькие темные руки, и широкие рукава легко скользят вниз, к плечам, обнажая ее локти, у которых такой тонкий и круглый девический рисунок.

И она говорит жалобно:

— Братья мои рассердились на меня и поставили меня стеречь виноградник, и вот — погляди, как опалило меня солнце!

— О нет, солнце сделало тебя еще красивее, прекраснейшая из женщин! Вот ты засмеялась, и зубы твои — как белые двойни-ягнята, вышедшие из купальни, и ни на одном из них нет порока. Щеки твои — точно половинки граната под кудрями твоими. Губы твои алы — наслаждение смотреть на них. А волосы твои... Знаешь, на что похожи твои волосы? Видала ли ты, как с Галаада вечером спускается овечье стадо? Оно покрывает всю гору, с вершины до подножья, и от света зари и от пыли кажется таким же красным и таким же волнистым, как твои кудри. Глаза твои глубоки, как два озера Есевонских у ворот Батраббима. О, как ты красива! Шея твоя пряма и стройна, как башня Давидова!..

— Как башня Давидова! — повторяет она в упоении.

— Да, да, прекраснейшая из женщин. Тысяча щитов висит на башне Давида, и все это щиты побежденных военачальников. Вот и мой щит вешаю я на твою башню...

— О, говори, говори еще...

— А когда ты обернулась назад, на мой зов, и подул ветер, то я увидел под одеждой оба сосца твои и подумал: вот две маленькие серны, которые пасутся между лилиями. Стан твой был похож на пальму и груди твои на грозди виноградные.

Девушка слабо вскрикивает, закрывает лицо ладонями, а грудь локтями и так краснеет, что даже уши и шея становятся у нее пурпуровыми.

— И бедра твои я увидел. Они стройны, как драгоценная ваза — изделие искусного художника. Отними же твои руки, девушка. Покажи мне лицо твое.

Она покорно опускает руки вниз. Густое золотое сияние льется из глаз Соломона, и очаровывает ее, кружит ей голову, и сладкой, теплой дрожью струится по коже ее тела.

— Скажи мне, кто ты? — говорит она медленно, с недоумением. — Я никогда не видела подобного тебе.

— Я пастух, моя красавица. Я пасу чудесные стада белых ягнят на горах, где зеленая трава пестреет нарциссами. Не придешь ли ты ко мне, на мое пастбище?

Но она тихо качает головою:

— Неужели ты думаешь, что я поверю этому? Лицо твое не огрубело от ветра и не обожжено солнцем, и руки твои белы. На тебе дорогой хитон, и одна застежка на нем сто́ит годовой платы, которую братья мои вносят за наш виноградник Адонираму, царскому сборщику. Ты пришел оттуда, из-за стены... Ты, верно, один из людей, близких к царю? Мне кажется, что я видела тебя однажды в день великого празднества, мне даже помнится — я бежала за твоей колесницей.

— Ты угадала, девушка. От тебя трудно скрыться. И правда, зачем тебе быть скиталицей около стад пастушеских? Да, я один из царской свиты, я главный повар царя. И ты видела меня, когда я ехал в колеснице Аминодавовой в день праздника Пасхи. Но зачем ты стоишь далеко от меня? Подойди ближе, сестра моя! Сядь вот здесь на камне стены и расскажи мне что-нибудь о себе. Скажи мне твое имя!

— Суламифь, — говорит она.

— За что же, Суламифь, рассердились на тебя твои братья?

— Мне стыдно говорить об этом. Они выручили деньги от продажи вина и послали меня в город купить хлеба и козьего сыра. А я...

— А ты потеряла деньги?

— Нет, хуже... — Она низко склоняет голову и шепчет: — Кроме хлеба и сыра, я купила еще немножко, совсем немножко, розового масла у египтян в старом городе.

— И ты скрыла это от братьев?

— Да... — И она произносит еле слышно: — Розовое масло так хорошо пахнет!

Царь ласково гладит ее маленькую жесткую руку.

— Тебе, верно, скучно одной в винограднике?

— Нет. Я работаю, пою... В полдень мне приносят поесть, а вечером меня сменяет один из братьев. Иногда я рою корни мандрагоры, похожие на маленьких человечков... У нас их покупают халдейские купцы. Говорят, они делают из них сонный напиток... Скажи, правда ли, что ягоды мандрагоры помогают в любви?

— Нет, Суламифь, в любви помогает только любовь. Скажи, у тебя есть отец или мать?

— Одна мать. Отец умер два года тому назад. Братья — все старше меня, они от первого брака, а от второго — я и сестра.

— Твоя сестра так же красива, как и ты?

— Она еще мала. Ей только девять лет.

Царь смеется, тихо обнимает Суламифь, привлекает к себе и говорит ей на ухо:

— Девять лет... Значит, у нее еще нет такой груди, как у тебя? Такой гордой, такой горячей груди!

Она молчит, горя от стыда и счастья. Глаза ее светятся и меркнут, они туманятся блаженной улыбкой. Царь слышит в своей руке бурное биение ее сердца.

— Теплота твоей одежды благоухает лучше, чем мирра, лучше, чем нард, — говорит он, жарко касаясь губами ее уха. — И когда ты дышишь, я слышу запах от ноздрей твоих, как от яблоков. Сестра моя, возлюбленная моя, ты пленила сердце мое одним взглядом твоих очей, одним ожерельем на твоей шее.

— О, не гляди на меня! — просит Суламифь. — Глаза твои волнуют меня.

Но она сама изгибает назад спину и кладет голову на грудь Соломона. Губы ее рдеют над блестящими зубами, веки дрожат от мучительного желания. Соломон приникает жадно устами к ее зовущему рту. Он чувствует пламень ее губ, и скользкость ее зубов, и сладкую влажность ее языка и весь горит таким нестерпимым желанием, какого он еще никогда не знал в жизни.

Так проходит минута и две.

— Что ты делаешь со мною! — слабо говорит Суламифь, закрывая глаза. — Что ты делаешь со мной!

Но Соломон страстно шепчет около самого ее рта:

— Сотовый мед каплет из уст твоих, невеста, мед и молоко под языком твоим... О, иди скорее ко мне. Здесь за стеной темно и прохладно. Никто не увидит нас. Здесь мягкая зелень под кедрами.

— Нет, нет, оставь меня. Я не хочу, не могу.

— Суламифь... ты хочешь, ты хочешь... Сестра моя, возлюбленная моя, иди ко мне!

Чьи-то шаги раздаются внизу по дороге, у стены царского виноградника, но Соломон удерживает испуганную девушку.

— Скажи мне скорее, где ты живешь? Сегодня ночью я приду к тебе, — говорит он быстро.

— Нет, нет, нет... Я не скажу тебе это. Пусти меня. Я не скажу тебе.

— Я не пущу тебя, Суламифь, пока ты не скажешь... Я хочу тебя!

— Хорошо, я скажу... Но сначала обещай мне не приходить этой ночью... Также не приходи и в следующую ночь... и в следующую за той... Царь мой! Заклинаю тебя сернами и полевыми ланями, не тревожь свою возлюбленную, пока она не захочет!

— Да, я обещаю тебе это... Где же твой дом, Суламифь?

— Если по пути в город ты перейдешь через Кедрон по мосту выше Силоама, ты увидишь наш дом около источника. Там нет других домов.

— А где же там твое окно, Суламифь?

— Зачем тебе это знать, милый? О, не гляди же на меня так. Взгляд твой околдовывает меня... Не целуй меня... Не целуй меня... Милый! Целуй меня еще...

— Где же твое окно, единственная моя?

— Окно на южной стороне. Ах, я не должна тебе этого говорить... Маленькое, высокое окно с решеткой.

— И решетка отворяется изнутри?

— Нет, это глухое окно. Но за углом есть дверь. Она прямо ведет в комнату, где я сплю с сестрою. Но ведь ты обещал мне!.. Сестра моя спит чутко. О, как ты прекрасен, мой возлюбленный. Ты ведь обещал, не правда ли?

Соломон тихо гладит ее волосы и щеки.

— Я приду к тебе этой ночью, — говорит он настойчиво. — В полночь приду. Это так будет, так будет. Я хочу этого.

— Милый!

— Нет. Ты будешь ждать меня. Только не бойся и верь мне. Я не причиню тебе горя. Я дам тебе такую радость, рядом с которой все на земле ничтожно. Теперь прощай. Я слышу, что за мной идут.

— Прощай, возлюбленный мой... О нет, не уходи еще. Скажи мне твое имя, я не знаю его.

Он на мгновение, точно нерешительно, опускает ресницы, но тотчас же поднимает их.

— У меня одно имя с царем. Меня зовут Соломон. Прощай. Я люблю тебя.

V

Светел и радостен был Соломон в этот день, когда сидел он на троне в зале дома Ливанского и творил суд над людьми, приходившими к нему.

Сорок колонн, по четыре в ряд, поддерживали потолок судилища, и все они были обложены кедром и оканчивались капителями в виде лилий; пол состоял из штучных кипарисовых досок, и на стенах нигде не было видно камня из-за кедровой отделки, украшенной золотой резьбой, представлявшей пальмы, ананасы и херувимов. В глубине трехсветной залы шесть ступеней вели к возвышению трона, и на каждой ступени стояло по два бронзовых льва, по одному с каждой стороны. Самый же трон был из слоновой кости с золотой инкрустацией и золотыми локотниками в виде лежащих львов. Высокая спинка трона завершалась диском. Завесы из фиолетовых и пурпурных тканей висели от пола до потолка при входе в залу, отделяя притвор, где между пяти колонн толпились истцы, просители и свидетели, а также обвиняемые и преступники под крепкой стражей.

На царе был надет красный хитон, а на голове простой узкий венец из шестидесяти бериллов, оправленных в золото. По правую руку стоял трон для матери его, Вирсавии, но в последнее время благодаря преклонным летам она редко показывалась в городе.

Ассирийские гости, с суровыми чернобородыми лицами, сидели вдоль стен на яшмовых скамьях: на них были светлые оливковые одежды, вышитые по краям красными и белыми узорами. Они еще у себя в Ассирии слышали так много о правосудии Соломона, что старались не пропустить ни одного из его слов, чтобы потом рассказывать о суде царя израильтян. Между ними сидели военачальники Соломоновы, его министры, начальники провинций и придворные. Здесь был Ванея — некогда царский палач, убийца Иоава, Адонии и Семея, — теперь главный начальник войска, невысокий, тучный старец с длинной седой бородой; его выцветшие голубоватые глаза, окруженные красными, точно вывороченными веками, глядели по-старчески тупо; рот был открыт и мокр, а мясистая красная нижняя губа бессильно свисала вниз; голова его была всегда потуплена и слегка дрожала. Был также Азария, сын Нафанов, желчный высокий человек с сухим, болезненным лицом и темными кругами под глазами, и добродушный, рассеянный Иосафат, историограф, и Ахелар, начальник двора Соломонова, и Завуф, носивший высокий титул друга царя, и Бен-Авинодав, женатый на старшей дочери Соломона — Тафафии, и Бен-Гевер, начальник области Арговии, что в Васане; под его управлением находилось шестьдесят городов, окруженных стенами, с воротами на медных затворах; и Ваана, сын Хушая, некогда славившийся искусством метать копье на расстоянии тридцати парасангов, и многие другие. Шестьдесят воинов, блестя золочеными шлемами и щитами, стояло в ряд по левую и по правую сторону трона; старшим над ними сегодня был чернокудрый красавец Элиав, сын Ахилуда.

Первым предстал перед Соломоном со своей жалобой некто Ахиор, ремеслом гранильщик. Работая в Беле Финикийском, он нашел драгоценный камень, обделал его и попросил своего друга Захарию, отправлявшегося в Иерусалим, отдать этот камень его, Ахиоровой, жене. Через некоторое время возвратился домой и Ахиор. Первое, о чем он спросил свою жену, увидевшись с нею, — это о камне. Но она очень удивилась вопросу мужа и клятвенно подтвердила, что никакого камня она не получала. Тогда Ахиор отправился за разъяснением к своему другу Захарии; но тот уверял, и тоже с клятвою, что он тотчас же по приезде передал камень по назначению. Он даже привел двух свидетелей, подтверждавших, что они видели, как Захария при них передавал камень жене Ахиора.

И вот теперь все четверо — Ахиор, Захария и двое свидетелей — стояли перед троном царя Израильского.

Соломон поглядел каждому из них в глаза поочередно и сказал страже:

— Отведите их всех в отдельные покои и заприте каждого отдельно.

И когда это было исполнено, он приказал принести четыре куска сырой глины.

— Пусть каждый из них, — повелел царь, — вылепит из глины ту форму, которую имел камень.

Через некоторое время слепки были готовы. Но один из свидетелей сделал свой слепок в виде лошадиной головы, как обычно обделывались драгоценные камни; другой — в виде овечьей головы, и только у двоих — у Ахиора и Захарии — слепки были одинаковы, похожие формой на женскую грудь.

И царь сказал:

— Теперь и для слепого ясно, что свидетели подкуплены Захарией. Итак, пусть Захария возвратит камень Ахиору, и вместе с ним уплатит ему тридцать гражданских сиклей судебных издержек, и отдаст десять сиклей священных на храм. Свидетели же, обличившие сами себя, заплатят по пяти сиклей в казну за ложное показание.

Затем приблизились к трону Соломонову три брата, судившиеся о наследстве. Отец их перед смертью сказал им: «Чтобы вы не ссорились при дележе, я сам разделю вас по справедливости. Когда я умру, идите за холм, что в середине рощи за домом, и разройте его. Там найдете вы ящик с тремя отделениями: знайте, что верхнее — для старшего, среднее — для среднего, нижнее — для меньшего из братьев». И когда после его смерти они пошли и сделали, как он завещал, то нашли, что верхнее отделение было наполнено доверху золотыми монетами, между тем как в среднем лежали только простые кости, а в нижнем куски дерева. И вот возникла между меньшими братьями зависть к старшему и вражда, и жизнь их сделалась под конец такой невыносимой, что решили они обратиться к царю за советом и судом. Даже и здесь, стоя перед троном, не воздерживались они от взаимных упреков и обид.

Царь покачал головой, выслушал их и сказал:

— Оставьте ссоры; тяжел камень, вéсок и песок, но гнев глупца тяжелее их обоих. Отец ваш был, очевидно, мудрый и справедливый человек, и свою волю он высказал в своем завещании так же ясно, как будто бы это совершилось при сотне свидетелей. Неужели сразу не догадались вы, несчастные крикуны, что старшему брату он оставил все деньги, среднему — весь скот и всех рабов, а младшему — дом и пашню. Идите же с миром и не враждуйте больше.

И трое братьев — недавние враги — с просиявшими лицами поклонились царю в ноги и вышли из судилища рука об руку.

И еще решил царь другое дело о наследстве, начатое три дня тому назад. Один человек, умирая, сказал, что он оставляет все свое имущество достойнейшему из двух его сыновей. Но так как ни один из них не соглашался признать себя худшим, то и обратились они к царю.

Соломон спросил их, кто они по делам своим, и, услышав ответ, что оба они охотники-лучники, сказал:

— Возвращайтесь домой. Я прикажу поставить у дерева труп вашего отца. Посмотрим сначала, кто из вас метче попадет ему стрелой в грудь, а потом решим ваше дело.

Теперь оба брата возвратились назад в сопровождении человека, посланного царем с ними для присмотра. Его и расспрашивал Соломон о состязании.

— Я исполнил все, что ты приказал, царь, — сказал этот человек. — Я поставил труп старика у дерева и дал каждому из братьев их луки и стрелы. Старший стрелял первым. На расстоянии ста двадцати локтей он попал как раз в то место, где бьется у живого человека сердце.

— Прекрасный выстрел, — сказал Соломон. — А младший?

— Младший... Прости меня, царь, я не смог настоять на том, чтобы твое повеление было исполнено в точности... Младший натянул тетиву и положил уже на нее стрелу, но вдруг опустил лук к ногам, повернулся и сказал, заплакав: «Нет, я не могу сделать этого... Не буду стрелять в труп моего отца».

— Так пусть ему и принадлежит имение его отца, — решил царь. — Он оказался достойнейшим сыном. Старший же, если хочет, может поступить в число моих телохранителей. Мне нужны такие сильные и жадные люди, с меткой рукою, верным взглядом и сердцем, обросшим шерстью.

Затем предстали пред царем три человека. Ведя общее торговое дело, нажили они много денег. И вот когда пришла им пора ехать в Иерусалим, то зашили они золото в кожаный пояс и пустились в путь. Дорогою заночевали они в лесу, а пояс для сохранности зарыли в землю. Когда же они проснулись наутро, то не нашли пояса в том месте, куда его положили.

Каждый из них обвинял другого в тайном похищении, и так как все трое казались людьми очень хитрыми и тонкими в речах, то сказал им царь:

— Прежде чем я решу ваше дело, выслушайте то, что я расскажу вам. Одна красивая девица обещала своему возлюбленному, отправлявшемуся в путешествие, ждать его возвращения и никому не отдавать своего девства, кроме него. Но, уехав, он в непродолжительном времени женился в другом городе на другой девушке, и она узнала об этом. Между тем к ней посватался богатый и добросердечный юноша из ее города, друг ее детства. Понуждаемая родителями, она не решилась от стыда и страха сказать ему о своем обещании и вышла за него замуж. Когда же по окончании брачного пира он повел ее в спальню и хотел лечь с нею, она стала умолять его: «Позволь мне сходить в тот город, где живет прежний мой возлюбленный. Пусть он снимет с меня клятву, тогда я возвращусь к тебе и сделаю все, что ты хочешь!» И так как юноша очень любил ее, то согласился на ее просьбу, отпустил ее, и она пошла. Дорогой напал на нее разбойник, ограбил ее и уже хотел ее изнасиловать. Но девица упала перед ним на колени и в слезах молила пощадить ее целомудрие, и рассказала она разбойнику все, что произошло с ней и зачем идет она в чужой город. И разбойник, выслушав ее, так удивился ее верности слову и так тронулся добротой ее жениха, что не только отпустил девушку с миром, но и возвратил ей отнятые драгоценности. Теперь спрашиваю я вас, кто из всех трех поступил лучше пред лицом Бога — девица, жених или разбойник?

И один из судившихся сказал, что девица более всех достойна похвалы за свою твердость в клятве. Другой удивлялся великой любви ее жениха; третий же находил самым великодушным поступок разбойника. И сказал царь последнему:

— Значит, ты и украл пояс с общим золотом, потому что по своей природе ты жаден и желаешь чужого.

Человек же этот, передав свой дорожный посох одному из товарищей, сказал, подняв руки кверху, как бы для клятвы:

— Свидетельствую перед Иеговой, что золото не у меня, а у него!

Царь улыбнулся и приказал одному из своих воинов:
— Возьми жезл этого человека и разломи его пополам.

И когда воин исполнил повеление Соломона, то посыпались на пол золотые монеты, потому что они были спрятаны внутри выдолбленной палки; вор же, пораженный мудростью царя, упал ниц перед его троном и признался в своем преступлении.

Также пришла в дом Ливанский женщина, бедная вдова каменщика, и сказала:

— Я прошу правосудия, царь! На последние два динария, которые у меня оставались, я купила муки, насыпала ее вот в эту большую глиняную чашу и понесла домой. Но вдруг поднялся сильный ветер и развеял мою муку. О мудрый царь, кто возвратит мне этот убыток! Мне теперь нечем накормить моих детей.

— Когда это было? — спросил царь.

— Это случилось сегодня утром, на заре.

И вот Соломон приказал позвать нескольких богатых купцов, корабли которых должны были в этот день отправляться с товарами в Финикию через Иаффу. И когда они явились, встревоженные, в залу судилища, царь спросил их:

— Молили ли вы Бога или богов о попутном ветре для ваших кораблей?

И они ответили:

— Да, царь! Оно так. И Богу были угодны наши жертвы, потому что он послал нам добрый ветер.

— Я радуюсь за вас, — сказал Соломон. — Но тот же ветер развеял у бедной женщины муку, которую она несла в чаше. Не находите ли вы справедливым, что вам нужно вознаградить ее?

И они, обрадованные тем, что только за этим призывал их царь, тотчас же набросали женщине полную чашу мелкой и крупной серебряной монеты. Когда же она со слезами стала благодарить царя, он ясно улыбнулся и сказал:

— Подожди, это еще не все. Сегодняшний утренний ветер дал и мне радость, которой я не ожидал. Итак, к дарам этих купцов я прибавлю и свой царский дар.

И он повелел Адонираму, казначею, положить сверх денег купцов столько золотых монет, чтобы вовсе не было видно под ними серебра.

Никого не хотел Соломон видеть в этот день несчастным. Он роздал столько наград, пенсий и подарков, сколько не раздавал иногда в целый год, и простил он Ахимааса, правителя земли Неффалимовой, на которого прежде пылал гневом за беззаконные поборы, и сложил вины многим, преступившим закон, и не оставил он без внимания просьб своих подданных, кроме одной.

Когда выходил царь из дома Ливанского малыми южными дверьми, стал на его пути некто в желтой кожаной одежде, приземистый, широкоплечий человек с темно-красным сумрачным лицом, с черною густою бородою, с воловьей шеей и с суровым взглядом из-под косматых черных бровей. Это был главный жрец капища Молоха. Он произнес только одно слово умоляющим голосом:

— Царь!..

В бронзовом чреве его бога было семь отделений: одно для муки, другое для голубей, третье для овец, четвертое для баранов, пятое для телят, шестое для быков, седьмое же, предназначенное для живых младенцев, приносимых их матерями, давно пустовало по запрещению царя.

Соломон прошел молча мимо жреца, но тот протянул вслед ему руку и воскликнул с мольбой:

— Царь! Заклинаю тебя твоей радостью!.. Царь, окажи мне эту милость, и я открою тебе, какой опасности подвергается твоя жизнь.

Соломон не ответил, и жрец, сжав кулаки сильных рук, проводил его до выхода яростным взглядом.

VI

Вечером пошла Суламифь в старый город, туда, где длинными рядами тянулись лавки менял, ростовщиков и торговцев благовонными снадобьями. Там продала она ювелиру за три драхмы и один динарий свою единственную драгоценность — праздничные серьги, серебряные, кольцами, с золотой звездочкой каждая.

Потом она зашла к продавцу благовоний. В глубокой, темной каменной нише, среди банок с серой аравийской амброй, пакетов с ливанским ладаном, пучков ароматических трав и склянок с маслами сидел, поджав под себя ноги и щуря ленивые глаза, неподвижный, сам весь благоухающий, старый, жирный, сморщенный скопец-египтянин. Он осторожно отсчитал из финикийской склянки в маленький глиняный флакончик ровно столько капель мирры, сколько было динариев во всех деньгах Суламифи, и когда он окончил это дело, то сказал, подбирая пробкой остаток масла с горлышка и лукаво смеясь:

— Смуглая девушка, прекрасная девушка! Когда сегодня твой милый поцелует тебя между грудей и скажет: «Как хорошо пахнет твое тело, о моя возлюбленная!» — ты вспомни обо мне в этот миг. Я перелил тебе три лишние капли.

И вот, когда наступила ночь и луна поднялась над Силоамом, перемешав синюю белизну его домов с черной синевой теней и с матовой зеленью деревьев, встала Суламифь со своего бедного ложа из козьей шерсти и прислушалась. Все было тихо в доме. Сестра ровно дышала у стены, на полу. Только снаружи, в придорожных кустах, сухо и страстно кричали цикады, и кровь толчками шумела в ушах. Решетка окна, вырисованная лунным светом, четко и косо лежала на полу.

Дрожа от робости, ожиданья и счастья, расстегнула Суламифь свои одежды, опустила их вниз к ногам и, перешагнув через них, осталась среди комнаты нагая, лицом к окну, освещенная луною через переплет решетки. Она налила густую благовонную мирру себе на плечи, на грудь, на живот и, боясь потерять хоть одну драгоценную каплю, стала быстро растирать масло по ногам, под мышками, вокруг шеи. И гладкое, скользящее прикосновение ее ладоней и локтей к телу заставляло ее вздрагивать от сладкого предчувствия. И, улыбаясь и дрожа, глядела она в окно, где за решеткой виднелись два тополя, темные с одной стороны, осеребренные с другой, и шептала про себя:

— Это для тебя, мой милый, это для тебя, возлюбленный мой. Милый мой лучше десяти тысяч других, голова его — чистое золото, волосы его волнистые, черные, как ворон. Уста его — сладость, и весь он — желание. Вот кто возлюбленный мой, вот кто брат мой, дочери иерусалимские!..

И вот, благоухающая миррой, легла она на свое ложе. Лицо ее обращено к окну; руки она, как дитя, зажала между коленями, сердце ее громко бьется в комнате. Проходит много времени. Почти не закрывая глаз, она погружается в дремоту, но сердце ее бодрствует. Ей грезится, что милый лежит с ней рядом. Правая рука у нее под головой, левой он обнимает ее. В радостном испуге сбрасывает она с себя дремоту, ищет возлюбленного около себя на ложе, но не находит никого. Лунный узор на полу передвинулся ближе к стене, укоротился и стал косее. Кричат цикады, монотонно лепечет Кедронский ручей, слышно, как в городе заунывно поет ночной сторож.

«Что, если он не придет сегодня? — думает Суламифь. — Я просила его, и вдруг он послушался меня?.. Заклинаю вас, дочери иерусалимские, сернами и полевыми лилиями: не будите любви, доколе она не придет... Но вот любовь посетила меня. Приди скорей, мой возлюбленный! Невеста ждет тебя. Будь быстр, как молодой олень в горах бальзамических».

Песок захрустел на дворе под легкими шагами. И души не стало в девушке. Осторожная рука стучит в окно. Темное лицо мелькает за решеткой. Слышится тихий голос милого:

— Отвори мне, сестра моя, возлюбленная моя, голубица моя, чистая моя! Голова моя покрыта росой.

Но волшебное оцепенение овладевает вдруг телом Суламифи. Она хочет встать и не может, хочет пошевельнуть рукою и не может. И, не понимая, что с нею делается, она шепчет, глядя в окно:

— Ах, кудри его полны ночною влагой! Но я скинула мой хитон. Как же мне опять надеть его?

— Встань, возлюбленная моя. Прекрасная моя, выйди. Близится утро, раскрываются цветы, виноград льет свое благоухание, время пения настало, голос горлицы доносится с гор.

— Я вымыла ноги мои, — шепчет Суламифь, — как же мне ступить ими на пол?

Темная голова исчезает из оконного переплета, звучные шаги обходят дом, затихают у двери. Милый осторожно просовывает руку сквозь дверную скважину. Слышно, как он ищет пальцами внутреннюю задвижку.

Тогда Суламифь встает, крепко прижимает ладони к грудям и шепчет в страхе:

— Сестра моя спит, я боюсь разбудить ее.

Она нерешительно обувает сандалии, надевает на голое тело легкий хитон, накидывает сверху него покрывало и открывает дверь, оставляя на ее замке следы мирры. Но никого уже нет на дороге, которая одиноко белеет среди темных кустов в серой утренней мгле. Милый не дождался — ушел, даже шагов его не слышно. Луна уменьшилась и побледнела и стоит высоко. На востоке над волнами гор холодно розовеет небо перед зарею. Вдали белеют стены и дома иерусалимские.

— Возлюбленный мой! Царь жизни моей! — кричит Суламифь во влажную темноту. — Вот я здесь. Я жду тебя... Вернись!

Но никто не отзывается.

«Побегу же я по дороге, догоню, догоню моего милого, — говорит про себя Суламифь. — Пойду по городу, по улицам, по площадям, буду искать того, кого любит душа моя. О, если бы ты был моим братом, сосавшим грудь матери моей! Я встретила бы тебя на улице и целовала бы тебя, и никто не осудил бы меня. Я взяла бы тебя за руку и привела бы в дом матери моей. Ты учил бы меня, а я поила бы тебя соком гранатовых яблоков. Заклинаю вас, дочери иерусалимские: если встретите возлюбленного моего, скажите ему, что я уязвлена любовью».

Так говорит она самой себе и легкими, послушными шагами бежит по дороге к городу. У Навозных ворот около стены сидят и дремлют в утренней прохладе двое сторожей, обходивших ночью город. Они просыпаются и смотрят с удивлением на бегущую девушку. Младший из них встает и загораживает ей дорогу распростертыми руками.

— Подожди, подожди, красавица! — восклицает он со смехом. — Куда так скоро? Ты провела тайком ночь в постели у своего любезного и еще тепла от его объятий, а мы продрогли от ночной сырости. Будет справедливо, если ты немножко посидишь с нами.

Старший тоже поднимается и хочет обнять Суламифь. Он не смеется, он дышит тяжело, часто и со свистом, он облизывает языком синие губы. Лицо его, обезображенное большими шрамами от зажившей проказы, кажется страшным в бледной мгле. Он говорит гнусавым и хриплым голосом:

— И правда. Чем возлюбленный твой лучше других мужчин, милая девушка! Закрой глаза, и ты не отличишь меня от него. Я даже лучше, потому что, наверно, поопытнее его.

Они хватают ее за грудь, за плечи, за руки, за одежду. Но Суламифь гибка и сильна, и тело ее, умащенное маслом, скользко. Она вырывается, оставив в руках сторожей свое верхнее покрывало, и еще быстрее бежит назад прежней дорогой. Она не испытала ни обиды, ни страха — она вся поглощена мыслью о Соломоне. Проходя мимо своего дома, она видит, что дверь, из которой она только что вышла, так и осталась отворенной, зияя черным четырехугольником на белой стене. Но она только затаивает дыхание, съеживается, как молодая кошка, и на цыпочках, беззвучно пробегает мимо.

Она переходит через Кедронский мост, огибает окраину Силоамской деревни и каменистой дорогой взбирается постепенно на южный склон Ватн-эль-Хава, в свой виноградник. Брат ее спит еще между лозами, завернувшись в шерстяное одеяло, все мокрое от росы. Суламифь гладит его, но он не может проснуться, окованный молодым утренним сном.

Как и вчера, заря пылает над Аназе. Подымается ветер. Струится аромат виноградного цветения.

— Пойду погляжу на то место у стены, где стоял мой возлюбленный, — говорит Суламифь. — Прикоснусь руками к камням, которые он трогал, поцелую землю под его ногами.

Легко скользит она между лозами. Роса падает с них, и холодит ей ноги, и брызжет на ее локти. И вот радостный крик Суламифи оглашает виноградник! Царь стоит за стеной. Он с сияющим лицом протягивает ей навстречу руки.

Легче птицы переносится Суламифь через ограду и без слов, со стоном счастья обвивается вокруг царя.

Так проходит несколько минут. Наконец, отрываясь губами от ее рта, Соломон говорит в упоении, и голос его дрожит:

— О, ты прекрасна, возлюбленная моя, ты прекрасна!

— О, как ты прекрасен, возлюбленный мой!

Слезы восторга и благодарности — блаженные слезы блестят на бледном и прекрасном лице Суламифи. Изнемогая от любви, она опускается на землю, едва слышно шепчет безумные слова:

— Ложе у нас — зелень. Кедры — потолок над нами... Лобзай меня лобзанием уст своих. Ласки твои лучше вина...

Спустя небольшое время Суламифь лежит головою на груди Соломона. Его левая рука обнимает ее. Склонившись к самому ее уху, царь шепчет ей что-то, царь нежно извиняется, и Суламифь краснеет от его слов и закрывает глаза. Потом с невыразимо прелестной улыбкой смущения она говорит:

— Братья мои поставили меня стеречь виноградник... а своего виноградника я не уберегла.

Но Соломон берет ее маленькую темную руку и горячо прижимает ее к губам.

— Ты не жалеешь об этом, Суламифь?

— О нет, царь мой, возлюбленный мой, я не жалею. Если бы ты сейчас же встал и ушел от меня и если бы я осуждена была никогда потом не видеть тебя, я до конца моей жизни буду произносить с благодарностью твое имя, Соломон!

— Скажи мне еще, Суламифь... Только прошу тебя, скажи правду, чистая моя. Знала ли ты, кто я?

— Нет, я и теперь не знаю этого. Я думала... Но мне стыдно признаться... Я боюсь, ты будешь смеяться надо мной... Рассказывают, что здесь, на горе Ватн-эль-Хав, иногда бродят языческие боги... Многие из них, говорят, прекрасны... И я думала: не Гор ли ты, сын Озириса, или иной бог?

— Нет, я только царь, возлюбленная. Но вот на этом месте я целую твою милую руку, опаленную солнцем, и клянусь тебе, что еще никогда — ни в пору первых любовных томлений юности, ни в дни моей славы — не горело мое сердце таким неутолимым желанием, которое будит во мне одна твоя улыбка, одно прикосновение твоих огненных кудрей, один изгиб твоих пурпуровых губ! Ты прекрасна, как шатры Кидарские, как завесы в храме Соломоновом! Ласки твои опьяняют меня. Вот груди твои — они ароматны. Сосцы твои — как вино!

— О да, гляди, гляди на меня, возлюбленный. Глаза твои волнуют меня! О, какая радость: ведь это ко мне, ко мне обращено желание твое! Волосы твои душисты. Ты лежишь, как мирровый пучок у меня между грудей!

Время прекращает свое течение и смыкается над ними солнечным кругом. Ложе у них — зелень, кровля — кедры, стены — кипарисы. И знамя над их шатром — любовь.

VII

Бассейн был у царя во дворце, восьмиугольный, прохладный бассейн из белого мрамора. Темно-зеленые малахитовые ступени спускались к его дну. Облицовка из египетской яшмы, снежно-белая с розовыми, чуть заметными прожилками, служила ему рамою. Лучшее черное дерево пошло на отделку стен. Четыре львиные головы из розового сардоникса извергали тонкими струями воду в бассейн. Восемь серебряных отполированных зеркал отличной сидонской работы, в рост человека, были вделаны в стены между легкими белыми колоннами.

Перед тем как войти Суламифи в бассейн, молодые прислужницы влили в него ароматные составы, и вода от них побелела, поголубела и заиграла переливами молочного опала. С восхищением глядели рабыни, раздевавшие Суламифь, на ее тело и, когда раздели, подвели ее к зеркалу. Ни одного недостатка не было в ее прекрасном теле, озолоченном, как смуглый зрелый плод, золотым пухом нежных волос. Она же, глядя на себя нагую в зеркало, краснела и думала: «Все это для тебя, мой царь!»

Она вышла из бассейна свежая, холодная и благоухающая, покрытая дрожащими каплями воды. Рабыни надели на нее короткую белую тунику из тончайшего египетского льна и хитон из драгоценного саргонского виссона, такого блестящего золотого цвета, что одежда казалась сотканной из солнечных лучей. Они обули ее ноги в красные сандалии из кожи молодого козленка, они осушили ее темно-огненные кудри, и перевили их нитями крупного черного жемчуга, и украсили ее руки звенящими запястьями. В таком наряде предстала она пред Соломоном, и царь воскликнул радостно:

— Кто это, блистающая, как заря, прекрасная, как луна, светлая, как солнце? О Суламифь, красота твоя грознее, чем полки с распущенными знаменами! Семьсот жен я знал, и триста наложниц, и девиц без числа, но единственная — ты, прекрасная моя! Увидят тебя царицы и превознесут, и поклонятся тебе наложницы, и восхвалят тебя все женщины на земле. О Суламифь, тот день, когда ты сделаешься моей женой и царицей, будет самым счастливым для моего сердца.

Она же подошла к резной масличной двери и, прижавшись к ней щекою, сказала:

— Я хочу быть только твоею рабою, Соломон. Вот я приложила ухо мое к дверному косяку. И прошу тебя: по закону Моисееву, пригвозди мне ухо в свидетельство моего добровольного рабства пред тобою.

Тогда Соломон приказал принести из своей сокровищницы драгоценные подвески из глубоко-красных карбункулов, обделанных в виде удлиненных груш. Он сам продел их в уши Суламифи и сказал:

— Возлюбленная моя принадлежит мне, а я ей.

И, взяв Суламифь за руку, повел ее царь в залу пиршества, где уже дожидались его друзья и приближенные.

VIII

Семь дней прошло с того утра, когда вступила Суламифь в царский дворец. Семь дней она и царь наслаждались любовью и не могли насытиться ею.

Соломон любил украшать свою возлюбленную драгоценностями. «Как стройны твои маленькие ноги в сандалиях!» — восклицал он с восторгом, и, становясь перед нею на колени, целовал поочередно пальцы на ее ногах, и нанизывал на них кольца с такими прекрасными и редкими камнями, каких не было даже на эфоде первосвященника. Суламифь заслушивалась его, когда он рассказывал ей о внутренней природе камней, о их волшебных свойствах и таинственных значениях.

— Вот анфракс, священный камень земли Офир, — говорил царь. — Он горяч и влажен. Погляди, он красен, как кровь, как вечерняя заря, как распустившийся цвет граната, как густое вино из виноградников энгедских, как твои губы, моя Суламифь, как твои губы утром, после ночи любви. Это камень любви, гнева и крови. На руке человека, томящегося в лихорадке или опьяненного желанием, он становится теплее и горит красным пламенем. Надень его на руки, моя возлюбленная, и ты увидишь, как он загорится. Если его растолочь в порошок и принимать с водой, он дает румянец лицу, успокаивает желудок и веселит душу. Носящий его приобретает власть над людьми. Он врачует сердце, мозг и память. Но при детях не следует его носить, потому что он будит вокруг себя любовные страсти.

Вот прозрачный камень цвета медной яри. В стране эфиопов, где он добывается, его называют Мгнадис-Фза. Мне подарил его отец моей жены, царицы Астис, египетский фараон Суссаким, которому этот камень достался от пленного царя. Ты видишь — он некрасив, но цена его неисчислима, потому что только четыре человека на земле владеют камнем Мгнадис-Фза. Он обладает необыкновенным качеством притягивать к себе серебро, точно жадный и сребролюбивый человек. Я тебе его дарю, моя возлюбленная, потому что ты бескорыстна.

Посмотри, Суламифь, на эти сапфиры. Одни из них похожи цветом на васильки в пшенице, другие на осеннее небо, иные на море в ясную погоду. Это камень девственности — холодный и чистый. Во время далеких и тяжелых путешествий его кладут в рот для утоления жажды. Он также излечивает проказу и всякие злые наросты. Он дает ясность мыслям. Жрецы Юпитера в Риме носят его на указательном пальце.

Царь всех камней — камень Шамир. Греки называют его Адамас, что значит — неодолимый. Он крепче всех веществ на свете и остается невредимым в самом сильном огне. Это свет солнца, сгустившийся в земле и охлажденный временем. Полюбуйся, Суламифь, он играет всеми цветами, но сам остается прозрачным, точно капля воды. Он сияет в темноте ночи, но даже днем теряет свой свет на руке убийцы. Шамир привязывают к руке женщины, которая мучится тяжелыми родами, и его также надевают воины на левую руку, отправляясь в бой. Тот, кто носит Шамир, — угоден царям и не боится злых духов. Шамир сгоняет пестрый цвет с лица, очищает дыхание, дает спокойный сон лунатикам и отпотевает от близкого соседства с ядом. Камни Шамир бывают мужские и женские; зарытые глубоко в землю, они способны размножаться.

Лунный камень, бледный и кроткий, как сияние луны, — это камень магов халдейских и вавилонских. Перед прорицаниями они кладут его под язык, и он сообщает им дар видеть будущее. Он имеет странную связь с луною, потому что в новолуние холодеет и сияет ярче. Он благоприятен для женщины в тот год, когда она из ребенка становится девушкой.

Это кольцо с смарагдом ты носи постоянно, возлюбленная, потому что смарагд — любимый камень Соломона, царя Израильского. Он зелен, чист, весел и нежен, как трава весенняя, и когда смотришь на него долго, то светлеет сердце; если поглядеть на него с утра, то весь день будет для тебя легким. У тебя над ночным ложем я повешу смарагд, прекрасная моя: пусть он отгоняет от тебя дурные сны, утешает биение сердца и отводит черные мысли. Кто носит смарагд, к тому не приближаются змеи и скорпионы; если же держать смарагд перед глазами змеи, то польется из них вода и будет литься до тех пор, пока она не ослепнет. Толченый смарагд дают отравленному ядом человеку вместе с горячим верблюжьим молоком, чтобы вышел яд испариной; смешанный с розовым маслом, смарагд врачует укусы ядовитых гадов, а растертый с шафраном и приложенный к больным глазам, исцеляет куриную слепоту. Помогает он еще от кровавого поноса и при черном кашле, который не излечим никакими средствами человеческими.

Дарил также царь своей возлюбленной ливийские аметисты, похожие цветом на ранние фиалки, распускающиеся в лесах у подножия Ливийских гор, — аметисты, обладавшие чудесной способностью обуздывать ветер, смягчать злобу, предохранять от опьянения и помогать при ловле диких зверей; персепольскую бирюзу, которая приносит счастье в любви, прекращает ссору супругов, отводит царский гнев и благоприятствует при укрощении и продаже лошадей;

и кошачий глаз — оберегающий имущество, разум и здоровье своего владельца; и бледный, сине-зеленый, как морская вода у берега, вериллий — средство от бельма и проказы, добрый спутник странников; и разноцветный агат — носящий его не боится козней врагов и избегает опасности быть раздавленным во время землетрясения; и нефрит, почечный камень, отстраняющий удары молнии; и яблочно-зеленый, мутно-прозрачный онихий — сторож хозяина от огня и сумасшествия; и яспис, заставляющий дрожать зверей; и черный ласточкин камень, дающий красноречие; и уважаемый беременными женщинами орлиный камень, который орлы кладут в свои гнезда, когда приходит пора вылупляться их птенцам; и заберзат из Офира, сияющий, как маленькие солнца; и желто-золотистый хрисолит — друг торговцев и воров; и сардоникс, любимый царями и царицами; и малиновый лигирий: его находят, как известно, в желудке рыси, зрение которой так остро, что она видит сквозь стены, — поэтому и носящие лигирий отличаются зоркостью глаз, — кроме того, он останавливает кровотечение из носу и заживляет всякие раны, исключая ран, нанесенных камнем и железом.

Надевал царь на шею Суламифи многоценные ожерелья из жемчуга, который ловили его подданные в Персидском море, и жемчуг от теплоты ее тела приобретал живой блеск и нежный цвет. И кораллы становились краснее на ее смуглой груди, и оживала бирюза на ее пальцах, и издавали в ее руках трескучие искры те желтые янтарные безделушки, которые привозили в дар царю Соломону с берегов далеких северных морей отважные корабельщики царя Хирама Тирского.

Златоцветом и лилиями покрывала Суламифь свое ложе, приготовляя его к ночи, и, покоясь на ее груди, говорил царь в веселии сердца:

— Ты похожа на царскую ладью в стране Офир, о моя возлюбленная, на золотую легкую ладью, которая плывет, качаясь, по священной реке, среди белых ароматных цветов.

Так посетила царя Соломона — величайшего из царей и мудрейшего из мудрецов — его первая и последняя любовь.

Много веков прошло с той поры. Были царства и цари, и от них не осталось следа, как от ветра, пробежавшего над пустыней. Были длинные беспощадные войны, после которых имена полководцев сияли в веках, точно кровавые звезды, но время стерло даже самую память о них.

Любовь же бедной девушки из виноградника и великого царя никогда не пройдет и не забудется, потому что крепка, как смерть, любовь, потому что каждая женщина, которая любит, — царица, потому что любовь прекрасна!

IX

Семь дней прошло с той поры, когда Соломон — поэт, мудрец и царь — привел в свой дворец бедную девушку, встреченную им в винограднике на рассвете. Семь дней наслаждался царь ее любовью и не мог насытиться ею. И великая радость освещала его лицо, точно золотое солнечное сияние.

Стояли светлые, теплые, лунные ночи — сладкие ночи любви! На ложе из тигровых шкур лежала обнаженная Суламифь, и царь, сидя на полу у ее ног, наполнял свой изумрудный кубок золотистым вином из Мареотиса и пил за здоровье своей возлюбленной, веселясь всем сердцем, и рассказывал он ей мудрые древние странные сказания. И рука Суламифи покоилась на его голове, гладила его волнистые черные волосы.

— Скажи мне, мой царь, — спросила однажды Суламифь, — не удивительно ли, что я полюбила тебя так внезапно? Я теперь припоминаю все, и мне кажется, что я стала принадлежать тебе с самого первого мгновения, когда не успела еще увидеть тебя, а только услышала твой голос. Сердце мое затрепетало и раскрылось навстречу к тебе, как раскрывается цветок во время летней ночи от южного ветра. Чем ты так пленил меня, мой возлюбленный?

И царь, тихо склоняясь головой к нежным коленям Суламифи, ласково улыбнулся и ответил:

— Тысячи женщин до тебя, о моя прекрасная, задавали своим милым этот вопрос, и сотни веков после тебя они будут спрашивать об этом своих милых. Три вещи есть в мире, непонятные для меня, и четвертую я не постигаю: путь орла в небе, змеи на скале, корабля среди моря и путь мужчины к сердцу женщины. Это не моя мудрость, Суламифь, это слова Агура, сына Иакеева, слышанные от него учениками. Но почтим и чужую мудрость.

— Да, — сказала Суламифь задумчиво, — может быть, и правда, что человек никогда не поймет этого. Сегодня во время пира на моей груди было благоухающее вязание стакти. Но ты вышел из-за стола, и цветы мои перестали пахнуть. Мне кажется, что тебя должны любить, о царь, и женщины, и мужчины, и звери, и даже цветы. Я часто думаю и не могу понять: как можно любить кого-нибудь другого, кроме тебя?

— И кроме тебя, кроме тебя, Суламифь! Каждый час я благодарю Бога, что он послал тебя на моем пути.

— Я помню, я сидела на камне стенки, и ты положил свою руку сверх моей. Огонь побежал по моим жилам, голова у меня закружилась. Я сказала себе: «Вот кто господин мой, вот кто царь мой, возлюбленный мой!»

— Я помню, Суламифь, как обернулась ты на мой зов. Под тонким платьем я увидел твое тело, твое прекрасное тело, которое я люблю, как Бога. Я люблю его, покрытое золотым пухом, точно солнце оставило на нем свой поцелуй. Ты стройна, точно кобылица в колеснице фараоновой, ты прекрасна, как колесница Аминодавова. Глаза твои как два голубя, сидящих у истока вод.

— О милый, слова твои волнуют меня. Твоя рука сладко жжет меня. О мой царь, ноги твои как мраморные столбы. Живот твой точно ворох пшеницы, окруженный лилиями.

Окруженные, осиянные молчаливым светом луны, они забывали о времени, о месте, и вот проходили часы, и они с удивлением замечали, как в решетчатые окна покоя заглядывала розовая заря.

Также сказала однажды Суламифь:

— Ты знал, мой возлюбленный, жен и девиц без числа, и все они были самые красивые женщины на земле. Мне стыдно становится, когда я подумаю о себе, простой, неученой девушке, и о моем бедном теле, опаленном солнцем.

Но, касаясь губами ее губ, говорил царь с бесконечной любовью и благодарностью:

— Ты царица, Суламифь. Ты родилась настоящей царицей. Ты смела и щедра в любви. Семьсот жен у меня и триста наложниц, а девиц я знал без числа, но ты единственная моя, кроткая моя, прекраснейшая из женщин. Я нашел тебя, подобно тому как водолаз в Персидском заливе наполняет множество корзин пустыми раковинами и малоценными жемчужинами, прежде чем достанет с морского дна перл, достойный царской короны. Дитя мое, тысячи раз может любить человек, но только один раз он любит. Тьмы тем людей думают, что они любят, но только двум из них посылает Бог любовь. И когда ты отдалась мне там, между кипарисами, под кровлей из кедров, на ложе из зелени, я от души благодарил Бога, столь милостивого ко мне.

Еще однажды спросила Суламифь:

— Я знаю, что все они любили тебя, потому что тебя нельзя не любить. Царица Савская приходила к тебе из своей страны. Говорят, она была мудрее и прекраснее всех женщин, когда-либо бывших на земле. Точно во сне я вспоминаю ее караваны. Не знаю почему, но с самого раннего детства влекло меня к колесницам знатных. Мне тогда было, может быть, семь, может быть, восемь лет, я помню верблюдов в золотой сбруе, покрытых пурпурными попонами, отягощенных тяжелыми ношами, помню мулов с золотыми бубенчиками между ушами, помню смешных обезьян в серебряных клетках и чудесных павлинов. Множество слуг шло в белых и голубых одеждах; они вели ручных тигров и барсов на красных лентах. Мне было только восемь лет.

— О дитя, тебе тогда было только восемь лет, — сказал Соломон с грустью.

— Ты любил ее больше, чем меня, Соломон? Расскажи мне что-нибудь о ней.

И царь рассказал ей все об этой удивительной женщине. Наслышавшись много о мудрости и красоте Израильского царя, она прибыла к нему из своей страны с богатыми дарами, желая испытать его мудрость и покорить его сердце. Это была пышная сорокалетняя женщина, которая уже начинала увядать. Но тайными, волшебными средствами она достигала того, что ее рыхлеющее тело казалось стройным и гибким, как у девушки, и лицо ее носило печать страшной, нечеловеческой красоты. Но мудрость ее была обыкновенной человеческой мудростью, и притом еще мелочной мудростью женщины.

Желая испытать царя загадками, она сначала послала к нему пятьдесят юношей в самом нежном возрасте и пятьдесят девушек. Все они так хитроумно были одеты, что самый зоркий глаз не распознал бы их пола. «Я назову тебя мудрым, царь, — сказала Балкис, — если ты скажешь мне, кто из них женщина и кто мужчина».

Но царь рассмеялся и приказал каждому и каждой из посланных подать поодиночке серебряный таз и серебряный кувшин для умывания. И в то время когда мальчики смело брызгались в воде руками и бросали себе ее горстями в лицо, крепко вытирая кожу, девочки поступали так, как всегда делают женщины при умывании. Они нежно и заботливо натирали каждую из своих рук, близко поднося ее к глазам. Так просто разрешил царь первую загадку Балкис-Македы.

Затем прислала она Соломону большой алмаз величиною с лесной орех. В камне этом была тонкая, весьма извилистая трещина, которая узким сложным ходом пробуравливала насквозь все его тело. Нужно было продеть сквозь этот алмаз шелковинку. И мудрый царь впустил в отверстие шелковичного червя, который, пройдя наружу, оставил за собой следом тончайшую шелковую паутинку.

Также прислала прекрасная Балкис царю Соломону многоценный кубок из резного сардоникса великолепной художественной работы. «Этот кубок будет твоим, — повелела она сказать царю, — если ты его наполнишь влагою, взятою ни с земли, ни с неба». Соломон же, наполнив сосуд пеною, падавшей с тела утомленного коня, приказал отнести его царице.

Много подобных загадок предлагала царица Соломону, но не могла унизить его мудрость, и всеми тайными чарами ночного сладострастия не сумела она сохранить его любви. И когда наскучила она царю, он жестоко, обидно насмеялся над нею.

Всем было известно, что царица Савская никому не показывала своих ног и потому носила длинное, до земли, платье. Даже в часы любовных ласк держала она ноги плотно закрытыми одеждой. Много странных и смешных легенд сложилось по этому поводу.

Одни уверяли, что у царицы козлиные ноги, обросшие шерстью; другие клялись, что у нее вместо ступней перепончатые гусиные лапы. И даже рассказывали о том, что мать царицы Балкис однажды, после купанья, села на песок, где только что оставил свое семя некий бог, временно превратившийся в гуся, и что от этой случайности понесла она прекрасную царицу Савскую.

И вот повелел однажды Соломон устроить в одном из своих покоев прозрачный хрустальный пол с пустым пространством под ним, куда налили воды и пустили живых рыб. Все это было сделано с таким необычайным искусством, что непредупрежденный человек ни за что не заметил бы стекла и стал бы давать клятву, что перед ним находится бассейн с чистой свежей водой.

И когда все было готово, то пригласил Соломон свою царственную гостью на свидание. Окруженная пышной свитой, она идет по комнатам Ливанского дома и доходит до коварного бассейна. На другом конце его сидит царь, сияющий золотом и драгоценными камнями и приветливым взглядом черных глаз. Дверь отворяется перед царицей, и она делает шаг вперед, но вскрикивает и...

Суламифь смеется радостным детским смехом и хлопает в ладоши.

— Она нагибается и приподымает платье? — спрашивает Суламифь.

— Да, моя возлюбленная, она поступила так, как поступила бы каждая из женщин. Она подняла кверху край своей одежды, и хотя это продолжалось только одно мгновение, но и я, и весь мой двор увидели, что у прекрасной Савской царицы Балкис-Македы обыкновенные человеческие ноги, но кривые и обросшие густыми волосами. На другой же день она собралась в путь, не простилась со мною и уехала со своим великолепным караваном. Я не хотел ее обидеть. Вслед ей я послал надежного гонца, которому приказал передать царице пучок редкой горной травы — лучшее средство для уничтожения волос на теле. Но она вернула мне назад голову моего посланного в мешке из дорогой багряницы.

Рассказывал также Соломон своей возлюбленной многое из своей жизни, чего не знал никто из других людей и что Суламифь унесла с собой в могилу. Он говорил ей о долгих и тяжелых годах скитаний, когда, спасаясь от гнева своих братьев, от зависти Авессалома и от ревности Адонии, он принужден был под чужим именем скрываться в чужих землях, терпя страшную бедность и лишения. Он рассказал ей о том, как в отдаленной неизвестной стране, когда он стоял на рынке в ожидании, что его наймут куда-нибудь работать, к нему подошел царский повар и сказал:

— Чужестранец, помоги мне донести эту корзину с рыбами во дворец.

Своим умом, ловкостью и умелым обхождением Соломон так понравился придворным, что в скором времени устроился во дворце, а когда старший повар умер, то он заступил на его место. Дальше говорил Соломон о том, как единственная дочь царя, прекрасная пылкая девушка, влюбилась тайно в нового повара, как она открылась ему невольно в любви, как они однажды бежали вместе из дворца ночью, были настигнуты и приведены обратно, как осужден был Соломон на смерть и как чудом удалось ему бежать из темницы.

Жадно внимала ему Суламифь, и когда он замолкал, тогда среди тишины ночи смыкались их губы, сплетались руки, прикасались груди. И когда наступало утро, и тело Суламифи казалось пенно-розовым, и любовная усталость окружала голубыми тенями ее прекрасные глаза, она говорила с нежной улыбкою:

— Освежите меня яблоками, подкрепите меня вином, ибо я изнемогаю от любви.

X

В храме Изиды на горе Ватн-эль-Хав только что отошла первая часть великого тайнодействия, на которую допускались верующие малого посвящения. Очередной жрец — древний старец в белой одежде, с бритой головой, безусый и безбородый — повернулся с возвышения алтаря к народу и произнес тихим, усталым голосом:

— Пребывайте в мире, сыновья мои и дочери. Усовершенствуйтесь в подвигах. Прославляйте имя богини. Благословение ее над вами да пребудет во веки веков.

Он вознес свои руки над народом, благословляя его. И тотчас же все, посвященные в малый чин таинств, простерлись на полу и затем, встав, тихо, в молчании направились к выходу.

Сегодня был седьмой день египетского месяца фаменота, посвященный мистериям Озириса и Изиды. С вечера торжественная процессия трижды обходила вокруг храма со светильниками, пальмовыми листами и амфорами, с таинственными символами богов и со священными изображениями фаллуса. В середине шествия на плечах у жрецов и вторых пророков возвышался закрытый «наос» из драгоценного дерева, украшенного жемчугом, слоновой костью и золотом. Там пребывала сама богиня, Она, Невидимая, Подающая плодородие, Таинственная, Мать, Сестра и Жена богов.

Злобный Сет заманил своего брата, божественного Озириса, на пиршество, хитростью заставил его лечь в роскошный гроб и, захлопнув над ним крышку, бросил гроб вместе с телом великого бога в Нил. Изида, только что родившая Гора, в тоске и слезах разыскивает по всей земле тело своего мужа и долго не находит его. Наконец рыбы рассказывают ей, что гроб волнами отнесло в море и прибило к Библосу, где вокруг него выросло громадное дерево и скрыло в своем стволе тело бога и его плавучий дом. Царь той страны приказал сделать себе из громадного дерева мощную колонну, не зная, что в ней покоится сам бог Озирис, великий податель жизни. Изида идет в Библос, приходит туда утомленная зноем, жаждой и тяжелой каменистой дорогой. Она освобождает гроб из середины дерева, несет его с собой и прячет в землю у городской стены. Но Сет опять тайно похищает тело Озириса, разрезает его на четырнадцать частей и рассеивает их по всем городам и селениям Верхнего и Нижнего Египта.

И опять в великой скорби и рыданиях отправилась Изида в поиски за священными членами своего мужа и брата. К плачу ее присоединяет свои жалобы сестра ее, богиня Нефтис, и могущественный Тоот, и сын богини, светлый Гор, Горизит.

Таков был тайный смысл нынешней процессии в первой половине священнослужения. Теперь, по уходе простых верующих и после небольшого отдыха, надлежало совершиться второй части великого тайнодействия. В храме остались только посвященные в высшие степени — мистагоги, эпопты, пророки и жрецы.

Мальчики в белых одеждах разносили на серебряных подносах мясо, хлеб, сухие плоды и сладкое пелузское вино. Другие разливали из узкогорлых тирских сосудов сикеру, которую в те времена давали перед казнью преступникам для возбуждения в них мужества, но которая также обладала великим свойством порождать и поддерживать в людях огонь священного безумия.

По знаку очередного жреца мальчики удалились. Жрец-привратник запер все двери. Затем он внимательно обошел всех оставшихся, всматриваясь им в лица и опрашивая их таинственными словами, составлявшими пропуск нынешней ночи. Два других жреца провезли вдоль храма и вокруг каждой из его колонн серебряную кадильницу на колесах. Синим, густым, пьянящим, ароматным фимиамом наполнился храм, и сквозь слои дыма едва стали видны разноцветные огни лампад, сделанных из прозрачных камней, — лампад, оправленных в резное золото и подвешенных к потолку на длинных серебряных цепях. В давнее время этот храм Озириса и Изиды отличался небольшими размерами и беднотою и был выдолблен наподобие пещеры в глубине горы. Узкий подземный коридор вел к нему снаружи. Но во дни царствования Соломона, взявшего под свое покровительство все религии, кроме тех, которые допускали жертвоприношения детей, и благодаря усердию царицы Астис, родом египтянки, храм разросся в глубину и в высоту и украсился богатыми приношениями.

Прежний алтарь так и остался неприкосновенным в своей первоначальной суровой простоте, вместе со множеством маленьких покоев, окружавших его и служивших для сохранения сокровищ, жертвенных предметов и священных принадлежностей, а также для особых тайных целей во время самых сокровенных мистических оргий.

Зато поистине был великолепен наружный двор с пилонами в честь богини Гатор и с четырехсторонней колоннадой из двадцати четырех колонн. Еще пышнее была устроена внутренняя подземная гипостильная зала для молящихся. Ее мозаичный пол весь был украшен искусными изображениями рыб, зверей, земноводных и пресмыкающихся. Потолок же был покрыт голубой глазурью, и на нем сияло золотое солнце, светилась серебряная луна, мерцали бесчисленные звезды и парили на распростертых крыльях птицы. Пол был землею, потолок — небом, а их соединяли, точно могучие древесные стволы, круглые и многогранные колонны. И так как все колонны завершались капителями в виде нежных цветов лотоса или тонких свертков папируса, то лежавший на них потолок действительно казался легким и воздушным, как небо.

Стены до высоты человеческого роста были обложены красными гранитными плитами, вывезенными, по желанию царицы Астис, из Шив, где местные мастера умели придавать граниту зеркальную гладкость и изумительный блеск. Выше, до самого потолка, стены так же, как и колонны, пестрели резными и раскрашенными изображениями с символами богов обоих Египтов. Здесь был Себех, чтимый в Фаюмэ под видом крокодила, и Тоот, бог луны, изображаемый как ибис в городе Хмуну, и солнечный бог Гор, которому в Эдфу был посвящен копчик, и Баст из Бубаса, под видом кошки, Шу, бог воздуха — лев, Пта-Апис, Готор — богиня веселья — корова, Анубис, бог бальзамирования, с головою шакала, и Монту из Гермона, и коптский Мину, и богиня неба Нейт из Саиса, и, наконец, в виде овна, страшный бог, имя которого не произносилось и которого называли Хентиементу, что значит «Живущий на Западе».

Полутемный алтарь возвышался над всем храмом, и в глубине его тускло блестели золотом стены святилища, скрывавшего изображения Изиды. Трое ворот — большие, средние и боковые маленькие — вели в святилище. Перед средними стоял жертвенник со священным каменным ножом из эфиопского обсидиана. Ступени вели к алтарю, и на них расположились младшие жрецы и жрицы с тимпанами, систрами, флейтами и бубнами.

Царица Астис возлежала в маленьком потайном покое. Небольшое квадратное отверстие, искусно скрытое тяжелым занавесом, выходило прямо к алтарю и позволяло, не выдавая своего присутствия, следить за всеми подробностями священнодействия. Легкое узкое платье из льняного газа, затканное серебром, вплотную облегало тело царицы, оставляя обнаженными руки до плеч и ноги до половины икр. Сквозь прозрачную материю розово светилась ее кожа и видны были все чистые линии и возвышения ее стройного тела, которое до сих пор, несмотря на тридцатилетний возраст царицы, не утеряло своей гибкости, красоты и свежести. Волосы ее, выкрашенные в синий цвет, были распущены по плечам и по спине, и концы их убраны бесчисленными ароматическими шариками. Лицо было сильно нарумянено и набелено, а тонко обведенные тушью глаза казались громадными и горели в темноте, как у сильного зверя кошачьей породы. Золотой священный уреус спускался у нее от шеи вниз, разделяя полуобнаженные груди.

С тех пор как Соломон охладел к царице Астис, утомленный ее необузданной чувственностью, она со всем пылом южного сладострастия и со всей яростью оскорбленной женской ревности предалась тем тайным оргиям извращенной похоти, которые входили в высший культ скопческого служения Изиде. Она всегда показывалась окруженная жрецами-кастратами, и даже теперь, когда один из них мерно обвевал ее голову опахалом из павлиньих перьев, другие сидели на полу, впиваясь в царицу безумно-блаженными глазами. Ноздри их расширялись и трепетали от веявшего на них аромата ее тела, и дрожащими пальцами они старались незаметно прикоснуться к краю ее чуть колебавшейся легкой одежды. Их чрезмерная, никогда не удовлетворяющаяся страстность изощряла их воображение до крайних пределов. Их изобретательность в наслаждениях Кибелы и Ашеры переступала все человеческие возможности. И, ревнуя царицу друг к другу, ко всем женщинам, мужчинам и детям, ревнуя даже к ней самой, они поклонялись ей больше, чем Изиде, и, любя, ненавидели ее, как бесконечный огненный источник сладостных и жестоких страданий.

Темные, злые, страшные и пленительные слухи ходили о царице Астис в Иерусалиме. Родители красивых мальчиков и девушек прятали детей от ее взгляда; ее имя боялись произносить на супружеском ложе, как знак осквернения и напасти. Но волнующее, опьяняющее любопытство влекло к ней души и отдавало во власть ей тела. Те, кто испытал хоть однажды ее свирепые кровавые ласки, те уже не могли ее забыть никогда и делались навеки ее жалкими, отвергнутыми рабами. Готовые ради нового обладания ею на всякий грех, на всякое унижение и преступление, они становились похожими на тех несчастных, которые, попробовав однажды горькое маковое питье из страны Офир, дающее сладкие грезы, уже никогда не отстанут от него и только ему одному поклоняются и одно его чтут, пока истощение и безумие не прервут их жизни.

Медленно колыхалось в жарком воздухе опахало. В безмолвном восторге созерцали жрецы свою ужасную повелительницу. Но она точно забыла об их присутствии. Слегка отодвинув занавеску, она неотступно глядела напротив, по ту сторону алтаря, где когда-то из-за темных изломов старинных златокованых занавесок показывалось прекрасное, светлое лицо Израильского царя. Его одного любила всем своим пламенным и порочным сердцем отвергнутая царица, жестокая и сладострастная Астис. Его мимолетного взгляда, ласкового слова, прикосновения его руки искала она повсюду и не находила. На торжественных выходах, на дворцовых обедах и в дни суда оказывал Соломон ей почтительность, как царице и дочери царя, но душа его была мертва для нее. И часто гордая царица приказывала в урочные часы проносить себя мимо дома Ливанского, чтобы хоть издали, незаметно, сквозь тяжелые ткани носилок, увидеть среди придворной толпы гордое, незабвенно прекрасное лицо Соломона. И давно уже ее пламенная любовь к царю так тесно срослась с жгучей ненавистью, что сама Астис не умела отличить их.

Прежде и Соломон посещал храм Изиды в дни великих празднеств и приносил жертвы богине и даже принял титул ее верховного жреца, второго после египетского фараона. Но страшные таинства «Кровавой жертвы Оплодотворения» отвратили его ум и сердце от служения Матери богов.

— Оскопленный по неведению, или насилием, или случайно, или по болезни — не унижен перед Богом, — сказал царь. — Но горе тому, кто сам изуродует себя.

И вот уже целый год ложе его в храме оставалось пустым. И напрасно пламенные глаза царицы жадно глядели теперь на неподвижные занавески.

Между тем вино, сикера и одуряющие курения уже оказывали заметное действие на собравшихся в храме. Чаще слышались крик, и смех, и звон падающих на каменный пол серебряных сосудов. Приближалась великая, таинственная минута кровавой жертвы. Экстаз овладевал верующими.

Рассеянным взором оглядела царица храм и верующих. Много здесь было почтенных и знаменитых людей из свиты Соломоновой и из его военачальников: Бен-Гевер, властитель области Арговии, и Ахимаас, женатый на дочери царя Васемафи, и остроумный Бен-Декер, и Зовуф, носивший, по восточным обычаям, высокий титул «друга царя», и брат Соломона от первого брака Давидова — Далуиа, расслабленный, полумертвый человек, преждевременно впавший в идиотизм от излишеств и пьянства. Все они были — иные по вере, иные по корыстным расчетам, иные из подражания, а иные из сластолюбивых целей — поклонниками Изиды.

И вот глаза царицы остановились долго и внимательно, с напряженной мыслью на красивом юношеском лице Элиава, одного из начальников царских телохранителей.

Царица знала, отчего горит такой яркой краской его смуглое лицо, отчего с такою страстной тоской устремлены его горячие глаза сюда, на занавески, которые едва движутся от прикосновения прекрасных белых рук царицы. Однажды, почти шутя, повинуясь минутному капризу, она заставила Элиава провести у нее целую длинную блаженную ночь. Утром она отпустила его, но с тех пор уже много дней подряд видела она повсюду — во дворце, в храме, на улицах — два влюбленных, покорных, тоскующих глаза, которые покорно провожали ее.

Темные брови царицы сдвинулись, и ее зеленые длинные глаза вдруг потемнели от страшной мысли. Едва заметным движением руки она приказала кастрату опустить вниз опахало и сказала тихо:

— Выйдите все. Хушай, ты пойдешь и позовешь ко мне Элиава, начальника царской стражи. Пусть он придет один.

XI

Десять жрецов в белых одеждах, испещренных красными пятнами, вышли на середину алтаря. Следом за ними шли еще двое жрецов, одетых в женские одежды. Они должны были изображать сегодня

Нефтис и Изиду, оплакивающих Озириса. Потом из глубины алтаря вышел некто в белом хитоне без единого украшения, и глаза всех женщин и мужчин с жадностью приковались к нему. Это был тот самый пустынник, который провел десять лет в тяжелом подвижническом искусе на горах Ливана и нынче должен был принести великую добровольную кровавую жертву Изиде. Лицо его, изнуренное голодом, обветренное и обожженное, было строго и бледно, глаза сурово опущены вниз, и сверхъестественным ужасом повеяло от него на толпу. Наконец вышел и главный жрец храма, столетний старец с тиарой на голове, с тигровой шкурой на плечах, в парчовом переднике, украшенном хвостами шакалов.

Повернувшись к молящимся, он старческим голосом, кротким и дрожащим, произнес:

— Сутон-ди-готпу. (Царь приносит жертву.)

И затем, обернувшись к жертвеннику, он принял из рук помощника белого голубя с красными лапками, отрезал птице голову, вынул у нее из груди сердце и кровью ее окропил жертвенник и священный нож.

После небольшого молчания он возгласил:

— Оплачемте Озириса, бога Атуму, великого Ун-Нофер-Онуфрия, бога Она!

Два кастрата в женских одеждах — Изида и Нефтис — тотчас же начали плач гармоничными тонкими голосами:

— Возвратись в свое жилище, о прекрасный юноша. Видеть тебя — блаженство.

Изида заклинает тебя, Изида, которая была зачата с тобою в одном чреве, жена твоя и сестра.

Покажи нам снова лицо твое, светлый бог. Вот Нефтис, сестра твоя. Она обливается слезами и в горести рвет свои волосы. В смертной тоске разыскиваем мы прекрасное тело твое. Озирис, возвратись в дом свой!..

Двое других жрецов присоединили к первым свои голоса. Это Гор и Анубис оплакивали Озириса, и каждый раз, когда они оканчивали стих, хор, расположившийся на ступенях лестницы, повторял его торжественным и печальным мотивом.

Потом, с тем же пением, старшие жрецы вынесли из святилища статую богини, теперь уже не закрытую наосом. Но черная мантия, усыпанная золотыми звездами, окутывала богиню с ног до головы, оставляя видимыми только ее серебряные ноги, обвитые змеей, а над головою серебряный диск, включенный в коровьи рога. И медленно, под звон кадильниц и систр, со скорбным плачем двинулась процессия богини Изиды со ступенек алтаря вниз, в храм, вдоль его стен, между колоннами.

Так собирала богиня разбросанные члены своего супруга, чтобы оживить его при помощи Тоота и Анубиса:

— Слава городу Абидосу, сохранившему прекрасную голову твою, Озирис.

Слава тебе, город Мемфис, где нашли мы правую руку великого бога, руку войны и защиты.

И тебе, о город Саис, скрывший левую руку светлого бога, руку правосудия.

И ты будь благословен, город Фивы, где покоилось сердце Ун-Нофер-Онуфрия...

Так обошла богиня весь храм, возвращаясь назад к алтарю, и все страстнее и громче становилось пение хора. Священное воодушевление овладевало жрецами и молящимися. Все части тела Озириса нашла Изида, кроме одной — священного фаллуса, оплодотворяющего материнское чрево, созидающего новую вечную жизнь.

Теперь приближался самый великий акт в мистерии Озириса и Изиды...

— Это ты, Элиав? — спросила царица юношу, который тихо вошел в дверь.

В темноте ложи он беззвучно опустился к ее ногам и прижал к губам край ее платья. И царица почувствовала, что он плачет от восторга, стыда и желания. Опустив руку на его курчавую жесткую голову, царица произнесла:

— Расскажи мне, Элиав, все, что ты знаешь о царе и об этой девочке из виноградника.

— О, как ты его любишь, царица! — сказал Элиав с горьким стоном.

— Говори... — приказала Астис.

— Что я могу тебе сказать, царица? Сердце мое разрывается от ревности.

— Говори!

— Никого еще не любил царь, как ее. Он не расстается с ней ни на миг. Глаза его сияют счастьем. Он расточает вокруг себя милости и дары. Он, авимелех и мудрец, он, как раб, лежит около ее ног и, как собака, не спускает с нее глаз своих.

— Говори!

— О, как ты терзаешь меня, царица! И она... она — вся любовь, вся нежность и ласка! Она кротка и стыдлива, она ничего не видит и не знает, кроме своей любви. Она не возбуждает ни в ком ни злобы, ни ревности, ни зависти...

— Говори! — яростно простонала царица, и, вцепившись своими гибкими пальцами в черные кудри Элиава, она притиснула его голову к своему телу, царапая его лицо серебряным шитьем своего прозрачного хитона.

А в это время в алтаре вокруг изображения богини, покрытой черным покрывалом, носились жрецы и жрицы в священном исступлении, с криками, похожими на лай, под звон тимпанов и дребезжание систр.

Некоторые из них стегали себя многохвостыми плетками из кожи носорога, другие наносили себе короткими ножами в грудь и в плечи длинные кровавые раны, третьи пальцами разрывали себе рты, надрывали себе уши и царапали лица ногтями. В середине этого бешеного хоровода у самых ног богини кружился на одном месте с непостижимой быстротой отшельник с гор Ливана в белоснежной развевающейся одежде. Один верховный жрец оставался неподвижным. В руке он держал священный жертвенный нож из эфиопского обсидиана, готовый передать его в последний страшный момент.

— Фаллус! Фаллус! Фаллус! — кричали в экстазе обезумевшие жрецы. — Где твой фаллус, о светлый бог? Приди, оплодотвори богиню. Грудь ее томится от желания! Чрево ее как пустыня в жаркие летние месяцы!

И вот страшный, безумный, пронзительный крик на мгновение заглушил весь хор. Жрецы быстро расступились, и все бывшие в храме увидели ливанского отшельника, совершенно обнаженного, ужасного своим высоким, костлявым, желтым телом. Верховный жрец протянул ему нож. Стало невыносимо тихо в храме. И он, быстро нагнувшись, сделал какое-то движение, выпрямился и с воплем боли и восторга вдруг бросил к ногам богини бесформенный кровавый кусок мяса.

Он шатался. Верховный жрец осторожно поддержал его, обвив рукой за спину, подвел его к изображению Изиды и бережно накрыл его черным покрывалом и оставил так на несколько мгновений, чтобы он втайне, невидимо для других, мог запечатлеть на устах оплодотворенной богини свой поцелуй.

Тотчас же вслед за этим его положили на носилки и унесли из алтаря. Жрец-привратник вышел из храма. Он ударил деревянным молотком в громадный медный круг, возвещая всему миру о том, что свершилась великая тайна оплодотворения богини. И высокий поющий звук меди понесся над Иерусалимом.

Царица Астис, еще продолжая содрогаться всем телом, откинула назад голову Элиава. Глаза ее горели напряженным красным огнем. И она сказала медленно, слово за словом:

— Элиав, хочешь, я сделаю тебя царем Иудеи и Израиля? Хочешь быть властителем над всей Сирией и Месопотамией, над Финикией и Вавилоном?

— Нет, царица, я хочу только тебя...

— Да, ты будешь моим властелином. Все мои ночи будут принадлежать тебе. Каждое мое слово, каждый мой взгляд, каждое дыхание будут твоими. Ты знаешь пропуск. Ты пойдешь сегодня во дворец и убьешь их. Ты убьешь их обоих! Ты убьешь их обоих!

Элиав хотел что-то сказать. Но царица притянула его к себе и прильнула к его рту своими жаркими губами и языком. Это продолжалось мучительно долго. Потом, внезапно оторвав юношу от себя, она сказала коротко и повелительно:

— Иди!

— Я иду, — ответил покорно Элиав.

XII

И была седьмая ночь великой любви Соломона.

Странно тихи и глубоко нежны были в эту ночь ласки царя и Суламифи. Точно какая-то задумчивая печаль, осторожная стыдливость, отдаленное предчувствие окутывали легкою тенью их слова, поцелуи и объятия.

Глядя в окно на небо, где ночь уже побеждала догорающий вечер, Суламифь остановила свои глаза на яркой голубоватой звезде, которая трепетала кротко и нежно.

— Как называется эта звезда, мой возлюбленный? — спросила она.

— Это звезда Сопдит, — ответил царь. — Это священная звезда. Ассирийские маги говорят нам, что души всех людей живут на ней после смерти тела.

— Ты веришь этому, царь?

Соломон не ответил. Правая рука его была под головою Суламифи, а левою он обнимал ее, и она чувствовала его ароматное дыхание на себе, на волосах, на виске.

— Может быть, мы увидимся там с тобою, царь, после того как умрем? — спросила тревожно Суламифь.

Царь опять промолчал.

— Ответь мне что-нибудь, возлюбленный, — робко попросила Суламифь.

Тогда царь сказал:

— Жизнь человеческая коротка, но время бесконечно, и вещество бессмертно. Человек умирает и утучняет гниением своего тела землю, земля вскармливает колос, колос приносит зерно, человек поглощает хлеб и питает им свое тело. Проходят тьмы и тьмы тем веков, все в мире повторяется — повторяются люди, звери, камни, растения. Во многообразном круговороте времени и вещества повторяемся и мы с тобою, моя возлюбленная. Это так же верно, как и то, что если мы с тобою наполним большой мешок доверху морским гравием и бросим в него всего лишь один драгоценный сапфир, то, вытаскивая много раз из мешка, ты все-таки рано или поздно извлечешь и драгоценность. Мы с тобою встретимся, Суламифь, и мы не узнаем друг друга, но с тоской и восторгом будут стремиться наши сердца навстречу, потому что мы уже встречались с тобою, моя кроткая, моя прекрасная Суламифь, но мы не помним этого.

— Нет, царь, нет! Я помню. Когда ты стоял под окном моего дома и звал меня: «Прекрасная моя, выйди, волосы мои полны ночной росою!» — я узнала тебя, я вспомнила тебя, и радость и страх овладели моим сердцем. Скажи мне, мой царь, скажи, Соломон: вот, если завтра я умру, будешь ли ты вспоминать свою смуглую девушку из виноградника, свою Суламифь?

И, прижимая ее к своей груди, царь прошептал, взволнованный:

— Не говори так никогда... Не говори так, о Суламифь! Ты избранная Богом, ты настоящая, ты царица души моей... Смерть не коснется тебя...

Резкий медленный звук вдруг пронесся над Иерусалимом. Он долго заунывно дрожал и колебался в воздухе, и когда замолк, то долго еще плыли его трепещущие отзвуки.

— Это в храме Изиды окончилось таинство, — сказал царь.

— Мне страшно, прекрасный мой! — прошептала Суламифь. — Темный ужас проник в мою душу... Я не хочу смерти... Я еще не успела насладиться твоими объятиями... Обойми меня... Прижми меня к себе крепче... Положи меня, как печать, на сердце твоем, как печать, на мышце твоей!..

— Не бойся смерти, Суламифь! Так же сильна, как и смерть, любовь... Отгони грустные мысли... Хочешь, я расскажу тебе о войнах Давида, о пирах и охотах фараона Суссакима? Хочешь ты услышать одну из тех сказок, которые складываются в стране Офир?.. Хочешь, я расскажу тебе о чудесах Вакрамадитьи?

— Да, мой царь. Ты сам знаешь, что, когда я слушаю тебя, сердце мое растет от радости! Но я хочу тебя попросить о чем-то...

— О Суламифь, все, что хочешь! Попроси у меня мою жизнь — я с восторгом отдам ее тебе. Я буду только жалеть, что слишком малой ценой заплатил за твою любовь.

Тогда Суламифь улыбнулась в темноте от счастья и, обвив царя руками, прошептала ему на ухо:

— Прошу тебя, когда наступит утро, пойдем вместе туда... на виноградник... Туда, где зелень, и кипарисы, и кедры, где около каменной стенки ты взял руками мою душу... Прошу тебя об этом, возлюбленный... Там снова окажу я тебе ласки мои...

В упоении поцеловал царь губы своей милой. Но Суламифь вдруг встала на своем ложе и прислушалась.

— Что с тобою, дитя мое?.. Что испугало тебя? — спросил Соломон.

— Подожди, мой милый... сюда идут... Да... Я слышу шаги...

Она замолчала. И было так тихо, что они различали биение своих сердец.

Легкий шорох послышался за дверью, и вдруг она распахнулась быстро и беззвучно.

— Кто там? — воскликнул Соломон.

Но Суламифь уже спрыгнула с ложа, одним движением метнулась навстречу темной фигуре человека с блестящим мечом в руке. И тотчас же, пораженная насквозь коротким, быстрым ударом, она со слабым, точно удивленным криком упала на пол.

Соломон разбил рукой сердоликовый экран, закрывавший свет ночной лампады. Он увидел Элиава, который стоял у двери, слегка наклонившись над телом девушки, шатаясь, точно пьяный. Молодой воин под взглядом Соломона поднял голову и, встретившись глазами с гневными, страшными глазами царя, побледнел и застонал. Выражение отчаяния и ужаса исказило его черты. И вдруг, согнувшись, спрятав в плащ голову, он робко, точно испуганный шакал, стал выползать из комнаты. Но царь остановил его, сказав только три слова:

— Кто принудил тебя?

Весь трепеща и щелкая зубами, с глазами, побелевшими от страха, молодой воин уронил глухо:

— Царица Астис...

— Выйди, — приказал Соломон. — Скажи очередной страже, чтобы она стерегла тебя.

Скоро по бесчисленным комнатам дворца забегали люди с огнями. Все покои осветились. Пришли врачи, собрались военачальники и друзья царя.

Старший врач сказал:

— Царь, теперь не поможет ни наука, ни Бог. Когда извлечем меч, оставленный в ее груди, она тотчас же умрет.

Но в это время Суламифь очнулась и сказала со спокойной улыбкой:

— Я хочу пить.

И когда напилась, она с нежной, прекрасной улыбкой остановила свои глаза на царе и уже больше не отводила их; а он стоял на коленях перед ее ложем, весь обнаженный, как и она, не замечая, что его колени купаются в ее крови и что руки его обагрены алою кровью.

Так, глядя на своего возлюбленного и улыбаясь кротко, говорила с трудом прекрасная Суламифь:

— Благодарю тебя, мой царь, за все: за твою любовь, за твою красоту, за твою мудрость, к которой ты позволил мне прильнуть устами, как к сладкому источнику. Дай мне поцеловать твои руки, не отнимай их от моего рта до тех пор, пока последнее дыхание не отлетит от меня. Никогда не было и не будет женщины счастливее меня. Благодарю тебя, мой царь, мой возлюбленный, мой прекрасный. Вспоминай изредка о твоей рабе, о твоей обожженной солнцем Суламифи.

И царь ответил ей глубоким, медленным голосом:

— До тех пор, пока люди будут любить друг друга, пока красота души и тела будет самой лучшей и самой сладкой мечтой в мире, до тех пор, клянусь тебе, Суламифь, имя твое во многие века будет произноситься с умилением и благодарностью.

К утру Суламифи не стало.

Тогда царь встал, велел дать себе умыться и надел самый роскошный пурпуровый хитон, вышитый золотыми скарабеями, и возложил на свою голову венец из кроваво-красных рубинов. После этого он подозвал к себе Ванею и сказал спокойно:

— Ванея, ты пойдешь и умертвишь Элиава.

Но старик закрыл лицо руками и упал ниц перед царем.

— Царь, Элиав — мой внук!
— Ты слышал меня, Ванея?
— Царь, прости меня, не угрожай мне своим гневом, прикажи это сделать кому-нибудь другому. Элиав, выйдя из дворца, побежал в храм и схватился за рога жертвенника. Я стар, смерть моя близка, я не смею взять на свою душу этого двойного преступления.

Но царь возразил:

— Однако, когда я поручил тебе умертвить моего брата Адонию, также схватившегося за священные рога жертвенника, разве ты ослушался меня, Ванея?

— Прости меня! Пощади меня, царь!
— Подними лицо твое, — приказал Соломон.

И когда Ванея поднял голову и увидел глаза царя, он быстро встал с пола и послушно направился к выходу.

Затем, обратившись к Ахиссару, начальнику и смотрителю дворца, он приказал:

— Царицу я не хочу предавать смерти, пусть она живет, как хочет, и умирает, где хочет. Но никогда она не увидит более моего лица. Сегодня, Ахиссар, ты снарядишь караван и проводишь царицу до гавани в Иаффе, а оттуда в Египет, к фараону Суссакиму. Теперь пусть все выйдут.

И, оставшись один лицом к лицу с телом Суламифи, он долго глядел на ее прекрасные черты. Лицо ее было бело, и никогда оно не было так красиво при ее жизни. Полуоткрытые губы, которые всего час тому назад целовал Соломон, улыбались загадочно и блаженно, и зубы, еще влажные, чуть-чуть поблескивали из-под них.

Долго глядел царь на свою мертвую возлюбленную, потом тихо прикоснулся пальцем к ее лбу, уже начавшему терять теплоту жизни, и медленными шагами вышел из покоя.

За дверями его дожидался первосвященник Азария, сын Садокии. Приблизившись к царю, он спросил:

— Что нам делать с телом этой женщины? Теперь суббота.

И вспомнил царь, как много лет тому назад скончался его отец, и лежал на песке, и уже начал быстро разлагаться. Собаки, привлеченные запахом падали, уже бродили вокруг него с горящими от голода и жадности глазами. И, как и теперь, спросил его первосвященник, отец Азарии, дряхлый старик:

— Вот лежит твой отец, собаки могут растерзать его труп... Что нам делать? Почтить ли память царя и осквернить субботу или соблюсти субботу, но оставить труп твоего отца на съедение собакам?

Тогда ответил Соломон:

— Оставить. Живая собака лучше мертвого льва.

И когда теперь, после слов первосвященника, вспомнил он это, то сердце его сжалось от печали и страха.

Ничего не ответив первосвященнику, он пошел дальше, в залу судилища.

Как и всегда по утрам, двое его писцов, Елихофер и Ахия, уже лежали на циновках по обе стороны трона, держа наготове свертки папируса, тростник и чернила.

При входе царя они встали и поклонились ему до земли. Царь же сел на свой трон из слоновой кости с золотыми украшениями, оперся локтем на спину золотого льва и, склонив голову на ладонь, приказал:

— Пишите!

«Положи меня, как печать, на сердце твоем, как перстень, на руке твоей, потому что крепка, как смерть, любовь и жестока, как ад, ревность: стрелы ее — стрелы огненные».

И, помолчав так долго, что писцы в тревоге затаили дыхание, он сказал:

— Оставьте меня одного.

И весь день, до первых вечерних теней, оставался царь один на один со своими мыслями, и никто не осмелился войти в громадную, пустую залу судилища.

ГРАНАТОВЫЙ БРАСЛЕТ

L. van Beethoven. 2 Son. (ор. 2, № 2).
Largo Appassionato

I

В середине августа, перед рождением молодого месяца, вдруг наступили отвратительные погоды, какие так свойственны северному побережью Черного моря. То по целым суткам тяжело лежал над землею и морем густой туман, и тогда огромная сирена на маяке ревела днем и ночью, точно бешеный бык. То с утра до утра шел не переставая мелкий, как водяная пыль, дождик, превращавший глинистые дороги и тропинки в сплошную густую грязь, в которой увязали надолго возы и экипажи. То задувал с северо-запада, со стороны степи свирепый ураган; от него верхушки деревьев раскачивались, пригибаясь и выпрямляясь, точно волны в бурю, гремели по ночам железные кровли дач, и казалось, будто кто-то бегает по ним в подкованных сапогах; вздрагивали оконные рамы, хлопали двери, и дико завывало в печных трубах. Несколько рыбачьих баркасов заблудилось в море, а два и совсем не вернулись; только спустя неделю повыбрасывало трупы рыбаков в разных местах берега.

Обитатели пригородного морского курорта — большей частью греки и евреи, жизнелюбивые и мнительные, как все южане, — поспешно перебирались в город. По размякшему шоссе без конца тянулись ломовые дроги, перегруженные всяческими домашними вещами: тюфяками, диванами, сундуками, стульями, умывальниками, самоварами. Жалко, и грустно, и противно было глядеть сквозь мутную кисею дождя на этот жалкий скарб, казавшийся таким изношенным, грязным и нищенским; на горничных и кухарок, сидевших на верху воза на мокром брезенте с какими-то утюгами, жестянками и корзинками в руках, на запотевших, обессилевших лошадей, которые то и дело останавливались, дрожа коленями, дымясь и часто нося боками, на сипло ругавшихся дрогалей, закутанных от дождя в рогожи. Еще печальнее было видеть оставленные дачи с их внезапным простором, пустотой и оголенностью, с изуродованными клумбами, разбитыми стеклами, брошенными собаками и всяческим дачным сором из окурков, бумажек, черепков, коробочек и аптекарских пузырьков.

Но к началу сентября погода вдруг резко и совсем нежданно переменилась. Сразу наступили тихие, безоблачные дни, такие ясные, солнечные и теплые, каких не было даже в июле. На обсохших сжатых полях, на их колючей желтой щетине заблестела слюдяным блеском осенняя паутина. Успокоившиеся деревья бесшумно и покорно роняли желтые листья.

Княгиня Вера Николаевна Шеина, жена предводителя дворянства, не могла покинуть дачи, потому что в их городском доме еще не покончили с ремонтом. И теперь она очень радовалась наступившим прелестным дням, тишине, уединению, чистому воздуху, щебетанью на телеграфных проволоках ласточек, стаившихся к отлету, и ласковому соленому ветерку, слабо тянувшему с моря.

II

Кроме того, сегодня был день ее именин — 17 сентября. По милым, отдаленным воспоминаниям детства она всегда любила этот день и всегда ожидала от него чего-то счастливо-чудесного. Муж, уезжая утром по спешным делам в город, положил ей на ночной столик футляр с прекрасными серьгами из грушевидных жемчужин, и этот подарок еще больше веселил ее.

Она была одна во всем доме. Ее холостой брат Николай, товарищ прокурора, живший обыкновенно вместе с ними, также уехал в город, в суд. К обеду муж обещал привезти немногих и только самых близких знакомых. Хорошо выходило, что именины совпали с дачным временем. В городе пришлось бы тратиться на большой парадный обед, пожалуй даже на бал, а здесь, на даче, можно было обойтись самыми небольшими расходами. Князь Шеин, несмотря на свое видное положение в обществе, а может быть, и благодаря ему, едва сводил концы с концами. Огромное родовое имение было почти совсем расстроено его предками, а жить приходилось выше средств: делать приемы, благотворить, хорошо одеваться, держать лошадей и т. д. Княгиня Вера, у которой прежняя страстная любовь к мужу давно уже перешла в чувство прочной, верной, истинной дружбы, всеми силами старалась помочь князю удержаться от полного разорения. Она во многом, незаметно для него, отказывала себе и, насколько возможно, экономила в домашнем хозяйстве.

Теперь она ходила по саду и осторожно срезала ножницами цветы к обеденному столу. Клумбы опустели и имели беспорядочный вид. Доцветали разноцветные махровые гвоздики, а также левкой — наполовину в цветах, а наполовину в тонких зеленых стручьях, пахнувших капустой, розовые кусты еще давали — в третий раз за это лето — бутоны и розы, но уже измельчавшие, редкие, точно выродившиеся. Зато пышно цвели своей холодной, высокомерной красотою георгины, пионы и астры, распространяя в чутком воздухе осенний, травянистый, грустный запах. Остальные цветы после своей роскошной любви и чрезмерного обильного летнего материнства тихо осыпали на землю бесчисленные семена будущей жизни.

Близко на шоссе послышались знакомые звуки автомобильного трехтонного рожка. Это подъезжала сестра княгини Веры — Анна Николаевна Фриессе, с утра обещавшая по телефону приехать помочь сестре принимать гостей и по хозяйству.

Тонкий слух не обманул Веру. Она пошла навстречу. Через несколько минут у дачных ворот круто остановился изящный автомобиль-карета, и шофер, ловко спрыгнув с сиденья, распахнул дверцу.

Сестры радостно поцеловались. Они с самого раннего детства были привязаны друг к другу теплой и заботливой дружбой. По внешности они до странного не были схожи между собою. Старшая, Вера, пошла в мать, красавицу англичанку, своей высокой, гибкой фигурой, нежным, но холодным и гордым лицом, прекрасными, хотя довольно большими руками и той очаровательной покатостью плеч, какую можно видеть на старинных миниатюрах. Младшая — Анна, — наоборот, унаследовала монгольскую кровь отца, татарского князя, дед которого крестился только в начале XIX столетия и древний род которого восходил до самого Тамерлана, или Ланг-Темира, как с гордостью называл ее отец, по-татарски, этого великого кровопийцу. Она была на полголовы ниже сестры, несколько широкая в плечах, живая и легкомысленная, насмешница. Лицо ее сильно монгольского типа, с довольно заметными скулами, с узенькими глазами, которые она к тому же по близорукости щурила, с надменным выражением в маленьком, чувственном рте, особенно в слегка выдвинутой вперед полной нижней губе, — лицо это, однако, пленяло какой-то неуловимой и непонятной прелестью, которая заключалась, может быть, в улыбке, может быть, в глубокой женственности всех черт, может быть, в пикантной, задорно-кокетливой мимике. Ее грациозная некрасивость возбуждала и привлекала внимание мужчин гораздо чаще и сильнее, чем аристократическая красота ее сестры.

Она была замужем за очень богатым и очень глупым человеком, который ровно ничего не делал, но числился при каком-то благотворительном учреждении и имел звание камер-юнкера. Мужа она терпеть не могла, но родила от него двух детей — мальчика и девочку; больше она решила не иметь детей и не имела. Что касается Веры — та жадно хотела детей и даже, ей казалось, чем больше, тем лучше, но почему-то они у нее не рождались, и она болезненно и пылко обожала хорошеньких малокровных детей младшей сестры, всегда приличных и послушных, с бледными, мучнистыми лицами и с завитыми льняными кукольными волосами.

Анна вся состояла из веселой безалаберности и милых, иногда странных противоречий. Она охотно предавалась самому рискованному флирту во всех столицах и на всех курортах Европы, но никогда не изменяла мужу, которого, однако, презрительно высмеивала и в глаза и за глаза; была расточительна, страшно любила азартные игры, танцы, сильные впечатления, острые зрелища, посещала за границей сомнительные кафе, но в то же время отличалась щедрой добротой и глубокой, искренней набожностью, которая заставила ее даже принять тайно католичество. У нее были редкой красоты спина, грудь и плечи. Отправляясь на большие балы, она обнажалась гораздо больше пределов, дозволяемых приличием и модой, но говорили, что под низким декольте у нее всегда была надета власяница.

Вера же была строго проста, со всеми холодно и немного свысока любезна, независима и царственно-спокойна.

III

— Боже мой, как у вас здесь хорошо! Как хорошо! — говорила Анна, идя быстрыми и мелкими шагами рядом с сестрой по дорожке. — Если можно, посидим немного на скамеечке над обрывом. Я так давно не видела моря. И какой чудный воздух: дышишь — и сердце веселится. В Крыму, в Мисхоре, прошлым летом я сделала изумительное открытие. Знаешь, чем пахнет морская вода во время прибоя? Представь себе — резедой.

Вера ласково усмехнулась:

— Ты фантазерка.

— Нет, нет. Я помню также раз, надо мной все смеялись, когда я сказала, что в лунном свете есть какой-то розовый оттенок. А на днях художник Борицкий — вот тот, что пишет мой портрет, — согласился, что я была права и что художники об этом давно знают.

— Художник — твое новое увлечение?

— Ты всегда придумаешь! — засмеялась Анна и, быстро подойдя к самому краю обрыва, отвесной стеной падавшего глубоко в море, заглянула вниз и вдруг вскрикнула в ужасе и отшатнулась назад с побледневшим лицом.

— У, как высоко! — произнесла она ослабевшим и вздрагивающим голосом. — Когда я гляжу с такой высоты, у меня всегда как-то сладко и противно щекочет в груди... и пальцы на ногах щемит... И все-таки тянет, тянет...

Она хотела еще раз нагнуться над обрывом, но сестра остановила ее.

— Анна, дорогая моя, ради Бога! У меня у самой голова кружится, когда ты так делаешь. Прошу тебя, сядь.

— Ну, хорошо, хорошо, села... Но ты только посмотри, какая красота, какая радость — просто глаз не насытится. Если бы ты знала, как я благодарна Богу за все чудеса, которые он для нас сделал!

Обе на минутку задумались. Глубоко-глубоко под ними покоилось море. Со скамейки не было видно берега, и оттого ощущение бесконечности и величия морского простора еще больше усиливалось. Вода была ласково-спокойна и весело-синя, светлея лишь косыми гладкими полосами в местах течения и переходя в густо-синий глубокий цвет на горизонте.

Рыбачьи лодки, с трудом отмечаемые глазом — такими они казались маленькими, — неподвижно дремали в морской глади, недалеко от берега. А дальше точно стояло в воздухе, не подвигаясь вперед, трехмачтовое судно, все сверху донизу одетое однообразными, выпуклыми от ветра, белыми, стройными парусами.

— Я тебя понимаю, — задумчиво сказала старшая сестра, — но у меня как-то не так, как у тебя. Когда я в первый раз вижу море после большого времени, оно меня и волнует, и радует, и поражает. Как будто я в первый раз вижу огромное, торжественное чудо. Но потом, когда привыкну к нему, оно начинает меня давить своей плоской пустотой... Я скучаю, глядя на него, и уж стараюсь больше не смотреть. Надоедает.

Анна улыбнулась.

— Чему ты? — спросила сестра.

— Прошлым летом, — сказала Анна лукаво, — мы из Ялты поехали большой кавалькадой верхом на Уч-Кош. Это там, за лесничеством, выше водопада. Попали сначала в облако, было очень сыро и плохо видно, а мы всё поднимались вверх по крутой тропинке между соснами. И вдруг как-то сразу окончился лес, и мы вышли из тумана. Вообрази себе: узенькая площадка на скале, и под ногами у нас пропасть. Деревни внизу кажутся не больше спичечной коробки, леса и сады — как мелкая травка. Вся местность спускается к морю, точно географическая карта. А там дальше — море! Верст на пятьдесят, на сто вперед. Мне казалось — я повисла в воздухе и вот-вот полечу. Такая красота, такая легкость! Я оборачиваюсь назад и говорю проводнику в восторге: «Что? Хорошо, Сеид-оглы?» А он только языком почмокал: «Эх, барина, как мине все это надоел. Каждый день видим».

— Благодарю за сравнение, — засмеялась Вера, — нет, я только думаю, что нам, северянам, никогда не понять прелести моря. Я люблю лес. Помнишь лес у нас в Егоровском?.. Разве может он когда-нибудь прискучить? Сосны!.. А какие мхи!.. А мухоморы! Точно из красного атласа и вышиты белым бисером. Тишина такая... прохлада.

— Мне все равно, я все люблю, — ответила Анна. — А больше всего я люблю мою сестренку, мою благоразумную Вереньку. Нас ведь только двое на свете.

Она обняла старшую сестру и прижалась к ней, щека к щеке. И вдруг спохватилась:

— Нет, какая же я глупая! Мы с тобою, точно в романе, сидим и разговариваем о природе, а я совсем забыла про мой подарок. Вот посмотри. Я боюсь только, понравится ли?

Она достала из своего ручного мешочка маленькую записную книжку в удивительном переплете: на старом, стершемся и посеревшем от времени синем бархате вился тускло-золотой филигранный узор редкой сложности, тонкости и красоты, — очевидно, любовное дело рук искусного и терпеливого художника.

Книжка была прикреплена к тоненькой, как нитка, золотой цепочке, листки в середине были заменены таблетками из слоновой кости.

— Какая прекрасная вещь! Прелесть! — сказала Вера и поцеловала сестру. — Благодарю тебя. Где ты достала такое сокровище?

— В одной антикварной лавочке. Ты ведь знаешь мою слабость рыться в старинном хламе. Вот я и набрела на этот молитвенник. Посмотри, видишь, как здесь орнамент делает фигуру креста. Правда, я нашла только один переплет, остальное все пришлось придумывать — листочки, застежки, карандаш. Но Моллине совсем не хотел меня понять, как я ему ни толковала. Застежки должны были быть в таком же стиле, как и весь узор, матовые, старого золота, тонкой резьбы, а он Бог знает что сделал. Зато цепочка настоящая венецианская, очень древняя.

Вера ласково погладила прекрасный переплет.

— Какая глубокая старина!.. Сколько может быть этой книжке? — спросила она.

— Я боюсь определить точно. Приблизительно конец семнадцатого века, середина восемнадцатого...

— Как странно, — сказала Вера с задумчивой улыбкой. — Вот я держу в своих руках вещь, которой, может быть, касались руки маркизы Помпадур или самой королевы Антуанетты... Но знаешь, Анна, это только тебе могла прийти в голову шальная мысль переделать молитвенник в дамский carnet[1]. Однако все-таки пойдем посмотрим, что там у нас делается.

Они прошли в дом через большую каменную террасу, со всех сторон закрытую густыми шпалерами винограда «изабелла». Черные обильные гроздья, издававшие слабый запах клубники, тяжело свисали

---

[1] Записная книжка *(фр.)*.

между темной, кое-где озолоченной солнцем зеленью. По всей террасе разливался зеленый полусвет, от которого лица женщин сразу побледнели.

— Ты велишь здесь накрывать? — спросила Анна.

— Да, я сама так думала сначала... Но теперь вечера такие холодные. Уж лучше в столовой. А мужчины пусть сюда уходят курить.

— Будет кто-нибудь интересный?

— Я еще не знаю. Знаю только, что будет наш дедушка.

— Ах, дедушка милый. Вот радость! — воскликнула Анна и всплеснула руками. — Я его, кажется, сто лет не видала.

— Будет сестра Васи и, кажется, профессор Спешников. Я вчера, Анненька, просто голову потеряла. Ты знаешь, что они оба любят покушать — и дедушка и профессор. Но ни здесь, ни в городе — ничего не достанешь ни за какие деньги. Лука отыскал где-то перепелов — заказал знакомому охотнику — и что-то мудрит над ними. Ростбиф достали сравнительно недурной — увы! — неизбежный ростбиф. Очень хорошие раки.

— Ну что ж, не так уж дурно. Ты не тревожься. Впрочем, между нами, у тебя у самой есть слабость вкусно поесть.

— Но будет и кое-что редкое. Сегодня утром рыбак принес морского петуха. Я сама видела. Прямо какое-то чудовище. Даже страшно.

Анна, до жадности любопытная ко всему, что ее касалось и что не касалось, сейчас же потребовала, чтобы ей принесли показать морского петуха.

Пришел высокий, бритый, желтолицый повар Лука с большой продолговатой белой лоханью, которую он с трудом, осторожно держал за ушки, боясь расплескать воду на паркет.

— Двенадцать с половиною фунтов, ваше сиятельство, — сказал он с особенной поварской гордостью. — Мы давеча взвешивали.

Рыба была слишком велика для лоханки и лежала на дне, завернув хвост. Ее чешуя отливала золотом, плавники были ярко-красного цвета, а от громадной хищной морды шли в стороны два нежно-голубых складчатых, как веер, длинных крыла. Морской петух был еще жив и усиленно работал жабрами.

Младшая сестра осторожно дотронулась мизинцем до головы рыбы. Но петух неожиданно всплеснул хвостом, и Анна с визгом отдернула руку.

— Не извольте беспокоиться, ваше сиятельство, все в лучшем виде устроим, — сказал повар, очевидно понимавший тревогу Анны. — Сейчас болгарин принес две дыни. Ананасные. На манер вроде как канталупы, но только запах куда ароматнее. И еще осмелюсь спросить ваше сиятельство, какой соус прикажете подавать к петуху: тартар или польский, а то можно просто сухари в масле?

— Делай, как знаешь. Ступай! — сказала княгиня.

IV

После пяти часов стали съезжаться гости. Князь Василий Львович привез с собою вдовую сестру Людмилу Львовну, по мужу Дурасову, полную, добродушную и необыкновенно молчаливую женщину; светского молодого богатого шалопая и кутилу Васючка, которого весь город знал под этим фамильярным именем, очень приятного в обществе уменьем петь и декламировать, а также устраивать живые картины, спектакли и благотворительные базары; знаменитую пианистку Женни Рейтер, подругу княгини Веры по Смольному институту, а также своего шурина Николая Николаевича. За ними приехал на автомобиле муж Анны с бритым толстым, безобразно огромным профессором Спешниковым и с местным вице-губернатором фон Зекком. Позднее других приехал генерал Аносов, в хорошем наемном ландо, в сопровождении двух офицеров: штабного полковника Понамарева, преждевременно состарившегося, худого, желчного человека, изможденного непосильной канцелярской работой, и гвардейского гусарского поручика Бахтинского, который славился в Петербурге как лучший танцор и несравненный распорядитель балов.

Генерал Аносов, тучный, высокий, серебряный старец, тяжело слезал с подножки, держась одной рукой за поручни козел, а другой — за задок экипажа. В левой руке он держал слуховой рожок, а в правой — палку с резиновым наконечником. У него было большое, грубое, красное лицо с мясистым носом и с тем добродушно-величавым, чуть-чуть презрительным выражением в прищуренных глазах, расположенных лучистыми, припухлыми полукругами, какое свойственно мужественным и простым людям, видавшим часто и близко перед своими глазами опасность и смерть. Обе сестры, издали узнавшие его, подбежали к коляске как раз вовремя, чтобы полушутя-полусерьезно поддержать его с обеих сторон под руки.

— Точно... архиерея! — сказал генерал ласковым хриповатым басом.

— Дедушка, миленький, дорогой! — говорила Вера тоном легкого упрека. — Каждый день вас ждем, а вы хоть бы глаза показали.

— Дедушка у нас на юге всякую совесть потерял, — засмеялась Анна. — Можно было бы, кажется, вспомнить о крестной дочери. А вы держите себя донжуаном, бесстыдник, и совсем забыли о нашем существовании...

Генерал, обнажив свою величественную голову, целовал поочередно руки у обеих сестер, потом целовал их в щеки и опять в руку.

— Девочки... подождите... не бранитесь, — говорил он, перемежая каждое слово вздохами, происходившими от давнишней одышки. — Честное слово... докторишки разнесчастные... все лето купали мои ревматизмы... в каком-то грязном... киселе, ужасно пахнет... И не выпускали... Вы первые... к кому приехал... Ужасно рад... с вами увидеться... Как прыгаете?.. Ты, Верочка... совсем леди... очень стала похожа... на покойницу мать... Когда крестить позовешь?

— Ой, боюсь, дедушка, что никогда...

— Не отчаивайся... все впереди... Молись Богу... А ты, Аня, вовсе не изменилась... Ты и в шестьдесят лет... будешь такая же стрекоза-егоза. Постойте-ка. Давайте я вам представлю господ офицеров.

— Я уже давно имел эту честь! — сказал полковник Понамарев, кланяясь.

— Я был представлен княгине в Петербурге, — подхватил гусар.

— Ну, так представлю тебе, Аня, поручика Бахтинского. Танцор и буян, но хороший кавалерист. Вынь-ка, Бахтинский, милый мой, там из коляски... Пойдемте, девочки... Чем, Верочка, будешь кормить? У меня... после лиманного режима... аппетит, как у выпускного... прапорщика.

Генерал Аносов был боевым товарищем и преданным другом покойного князя Мирза-Булат-Тугановского. Всю нежную дружбу и любовь он после смерти князя перенес на его дочерей. Он знал их еще совсем маленькими, а младшую — Анну — даже крестил. В то время — как и до сих пор — он был комендантом большой, но почти упраздненной крепости в г. К. и ежедневно бывал в доме Тугановских. Дети просто обожали его за баловство, за подарки, за ложи в цирк и театр и за то, что никто так увлекательно не умел играть с ними, как Аносов. Но больше всего их очаровывали и крепче всего запечатлелись в их памяти его рассказы о военных походах, сражениях и стоянках на бивуаках, о победах и отступлениях, о смерти, ранах и лютых морозах, — неторопливые, эпически спокойные, простосердечные рассказы, рассказываемые между вечерним чаем и тем скучным часом, когда детей позовут спать.

По нынешним нравам этот обломок старины представлялся исполинской и необыкновенно живописной фигурой. В нем совмещались именно те простые, но трогательные и глубокие черты, которые даже и в его времена гораздо чаще встречались в рядовых, чем в офицерах, те чисто русские, мужицкие черты, которые в соединении дают возвышенный образ, делавший иногда нашего солдата не только непобедимым, но и великомучеником, почти святым, — черты, состоявшие из бесхитростной, наивной веры, ясного, добродушно-веселого взгляда на жизнь, холодной и деловой отваги, покорства перед лицом смерти, жалости к побежденному, бесконечного терпения и поразительной физической и нравственной выносливости.

Аносов, начиная с польской войны, участвовал во всех кампаниях, кроме японской. Он и на эту войну пошел бы без колебаний, но его не позвали, а у него всегда было великое по скромности правило: «Не лезь на смерть, пока тебя не позовут». За всю свою службу он не только никогда не высек, но даже не ударил ни одного солдата. Во время польского мятежа он отказался однажды расстреливать пленных, несмотря на личное приказание полкового командира. «Шпиона я не только расстреляю, — сказал он, — но, если прикажете, лично убью. А это пленные, и я не могу». И сказал он это так просто, почтительно, без тени вызова или рисовки, глядя прямо в глаза начальнику своими ясными, твердыми глазами, что его, вместо того чтобы самого расстрелять, оставили в покое.

В войну 1877—1879 годов он очень быстро дослужился до чина полковника, несмотря на то что был малообразован или, как он сам выражался, кончил только «медвежью академию». Он участвовал при переправе через Дунай, переходил Балканы, отсиживался на Шипке, был при последней атаке Плевны; ранили его один раз тяжело, четыре — легко, и, кроме того, он получил осколком гранаты жестокую контузию в голову. Радецкий и Скобелев знали его лично и относились к нему с исключительным уважением. Именно про него и сказал как-то Скобелев: «Я знаю одного офицера, который гораздо храбрее меня, — это майор Аносов».

С войны он вернулся почти оглохший благодаря осколку гранаты, с больной ногой, на которой были ампутированы три отмороженных во время балканского перехода пальца, с жесточайшим ревматизмом, нажитым на Шипке. Его хотели было по истечении двух лет мирной службы упечь в отставку, но Аносов заупрямился. Тут ему очень кстати помог своим влиянием начальник края, живой свидетель его хладнокровного мужества при переправе через Дунай. В Петербурге решили не огорчать заслуженного полковника, и ему дали пожизненное место коменданта в г. К. — должность более почетную, чем нужную в целях государственной обороны.

В городе его все знали от мала до велика и добродушно посмеивались над его слабостями, привычками и манерой одеваться. Он всегда ходил без оружия, в старомодном сюртуке, в фуражке с большими полями и с громадным прямым козырьком, с палкою в правой руке, со слуховым рожком в левой и непременно в сопровождении двух ожиревших, ленивых, хриплых мопсов, у которых всегда кончик языка был высунут наружу и прикушен. Если ему во время обычной утренней прогулки приходилось встречаться со знакомыми, то прохожие за несколько кварталов слышали, как кричит комендант и как дружно вслед за ним лают его мопсы.

Как многие глухие, он был страстным любителем оперы, и иногда, во время какого-нибудь томного дуэта, вдруг на весь театр раздавался его решительный бас: «А ведь чисто взял до, черт возьми! Точно орех разгрыз». По театру проносился сдержанный смех, но генерал даже и не подозревал этого: по своей наивности он думал, что шепотом обменялся со своим соседом свежим впечатлением.

По обязанности коменданта он довольно часто, вместе со своими хрипящими мопсами, посещал главную гауптвахту, где весьма уютно за винтом, чаем и анекдотами отдыхали от тягот военной службы арестованные офицеры. Он внимательно расспрашивал каждого: «Как фамилия? Кем посажен? На сколько? За что?» Иногда совершенно неожиданно хвалил офицера за бравый, хотя и противозаконный поступок, иногда начинал распекать, крича так, что его бывало слышно на улице. Но, накричавшись досыта, он без всяких переходов и пауз осведомлялся, откуда офицеру носят обед и сколько он за него платит. Случалось, что какой-нибудь заблудший подпоручик, присланный для долговременной отсидки из такого захолустья, где даже не имелось собственной гауптвахты, признавался, что он, по безденежью, довольствуется из солдатского котла. Аносов немедленно распоряжался, чтобы бедняге носили обед из комендантского дома, от которого до гауптвахты было не более двухсот шагов.

В г. К. он и сблизился с семьей Тугановских и такими тесными узами привязался к детям, что для него стало душевной потребностью видеть их каждый вечер.

Если случалось, что барышни выезжали куда-нибудь или служба задерживала самого генерала, то он искренно тосковал и не находил себе места в больших комнатах комендантского дома. Каждое лето он брал отпуск и проводил целый месяц в имении Тугановских, Егоровском, отстоявшем от К. на пятьдесят верст.

Он всю свою скрытую нежность души и потребность сердечной любви перенес на эту детвору, особенно на девочек. Сам он был когда-то женат, но так давно, что даже позабыл об этом. Еще до войны жена сбежала от него с проезжим актером, пленясь его бархатной курткой и кружевными манжетами. Генерал посылал ей пенсию вплоть до самой ее смерти, но в дом к себе не пустил, несмотря на сцены раскаяния и слезные письма. Детей у них не было.

V

Против ожидания, вечер был так тих и тепел, что свечи на террасе и в столовой горели неподвижными огнями. За обедом всех потешал князь Василий Львович. У него была необыкновенная и очень своеобразная способность рассказывать. Он брал в основу рассказа истинный эпизод, где главным действующим лицом являлся кто-нибудь из присутствующих или общих знакомых, но так сгущал краски и при этом говорил с таким серьезным лицом и таким деловым тоном, что слушатели надрывались от смеха. Сегодня он рассказывал о неудавшейся женитьбе Николая Николаевича на одной богатой и красивой даме. В основе было только то, что муж дамы не хотел давать ей развода. Но у князя правда чудесно переплелась с вымыслом. Серьезного, всегда несколько чопорного Николая он заставил ночью бежать по улице в одних чулках, с башмаками под мышкой.

Где-то на углу молодого человека задержал городовой, и только после длинного и бурного объяснения Николаю удалось доказать, что он товарищ прокурора, а не ночной грабитель. Свадьба, по словам рассказчика, чуть-чуть было не состоялась, но в самую критическую минуту отчаянная банда лжесвидетелей, участвовавших в деле, вдруг забастовала, требуя прибавки к заработной плате. Николай из скупости (он и в самом деле был скуповат), а также будучи принципиальным противником стачек и забастовок, наотрез отказался платить лишнее, ссылаясь на определенную статью закона, подтвержденную мнением кассационного департамента. Тогда рассерженные лжесвидетели на известный вопрос: «Не знает ли кто-нибудь из присутствующих поводов, препятствующих совершению брака?» — хором ответили: «Да, знаем. Все показанное нами на суде под присягой — сплошная ложь, к которой нас принудил угрозами и насилием господин прокурор. А про мужа этой дамы мы, как осведомленные лица, можем сказать только, что это самый почтенный человек на свете, целомудренный, как Иосиф, и ангельской доброты».

Напав на нить брачных историй, князь Василий не пощадил и Густава Ивановича Фриессе, мужа Анны, рассказав, что он на другой день после свадьбы явился требовать при помощи полиции выселения новобрачной из родительского дома, как не имеющую отдельного паспорта, и водворения ее на место проживания законного мужа. Верного в этом анекдоте было только то, что в первые дни замужней жизни Анна должна была безотлучно находиться около захворавшей матери, так как Вера спешно уехала к себе на юг, а бедный Густав Иванович предавался унынию и отчаянию.

Все смеялись. Улыбалась и Анна своими прищуренными глазами. Густав Иванович хохотал громко и восторженно, и его худое, гладко обтянутое блестящей кожей лицо с прилизанными жидкими, светлыми волосами, с ввалившимися глазными орбитами походило на череп, обнажавший в смехе прескверные зубы. Он до сих пор обожал Анну, как и в первый день супружества, всегда старался сесть около нее, незаметно притронуться к ней и ухаживал за нею так влюбленно и самодовольно, что часто становилось за него и жалко и неловко.

Перед тем как вставать из-за стола, Вера Николаевна машинально пересчитала гостей. Оказалось — тринадцать. Она была суеверна и подумала про себя: «Вот это нехорошо! Как мне раньше не пришло в голову посчитать? И Вася виноват — ничего не сказал по телефону».

Когда у Шейных или у Фриессе собирались близкие знакомые, то после обеда обыкновенно играли в покер, так как обе сестры до смешного любили азартные игры. В обоих домах даже выработались на этот счет свои правила: всем играющим раздавались поровну костяные жетончики определенной цены и игра длилась до тех пор, пока все костяшки не переходили в одни руки, — тогда игра на этот вечер прекращалась, как бы партнеры ни настаивали на продолжении. Брать из кассы второй раз жетоны строго запрещалось. Такие суровые законы были выведены из практики для обуздания княгини Веры и Анны Николаевны, которые в азарте не знали никакого удержу. Общий проигрыш редко достигал ста—двухсот рублей.

Сели за покер и на этот раз. Вера, не принимавшая участия в игре, хотела выйти на террасу, где накрывали к чаю, но вдруг ее с несколько таинственным видом вызвала из гостиной горничная.

— Что такое, Даша? — с неудовольствием спросила княгиня Вера, проходя в свой маленький кабинет рядом со спальней. — Что у вас за глупый вид? И что такое вы вертите в руках?

Даша положила на стол небольшой квадратный предмет, завернутый аккуратно в белую бумагу и тщательно перевязанный розовой ленточкой.

— Я, ей-Богу, не виновата, ваше сиятельство, — залепетала она, вспыхнув румянцем от обиды. — Он пришел и сказал...

— Кто такой — он?

— Красная шапка, ваше сиятельство... посыльный...

— И что же?

— Пришел на кухню и положил вот это на стол. «Передайте, — говорит, — вашей барыне. Но только, — говорит, — в ихние собственные руки». Я спрашиваю: «От кого?» А он говорит: «Здесь все обозначено». И с теми словами убежал.

— Подите и догоните его.

— Никак не догонишь, ваше сиятельство. Он приходил в середине обеда, я только вас не решалась обеспокоить, ваше сиятельство. Полчаса времени будет.

— Ну, хорошо, идите.

Она разрезала ножницами ленту и бросила в корзину вместе с бумагой, на которой был написан ее адрес. Под бумагой оказался небольшой ювелирный футляр красного плюша, видимо только что из магазина. Вера подняла крышечку, подбитую бледно-голубым шелком, и увидела втиснутый в черный бархат овальный золотой браслет, а внутри его бережно сложенную красивым восьмиугольником записку. Она быстро развернула бумажку. Почерк показался ей знакомым, но, как настоящая женщина, она сейчас же отложила записку в сторону, чтобы посмотреть на браслет.

Он был золотой, низкопробный, очень толстый, но дутый и с наружной стороны весь сплошь покрытый небольшими старинными, плохо отшлифованными гранатами. Но зато посредине браслета возвышались, окружая какой-то странный маленький зеленый камешек, пять прекрасных гранатов-кабошонов, каждый величиной с горошину. Когда Вера случайным движением удачно повернула браслет перед огнем электрической лампочки, то в них, глубоко под их гладкой яйцевидной поверхностью, вдруг загорелись прелестные густо-красные живые огни.

«Точно кровь!» — подумала с неожиданной тревогой Вера.

Потом она вспомнила о письме и развернула его. Она прочитала следующие строки, написанные мелко, великолепно-каллиграфическим почерком:

Ваше сиятельство,
Глубокоуважаемая княгиня
Вера Николаевна!

Почтительно поздравляя Вас с светлым и радостным днем Вашего Ангела, я осмеливаюсь препроводить Вам мое скромное верноподданническое подношение.

«Ах, это — тот!» — с неудовольствием подумала Вера. Но, однако, дочитала письмо...

Я бы никогда не позволил себе преподнести Вам что-либо, выбранное мною лично: для этого у меня нет ни права, ни тонкого вкуса и — признаюсь — ни денег. Впрочем, полагаю, что и на всем свете не найдется сокровища, достойного украсить Вас.

Но этот браслет принадлежал еще моей прабабке, а последняя, по времени, его носила моя покойная матушка. Посередине, между большими камнями, Вы увидите один зеленый. Это весьма редкий сорт граната — зеленый гранат. По старинному преданию, сохранившемуся в нашей семье, он имеет свойство сообщать дар предвидения носящим его женщинам и отгоняет от них тяжелые мысли, мужчин же охраняет от насильственной смерти.

Все камни с точностью перенесены сюда со старого серебряного браслета, и Вы можете быть уверены, что до Вас никто еще этого браслета не надевал.

Вы можете сейчас же выбросить эту смешную игрушку или подарить ее кому-нибудь, но я буду счастлив и тем, что к ней прикасались Ваши руки.

Умоляю Вас не гневаться на меня. Я краснею при воспоминании о моей дерзости семь лет тому назад, когда Вам, барышне, я осмеливался писать глупые и дикие письма и даже ожидать ответа на них. Теперь во мне осталось только благоговение, вечное преклонение и рабская преданность. Я умею теперь только желать ежеминутно Вам счастья и радоваться, если Вы счастливы. Я мысленно кланяюсь до земли мебели, на которой Вы сидите, паркету, по которому Вы ходите, деревьям, которые Вы мимоходом трогаете, прислуге, с которой Вы говорите. У меня нет даже зависти ни к людям, ни к вещам.

Еще раз прошу прощения, что обеспокоил Вас длинным, ненужным письмом.

Ваш до смерти и после смерти покорный слуга.

Г. С. Ж.

«Показать Васе или не показать? И если показать — то когда? Сейчас или после гостей? Нет, уж лучше после — теперь не только этот несчастный будет смешон, но и я вместе с ним».

Так раздумывала княгиня Вера и не могла отвести глаз от пяти алых кровавых огней, дрожавших внутри пяти гранатов.

VI

Полковника Понамарева едва удалось заставить сесть играть в покер. Он говорил, что не знает этой игры, что вообще не признает азарта даже в шутку, что любит и сравнительно хорошо играет только в винт. Однако он не устоял перед просьбами и в конце концов согласился.

Сначала его приходилось учить и поправлять, но он довольно быстро освоился с правилами покера, и вот не прошло и получаса, как все фишки очутились перед ним.

— Так нельзя! — сказала с комической обидчивостью Анна. — Хоть бы немного дали поволноваться.

Трое из гостей — Спешников, полковник и вице-губернатор, туповатый, приличный и скучный немец, — были такого рода люди, что Вера положительно не знала, как их занимать и что с ними делать. Она составила для них винт, пригласив четвертым Густава Ивановича. Анна издали, в виде благодарности, прикрыла глаза веками, и сестра сразу поняла ее. Все знали, что если не усадить Густава Ивановича за карты, то он целый вечер будет ходить около жены, как пришитый, скаля свои гнилые зубы на лице черепа и портя жене настроение духа.

Теперь вечер потек ровно, без принуждения, оживленно. Васючок пел вполголоса, под аккомпанемент Женни Рейтер, итальянские народные канцонетты и рубинштейновские восточные песни. Голосок у него был маленький, но приятного тембра, послушный и верный. Женни Рейтер, очень требовательная музыкантша, всегда охотно ему аккомпанировала. Впрочем, говорили, что Васючок за нею ухаживает.

В углу на кушетке Анна отчаянно кокетничала с гусаром. Вера подошла и с улыбкой прислушалась.

— Нет, нет, вы, пожалуйста, не смейтесь, — весело говорила Анна, щуря на офицера свои милые, задорные татарские глаза. — Вы, конечно, считаете за труд лететь сломя голову впереди эскадрона и брать барьеры на скачках. Но посмотрите только на наш труд. Вот теперь мы только что покончили с лотереей-аллегри. Вы думаете, это было легко? Фи! Толпа, накурено, какие-то дворники, извозчики, я не знаю, как их там зовут... И все пристают с жалобами, с какими-то обидами... И целый, целый день на ногах. А впереди еще предстоит концерт в пользу недостаточных интеллигентных тружениц, а там еще белый бал...

— На котором, смею надеяться, вы не откажете мне в мазурке? — вставил Бахтинский и, слегка наклонившись, щелкнул под креслом шпорами.

— Благодарю... Но самое, самое мое больное место — это наш приют. Понимаете, приют для порочных детей...

— О, вполне понимаю. Это, должно быть, что-нибудь очень смешное?

— Перестаньте, как вам не совестно смеяться над такими вещами! Но вы понимаете, в чем наше несчастие? Мы хотим приютить этих несчастных детей с душами, полными наследственных пороков и дурных примеров, хотим обогреть их, обласкать...

— Гм!..

— ...поднять их нравственность, пробудить в их душах сознание долга... Вы меня понимаете? И вот к нам ежедневно приводят детей сотнями, тысячами, но между ними — ни одного порочного! Если спросишь родителей, не порочное ли дитя, так — можете представить — они даже оскорбляются! И вот приют открыт, освящен, все готово — и ни одного воспитанника, ни одной воспитанницы! Хоть премию предлагай за каждого доставленного порочного ребенка.

— Анна Николаевна, — серьезно и вкрадчиво перебил ее гусар. — Зачем премию? Возьмите меня бесплатно. Честное слово, более порочного ребенка вы нигде не отыщете.

— Перестаньте! С вами нельзя говорить серьезно, — расхохоталась она, откидываясь на спинку кушетки и блестя глазами.

Князь Василий Львович, сидя за большим круглым столом, показывал своей сестре, Аносову и шурину домашний юмористический альбом с собственноручными рисунками. Все четверо смеялись от души, и это понемногу перетянуло сюда гостей, не занятых картами.

Альбом служил как бы дополнением, иллюстрацией к сатирическим рассказам князя Василия. Со своим непоколебимым спокойствием он показывал, например: «Историю любовных похождений храброго генерала Аносова в Турции, Болгарии и других странах»; «Приключение петиметра князя Николая Булат-Тугановского в Монте-Карло» и так далее.

— Сейчас увидите, господа, краткое жизнеописание нашей возлюбленной сестры Людмилы Львовны, — говорил он, бросая быстрый смешливый взгляд на сестру. — Часть первая — детство. «Ребенок рос, его назвали Лима».

На листке альбома красовалась умышленно по-детски нарисованная фигура девочки с лицом в профиль, но с двумя глазами, с ломаными черточками, торчащими вместо ног из-под юбки, с растопыренными пальцами разведенных рук.

— Никогда меня никто не называл Лимой, — засмеялась Людмила Львовна.

— Часть вторая. Первая любовь. Кавалерийский юнкер подносит девице Лиме на коленях стихотворение собственного изделия. Там есть поистине жемчужной красоты строки:

Твоя прекрасная нога —
Явленье страсти неземной!

Вот и подлинное изображение ноги.

А здесь юнкер склоняет невинную Лиму к побегу из родительского дома. Здесь самое бегство. А это вот — критическое положение: разгневанный отец догоняет беглецов. Юнкер малодушно сваливает всю беду на кроткую Лиму.

> Ты там все пудрилась, час лишний проворони,
> И вот за нами вслед ужасная погоня...
> Как хочешь с ней разделывайся ты,
> А я бегу в кусты.

После истории девицы Лимы следовала новая повесть: «Княгиня Вера и влюбленный телеграфист».

— Эта трогательная поэма только лишь иллюстрирована пером и цветными карандашами, — объяснял серьезно Василий Львович. — Текст еще изготовляется.

— Это что-то новое, — заметил Аносов, — я еще этого не видал.

— Самый последний выпуск. Свежая новость книжного рынка.

Вера тихо дотронулась до его плеча.

— Лучше не нужно, — сказала она.

Но Василий Львович или не расслышал ее слов, или не придал им настоящего значения.

— Начало относится к временам доисторическим. В один прекрасный майский день одна девица, по имени Вера, получает по почте письмо с целующимися голубками на заголовке. Вот письмо, а вот и голуби.

Письмо содержит в себе пылкое признание в любви, написанное вопреки всем правилам орфографии. Начинается оно так: «Прекрасная Блондина, ты, которая... бурное море пламени, клокочущее в моей груди. Твой взгляд, как ядовитый змей, впился в мою истерзанную душу» и так далее. В конце скромная подпись: «По роду оружия я бедный телеграфист, но чувства мои достойны милорда Георга. Не смею открывать моей полной фамилии — она слишком неприлична. Подписываюсь только начальными буквами: П. П. Ж. Прошу отвечать мне в почтамт, posté restante»[1]. Здесь вы, господа, можете видеть и портрет самого телеграфиста, очень удачно исполненный цветными карандашами.

Сердце Веры пронзено (вот сердце, вот стрела). Но, как благонравная и воспитанная девица, она показывает письмо почтенным родителям, а также своему другу детства и жениху, красивому молодому человеку Васе Шеину. Вот и иллюстрация. Конечно, со временем здесь будут стихотворные объяснения к рисункам.

Вася Шеин, рыдая, возвращает Вере обручальное кольцо. «Я не смею мешать твоему счастию, — говорит он, — но, умоляю, не делай сразу решительного шага. Подумай, поразмысли, проверь и себя и его. Дитя, ты не знаешь жизни и летишь, как мотылек на блестящий огонь. А я — увы! — я знаю хладный и лицемерный свет. Знай, что телеграфисты увлекательны, но коварны. Для них доставляет неизъяснимое наслаждение обмануть своей гордой красотой и фальшивыми чувствами неопытную жертву и жестоко насмеяться над ней».

Проходит полгода. В вихре жизненного вальса Вера позабывает своего поклонника и выходит замуж за красивого Васю, но телеграфист не забывает ее. Вот он переодевается трубочистом и, вымазавшись сажей, проникает в будуар княгини Веры. Следы пяти пальцев и двух губ остались, как видите, повсюду: на коврах, на подушках, на обоях и даже на паркете.

Вот он в одежде деревенской бабы поступает на нашу кухню простой судомойкой. Однако излишняя

---

[1] До востребования (искаж. *фр.* poste restante).

благосклонность повара Луки заставляет его обратиться в бегство.

Вот он в сумасшедшем доме. А вот постригся в монахи. Но каждый день неуклонно посылает он Вере страстные письма. И там, где падают на бумагу его слезы, там чернила расплываются кляксами.

Наконец он умирает, но перед смертью завещает передать Вере две телеграфные пуговицы и флакон от духов, наполненный его слезами...

— Господа, кто хочет чаю? — спросила Вера Николаевна.

VII

Долгий осенний закат догорел. Погасла последняя багровая, узенькая, как щель, полоска, рдевшая на самом краю горизонта, между сизой тучей и землей. Уже не стало видно ни земли, ни деревьев, ни неба. Только над головой большие звезды дрожали своими ресницами среди черной ночи да голубой луч от маяка подымался прямо вверх тонким столбом и точно расплескивался там о небесный купол жидким, туманным, светлым кругом. Ночные бабочки бились о стеклянные колпаки свечей. Звездчатые цветы белого табака в палисаднике запахли острее из темноты и прохлады.

Спешников, вице-губернатор и полковник Понамарев давно уже уехали, обещав прислать лошадей обратно со станции трамвая за комендантом. Оставшиеся гости сидели на террасе. Генерала Аносова, несмотря на его протесты, сестры заставили надеть пальто и укутали его ноги теплым пледом. Перед ним стояла бутылка его любимого красного вина Pommard, рядом с ним по обеим сторонам сидели Вера и Анна. Они заботливо ухаживали за генералом, наполняли тяжелым, густым вином его тонкий стакан, придвигали ему спички, нарезали сыр и так далее. Старый комендант хмурился от блаженства.

— Да-с... Осень, осень, осень, — говорил старик, глядя на огонь свечи и задумчиво покачивая головой. — Осень. Вот и мне уж пора собираться. Ах, жаль-то как! Только что настали красные денечки. Тут бы жить да жить на берегу моря, в тишине, спокойненько...

— И пожили бы у нас, дедушка, — сказала Вера.

— Нельзя, милая, нельзя. Служба... Отпуск кончился... А что говорить, хорошо бы было! Ты посмотри только, как розы-то пахнут... Отсюда слышу. А летом в жары ни один цветок не пахнул, только белая акация... да и та конфетами.

Вера вынула из вазочки две маленькие розы, розовую и карминную, и вдела их в петлицу генеральского пальто.

— Спасибо, Верочка. — Аносов нагнул голову к борту шинели, понюхал цветы и вдруг улыбнулся славной старческой улыбкой. — Пришли мы, помню я, в Букарест и разместились по квартирам. Вот как-то иду я по улице. Вдруг повеял на меня сильный розовый запах, я остановился и увидал, что между двух солдат стоит прекрасный хрустальный флакон с розовым маслом. Они смазали уже им сапоги и также ружейные замки. «Что это у вас такое?» — спрашиваю. «Какое-то масло, ваше высокоблагородие, клали его в кашу, да не годится, так и дерет рот, а пахнет оно хорошо». Я дал им целковый, и они с удовольствием отдали мне его. Масла уже оставалось не более половины, но, судя по его дороговизне, было еще, по крайней мере, на двадцать червонцев. Солдаты, будучи довольны, добавили: «Да вот еще, ваше высокоблагородие, какой-то турецкий горох, сколько его ни варили, а все не поддается, проклятый». Это был кофе; я сказал им: «Это только годится туркам, а солдатам нейдет». К счастью, опиуму они не наелись. Я видел в некоторых местах его лепешки, затоптанные в грязи.

— Дедушка, скажите откровенно, — попросила Анна, — скажите, испытывали вы страх во время сражений? Боялись?

— Как это странно, Анночка: боялся — не боялся. Понятное дело — боялся. Ты не верь, пожалуйста, тому, кто тебе скажет, что не боялся и что свист пуль для него самая сладкая музыка. Это или псих, или хвастун. Все одинаково боятся. Только один весь от страха раскисает, а другой себя держит в руках. И видишь: страх-то остается всегда один и тот же, а уменье держать себя от практики все возрастает; отсюда и герои и храбрецы. Так-то. Но испугался я один раз чуть не до смерти.

— Расскажите, дедушка, — попросили в один голос сестры.

Они до сих пор слушали рассказы Аносова с тем же восторгом, как и в их раннем детстве. Анна даже невольно совсем по-детски расставила локти на столе и уложила подбородок на составленные пятки ладоней. Была какая-то уютная прелесть в его неторопливом и наивном повествовании. И самые обороты фраз, которыми он передавал свои военные воспоминания, принимали у него невольно странный, неуклюжий, несколько книжный характер. Точно он рассказывал по какому-то милому, древнему стереотипу.

— Рассказ очень короткий, — отозвался Аносов. — Это было на Шипке, зимой, уже после того, как меня контузили в голову. Жили мы в землянке, вчетвером. Вот тут-то со мною и случилось страшное приключение. Однажды поутру, когда я встал с постели, представилось мне, что я не Яков, а Николай, и никак я не мог себя переуверить в том. Приметив, что у меня делается помрачение ума, закричал, чтобы подали мне воды, помочил голову, и рассудок мой воротился.

— Воображаю, Яков Михайлович, сколько вы там побед одержали над женщинами, — сказала пианистка Женни Рейтер. — Вы, должно быть, смолоду очень красивы были.

— О, наш дедушка и теперь красавец! — воскликнула Анна.

— Красавцем не был, — спокойно улыбаясь, сказал Аносов. — Но и мной тоже не брезговали. Вот в этом же Букаресте был очень трогательный случай. Когда мы в него вступили, то жители встретили нас на городской площади с пушечною пальбою, от чего пострадало много окошек; но те, на которых поставлена была в стаканах вода, остались невредимы. А почему я это узнал? А вот почему. Пришедши на отведенную мне квартиру, я увидел на окошке стоящую низенькую клеточку, на клеточке была большого размера хрустальная бутылка с прозрачной водой, в ней плавали золотые рыбки, и между ними сидела на примосточке канарейка. Канарейка в воде! — это меня удивило, но, осмотрев, увидел, что в бутылке дно широко и вдавлено глубоко в середину, так что канарейка свободно могла влетать туда и сидеть. После сего сознался сам себе, что я очень недогадлив.

Вошел я в дом и вижу прехорошенькую болгарочку. Я предъявил ей квитанцию на постой и кстати уж спросил, почему у них целы стекла после канонады, и она мне объяснила, что это от воды. А также объяснила и про канарейку: до чего я был несообразителен!.. И вот среди разговора взгляды наши встретились, между нами пробежала искра, подобная электрической, и я почувствовал, что влюбился сразу — пламенно и бесповоротно.

Старик замолчал и осторожно потянул губами черное вино.

— Но ведь вы все-таки объяснились с ней потом? — спросила пианистка.

— Гм... конечно, объяснились... Но только без слов. Это произошло так...

— Дедушка, надеюсь, вы не заставите нас краснеть? — заметила Анна, лукаво смеясь.

— Нет, нет, роман был самый приличный. Видите ли, всюду, где мы останавливались на постой, городские жители имели свои исключения и прибавления, но в Букаресте так коротко обходились с нами жители, что когда однажды я стал играть на скрипке, то девушки тотчас нарядились и пришли танцевать, и такое обыкновение повелось на каждый день.

Однажды, во время танцев, вечером, при освещении месяца, я вошел в сенцы, куда скрылась и моя болгарочка. Увидев меня, она стала притворяться, что перебирает сухие лепестки роз, которые, надо сказать, тамошние жители собирают целыми мешками. Но я обнял ее, прижал к своему сердцу и несколько раз поцеловал.

С тех пор каждый раз, когда являлась луна на небе со звездами, спешил я к возлюбленной моей и все денные заботы на время забывал с нею. Когда же последовал наш поход из тех мест, мы дали друг другу клятву в вечной взаимной любви и простились навсегда.

— И все? — спросила разочарованно Людмила Львовна.

— А чего же вам больше? — возразил комендант.

— Нет, Яков Михайлович, вы меня извините, это не любовь, а просто бивуачное приключение армейского офицера.

— Не знаю, милая моя, ей-Богу, не знаю — любовь это была или иное чувство...

— Да нет... скажите... неужели в самом деле вы никогда не любили настоящей любовью? Знаете, такой любовью, которая... ну, которая... словом... святой, чистой, вечной любовью... неземной... Неужели не любили?

— Право, не сумею вам ответить, — замялся старик, поднимаясь с кресла. — Должно быть, не любил. Сначала все было некогда: молодость, кутежи, карты, война... Казалось, конца не будет жизни, юности и здоровью. А потом оглянулся — и вижу, что я уже развалина... Ну, а теперь, Верочка, не держи меня больше. Я распрощаюсь... Гусар, — обратился он к Бахтинскому, — ночь теплая, пойдемте-ка навстречу нашему экипажу.

— И я пойду с вами, дедушка, — сказала Вера.

— И я, — подхватила Анна.

Перед тем как уходить, Вера подошла к мужу и сказала ему тихо:

— Поди посмотри... там у меня в столе, в ящичке, лежит красный футляр, а в нем письмо. Прочитай его.

VIII

Анна с Бахтинским шли впереди, а сзади их, шагов на двадцать, комендант под руку с Верой. Ночь была так черна, что в первые минуты, пока глаза не притерпелись после света к темноте, приходилось ощупью ногами отыскивать дорогу. Аносов, сохранивший, несмотря на годы, удивительную зоркость, должен был помогать своей спутнице. Время от времени он ласково поглаживал своей большой холодной рукой руку Веры, легко лежавшую на сгибе его рукава.

— Смешная эта Людмила Львовна, — вдруг заговорил генерал, точно продолжая вслух течение своих мыслей. — Сколько раз я в жизни наблюдал: как только стукнет даме под пятьдесят, а в особенности если она вдова или старая девка, то так и тянет ее около чужой любви покрутиться. Либо шпионит, злорадствует и сплетничает, либо лезет устраивать чужое счастье, либо разводит словесный гуммиарабик насчет возвышенной любви. А я хочу сказать, что люди в наше время разучились любить. Не вижу настоящей любви. Да и в мое время не видел!

— Ну как же это так, дедушка? — мягко возразила Вера, пожимая слегка его руку. — Зачем клеветать? Вы ведь сами были женаты. Значит, все-таки любили?

— Ровно ничего не значит, дорогая Верочка. Знаешь, как женился? Вижу, сидит около меня свежая девчонка. Дышит — грудь так и ходит под кофточкой. Опустит ресницы, длинные-длинные такие, и вся вдруг вспыхнет. И кожа на щеках нежная, шейка белая такая, невинная, и руки мяконькие, тепленькие. Ах ты черт! А тут папа-мама ходят вокруг, за дверями подслушивают, глядят на тебя грустными такими, собачьими, преданными глазами. А когда уходишь — за дверями этакие быстрые поцелуйчики... За чаем ножка тебя под столом как будто нечаянно тронет... Ну и готово. «Дорогой Никита Антоныч, я пришел к вам просить руки вашей дочери. Поверьте, что это святое существо...» А у папы уже и глаза мокрые, и уж целоваться лезет... «Милый! Я давно догадывался... Ну, дай вам Бог... Смотри только береги это сокровище...» И вот через три месяца святое сокровище ходит в затрепанном капоте, туфли на босу ногу, волосенки жиденькие, нечесаные, в папильотках, с денщиками собачится, как кухарка, с молодыми офицерами ломается, сюсюкает, взвизгивает, закатывает глаза. Мужа почему-то на людях называет Жаком. Знаешь, этак в нос, с растяжкой, томно: «Ж-а-а-ак». Мотовка, актриса, неряха, жадная. И глаза всегда лживые-лживые... Теперь все прошло, улеглось, утряслось. Я даже этому актеришке в душе благодарен... Слава Богу, что детей не было...

— Вы простили им, дедушка?

— Простил — это не то слово, Верочка. Первое время был как бешеный. Если бы тогда увидел их, конечно, убил бы обоих. А потом понемногу отошло и отошло, и ничего не осталось, кроме презрения. И хорошо. Избавил Бог от лишнего пролития крови. И кроме того, избежал я общей участи большинства мужей. Что бы я был такое, если бы не этот мерзкий случай? Вьючный верблюд, позорный потатчик, укрыватель, дойная корова, ширма, какая-то домашняя необходимая вещь... Нет! Все к лучшему, Верочка.

— Нет, нет, дедушка, в вас все-таки, простите меня, говорит прежняя обида... А вы свой несчастный опыт переносите на все человечество. Возьмите хоть нас с Васей. Разве можно назвать наш брак несчастливым?

Аносов довольно долго молчал. Потом протянул неохотно:

— Ну, хорошо... скажем — исключение... Но вот в большинстве-то случаев почему люди женятся? Возьмем женщину. Стыдно оставаться в девушках, особенно когда подруги уже повыходили замуж. Тяжело быть лишним ртом в семье. Желание быть хозяйкой, главною в доме, дамой, самостоятельной... К тому же потребность, прямо физическая потребность материнства и чтобы начать вить свое гнездо. А у мужчины другие мотивы. Во-первых, усталость от холостой жизни, от беспорядка в комнатах, от трактирных обедов, от грязи, окурков, разорванного и разрозненного белья, от долгов, от бесцеремонных товарищей, и прочее и прочее. Во-вторых, чувствуешь, что семьей жить выгоднее, здоровее и экономнее. В-третьих, думаешь: вот пойдут детишки, — я-то умру, а часть меня все-таки останется на свете... нечто вроде иллюзии бессмертия. В-четвертых, соблазн невинности, как в моем случае. Кроме того, бывают иногда и мысли о приданом. А где же любовь-то? Любовь бескорыстная, самоотверженная, не ждущая награды? Та, про которую сказано — «сильна, как смерть»? Понимаешь, такая любовь, для которой совершить любой подвиг, отдать жизнь, пойти на мучение — вовсе не труд, а одна радость. Постой, постой, Вера, ты мне сейчас опять хочешь про твоего Васю? Право же, я его люблю. Он хороший парень. Почем знать, может быть, будущее и покажет его любовь в свете большой красоты. Но ты пойми, о какой любви я говорю. Любовь должна быть трагедией. Величайшей тайной в мире! Никакие жизненные удобства, расчеты и компромиссы не должны ее касаться.

— Вы видели когда-нибудь такую любовь, дедушка? — тихо спросила Вера.

— Нет, — ответил старик решительно. — Я, правда, знаю два случая похожих. Но один был продиктован глупостью, а другой... так... какая-то кислота... одна жалость... Если хочешь, я расскажу. Это недолго.

— Прошу вас, дедушка.

— Ну, вот. В одном полку нашей дивизии (только не в нашем) была жена полкового командира. Рожа, я тебе скажу, Верочка, преестественная. Костлявая, рыжая, длинная, худущая, ротастая... Штукатурка с нее так и сыпалась, как со старого московского дома. Но, понимаешь, этакая полковая Мессалина: темперамент, властность, презрение к людям, страсть к разнообразию. Вдобавок — морфинистка.

И вот однажды осенью присылают к ним в полк новоиспеченного прапорщика, совсем желторотого воробья, только что из военного училища. Через месяц эта старая лошадь совсем овладела им. Он паж, он слуга, он раб, он вечный кавалер ее в танцах, носит ее веер и платок, в одном мундирчике выскакивает на мороз звать ее лошадей. Ужасная это штука, когда свежий и чистый мальчишка положит свою первую любовь к ногам старой, опытной и властолюбивой развратницы. Если он сейчас выскочил невредим — все равно в будущем считай его погибшим. Это — штамп на всю жизнь.

К Рождеству он ей уже надоел. Она вернулась к одной из своих прежних, испытанных пассий. А он не мог. Ходит за ней, как привидение. Измучился весь, исхудал, почернел. Говоря высоким штилем — «смерть уже лежала на его высоком челе». Ревновал он ее ужасно. Говорят, целые ночи простаивал под ее окнами.

И вот однажды весной устроили они в полку какую-то маевку или пикник. Я и ее и его знал лично, но при этом происшествии не был. Как и всегда в этих случаях, было много выпито. Обратно возвращались ночью пешком по полотну железной дороги. Вдруг навстречу им идет товарный поезд. Идет очень медленно вверх, по довольно крутому подъему. Дает свистки. И вот, только что паровозные огни поравнялись с компанией, она вдруг шепчет на ухо прапорщику: «Вы всё говорите, что любите меня. А ведь если я вам прикажу — вы, наверно, под поезд не броситесь». А он, ни слова не ответив, бегом — и под поезд. Он-то, говорят, верно рассчитал, как раз между передними и задними колесами: так бы его аккуратно пополам и перерезало. Но какой-то идиот вздумал его удерживать и отталкивать. Да не осилил. Прапорщик как уцепился руками за рельсы, так ему обе кисти и оттяпало.

— Ох, какой ужас! — воскликнула Вера.

— Пришлось прапорщику оставить службу. Товарищи собрали ему кое-какие деньжонки на выезд. Оставаться-то в городе ему было неудобно: живой укор перед глазами и ей, и всему полку. И пропал человек... самым подлым образом... Стал попрошайкой... замерз где-то на пристани в Петербурге.

А другой случай был совсем жалкий. И такая же женщина была, как и первая, только молодая и красивая. Очень и очень нехорошо себя вела. На что уж мы легко глядели на эти домашние романы, но даже и нас коробило. А муж — ничего. Все знал, все видел и молчал. Друзья намекали ему, а он только руками отмахивался: «Оставьте, оставьте... Не мое дело, не мое дело... Пусть только Леночка будет счастлива!..» Такой олух!

Под конец сошлась она накрепко с поручиком Вишняковым, субалтерном из ихней роты. Так втроем и жили в двумужественном браке — точно это самый законный вид супружества. А тут наш полк двинули на войну. Наши дамы провожали нас, провожала и она, и, право, даже смотреть было совестно: хотя бы для приличия взглянула разок на мужа, — нет, повесилась на своем поручике, как черт на сухой вербе, и не отходит. На прощанье, когда мы уже уселись в вагоны и поезд тронулся, так она еще мужу вслед, бесстыдница, крикнула: «Помни же, береги Володю! Если что-нибудь с ним случится — уйду из дому и никогда не вернусь. И детей заберу».

Ты, может быть, думаешь, что этот капитан был какая-нибудь тряпка? размазня? стрекозиная душа? Ничуть. Он был храбрым солдатом. Под Зелеными горами он шесть раз водил свою роту на турецкий редут, и у него от двухсот человек осталось только четырнадцать. Дважды раненный, он отказался идти на перевязочный пункт. Вот он был какой. Солдаты на него Богу молились.

Но она велела... Его Леночка ему велела!

И он ухаживал за этим трусом и лодырем Вишняковым, за этим трутнем безмедовым, — как нянька, как мать. На ночлегах под дождем, в грязи, он укутывал его своей шинелью. Ходил вместо него на саперные работы, а тот отлеживался в землянке или играл в штос. По ночам проверял за него сторожевые посты. А это, заметь, Веруня, было в то время, когда башибузуки вырезывали наши пикеты так же просто, как ярославская баба на огороде срезает капустные кочни. Ей-богу, хотя и грех вспоминать, но все обрадовались, когда узнали, что Вишняков скончался в госпитале от тифа...

— Ну, а женщин, дедушка, женщин вы встречали любящих?

— О, конечно, Верочка. Я даже больше скажу: я уверен, что почти каждая женщина способна в любви на самый высокий героизм. Пойми, она целует, обнимает, отдается — и она *уже* мать. Для нее, если она любит, любовь заключает весь смысл жизни — всю вселенную! Но вовсе не она виновата в том, что любовь у людей приняла такие пошлые формы и снизошла просто до какого-то житейского удобства, до маленького развлечения. Виноваты мужчины, в двадцать лет пресыщенные, с цыплячьими телами и заячьими душами, неспособные к сильным желаниям, к героическим поступкам, к нежности и обожанию перед любовью. Говорят, что раньше все это бывало.

А если и не бывало, то разве не мечтали и не тосковали об этом лучшие умы и души человечества — поэты, романисты, музыканты, художники? Я на днях читал историю Машеньки Леско и кавалера де Грие... Веришь ли, слезами обливался... Ну скажи же, моя милая, по совести, разве каждая женщина в глубине своего сердца не мечтает о такой любви — единой, всепрощающей, на все готовой, скромной и самоотверженной?

— О, конечно, конечно, дедушка...

— А раз ее нет, женщины мстят. Пройдет еще лет тридцать... я не увижу, но ты, может быть, увидишь, Верочка. Помяни мое слово, что лет через тридцать женщины займут в мире неслыханную власть. Они будут одеваться, как индийские идолы. Они будут попирать нас, мужчин, как презренных, низкопоклонных рабов. Их сумасбродные прихоти и капризы станут для нас мучительными законами. И все оттого, что мы целыми поколениями не умели преклоняться и благоговеть перед любовью. Это будет месть. Знаешь закон: сила действия равна силе противодействия.

Немного помолчав, он вдруг спросил:

— Скажи мне, Верочка, если только тебе не трудно, что это за история с телеграфистом, о котором рассказывал сегодня князь Василий? Что здесь правда и что выдумка, по его обычаю?

— Разве вам интересно, дедушка?

— Как хочешь, как хочешь, Вера. Если тебе почему-либо неприятно...

— Да вовсе нет. Я с удовольствием расскажу.

И она рассказала коменданту со всеми подробностями о каком-то безумце, который начал преследовать ее своею любовью еще за два года до ее замужества.

Она ни разу не видела его и не знает его фамилии. Он только писал ей и в письмах подписывался Г. С. Ж. Однажды он обмолвился, что служит в каком-то казенном учреждении маленьким чиновником, — о телеграфе он не упоминал ни слова. Очевидно, он постоянно следил за ней, потому что в своих письмах весьма точно указывал, где она бывала на вечерах, в каком обществе и как была одета. Сначала письма его носили вульгарный и курьезно пылкий характер, хотя и были вполне целомудренны. Но однажды Вера письменно (кстати, не проболтайтесь, дедушка, об этом нашим: никто из них не знает) попросила его не утруждать ее больше своими любовными излияниями. С тех пор он замолчал о любви и стал писать лишь изредка: на Пасху, на Новый год и в день ее именин. Княгиня Вера рассказала также и о сегодняшней посылке и даже почти дословно передала странное письмо своего таинственного обожателя...

— Да-а, — протянул генерал наконец. — Может быть, это просто ненормальный малый, маниак, а — почем знать? — может быть, твой жизненный путь, Верочка, пересекла именно такая любовь, о которой грезят женщины и на которую больше не способны мужчины. Постой-ка. Видишь, впереди движутся фонари? Наверно, мой экипаж.

В то же время сзади послышалось зычное рявканье автомобиля, и дорога, изрытая колесами, засияла белым ацетиленовым светом. Подъехал Густав Иванович.

— Анночка, я захватил твои вещи. Садись, — сказал он. — Ваше превосходительство, не позволите ли довезти вас?

— Нет уж, спасибо, мой милый, — ответил генерал. — Не люблю я этой машины. Только дрожит и воняет, а радости никакой. Ну, прощай, Верочка. Теперь я буду часто приезжать, — говорил он, целуя у Веры лоб и руки.

Все распрощались. Фриессе довез Веру Николаевну до ворот ее дачи и, быстро описав круг, исчез в темноте со своим ревущим и пыхтящим автомобилем.

IX

Княгиня Вера с неприятным чувством поднялась на террасу и вошла в дом. Она еще издали услышала громкий голос брата Николая и увидела его высокую, сухую фигуру, быстро сновавшую из угла в угол. Василий Львович сидел у ломберного стола и, низко наклонив свою стриженую большую световолосую голову, чертил мелком по зеленому сукну.

— Я давно настаивал! — говорил Николай раздраженно и делая правой рукой такой жест, точно он бросал на землю какую-то невидимую тяжесть. — Я давно настаивал, чтобы прекратить эти дурацкие письма. Еще Вера за тебя замуж не выходила, когда я уверял, что ты и Вера тешитесь ими, как ребятишки, видя в них только смешное... Вот, кстати, и сама Вера... Мы, Верочка, говорим сейчас с Василием Львовичем об этом твоем сумасшедшем, о твоем Пе Пе Же. Я нахожу эту переписку дерзкой и пошлой.

— Переписки вовсе не было, — холодно остановил его Шеин. — Писал лишь он один...

Вера покраснела при этих словах и села на диван в тень большой латании.

— Я извиняюсь за выражение, — сказал Николай Николаевич и бросил на землю, точно оторвав от груди, невидимый тяжелый предмет.

— А я не понимаю, почему ты называешь его моим, — вставила Вера, обрадованная поддержкой мужа. — Он так же мой, как и твой...

— Хорошо, еще раз извиняюсь. Словом, я хочу только сказать, что его глупостям надо положить конец. Дело, по-моему, переходит за те границы, где можно смеяться и рисовать забавные рисуночки... Поверьте, если я здесь о чем хлопочу и о чем волнуюсь, так это только о добром имени Веры и твоем, Василий Львович.

— Ну, это ты, кажется, уж слишком хватил, Коля, — возразил Шеин.

— Может быть, может быть... Но вы легко рискуете попасть в смешное положение.

— Не вижу, каким способом, — сказал князь.

— Вообрази себе, что этот идиотский браслет... — Николай приподнял красный футляр со стола и тотчас же брезгливо бросил его на место, — что эта чудовищная поповская штучка останется у нас, или мы ее выбросим, или подарим Даше. Тогда, во-первых, Пе Пе Же может хвастаться своим знакомым или товарищам, что княгиня Вера Николаевна Шеина принимает его подарки, а во-вторых, первый же случай поощрит его к дальнейшим подвигам. Завтра он присылает кольцо с брильянтами, послезавтра жемчужное колье, а там — глядишь — сядет на скамью подсудимых за растрату или подлог, а князья Шеины будут вызваны в качестве свидетелей... Милое положение!

— Нет, нет, браслет надо непременно отослать обратно! — воскликнул Василий Львович.

— Я тоже так думаю, — согласилась Вера, — и как можно скорее. Но как это сделать? Ведь мы не знаем ни имени, ни фамилии, ни адреса.

— О, это-то совсем пустое дело! — возразил пренебрежительно Николай Николаевич. — Нам известны инициалы этого Пе Пе Же... Как его, Вера?

— Ге Эс Же.

— Вот и прекрасно. Кроме того, нам известно, что он где-то служит. Этого совершенно достаточно.

Завтра же я беру городской указатель и отыскиваю чиновника или служащего с такими инициалами. Если почему-нибудь я его не найду, то просто-напросто позову полицейского сыскного агента и прикажу отыскать. На случай затруднения у меня будет в руках вот эта бумажка с его почерком. Одним словом, завтра к двум часам дня я буду знать в точности адрес и фамилию этого молодчика и даже часы, в которые он бывает дома. А раз я это узнаю, то мы не только завтра же возвратим ему его сокровище, а и примем меры, чтобы он уж больше никогда не напоминал нам о своем существовании.

— Что ты думаешь сделать? — спросил князь Василий.

— Что? Поеду к губернатору и попрошу...

— Нет, только не к губернатору. Ты знаешь, каковы наши отношения... Тут прямая опасность попасть в смешное положение.

— Все равно. Поеду к жандармскому полковнику. Он мне приятель по клубу. Пусть-ка он вызовет этого Ромео и погрозит у него пальцем под носом. Знаешь, как он это делает? Приставит человеку палец к самому носу и рукой совсем не двигает, а только лишь один палец у него качается, и кричит: «Я, сударь, этого не потерплю-ю-ю!»

— Фи! Через жандармов! — поморщилась Вера.

— И правда, Вера, — подхватил князь. — Лучше уж в это дело никого посторонних не мешать. Пойдут слухи, сплетни... Мы все достаточно хорошо знаем наш город. Все живут точно в стеклянных банках... Лучше уж я сам пойду к этому... юноше... хотя Бог его знает, может быть, ему шестьдесят лет?.. Вручу ему браслет и прочитаю хорошую строгую нотацию.

— Тогда и я с тобой, — быстро прервал его Николай Николаевич. — Ты слишком мягок. Предоставь мне с ним поговорить... А теперь, друзья мои, — он вынул карманные часы и поглядел на них, — вы извините меня, если я пойду на минутку к себе. Едва на ногах держусь, а мне надо просмотреть два дела.

— Мне почему-то стало жалко этого несчастного, — нерешительно сказала Вера.

— Жалеть его нечего! — резко отозвался Николай, оборачиваясь в дверях. — Если бы такую выходку с браслетом и письмами позволил себе человек нашего круга, то князь Василий послал бы ему вызов. А если бы он этого не сделал, то сделал бы я. А в прежнее время я бы просто велел отвести его на конюшню и наказать розгами. Завтра, Василий Львович, ты подожди меня в своей канцелярии, я сообщу тебе по телефону.

X

Заплеванная лестница пахла мышами, кошками, керосином и стиркой. Перед шестым этажом князь Василий Львович остановился.

— Подожди немножко, — сказал он шурину. — Дай я отдышусь. Ах, Коля, не следовало бы этого делать...

Они поднялись еще на два марша. На лестничной площадке было так темно, что Николай Николаевич должен был два раза зажигать спички, пока не разглядел номера квартиры.

На его звонок отворила дверь полная, седая, сероглазая женщина в очках, с немного согнутым вперед, видимо от какой-то болезни, туловищем.

— Господин Желтков дома? — спросил Николай Николаевич.

Женщина тревожно забегала глазами от глаз одного мужчины к глазам другого и обратно. Приличная внешность обоих, должно быть, успокоила ее.

— Дома, прошу, — сказала она, открывая дверь. — Первая дверь налево.

Булат-Тугановский постучал три раза коротко и решительно. Какой-то шорох послышался внутри. Он еще раз постучал.

— Войдите, — отозвался слабый голос.

Комната была очень низка, но очень широка и длинна, почти квадратной формы. Два круглых окна, совсем похожих на пароходные иллюминаторы, еле-еле ее освещали. Да и вся она была похожа на кают-компанию грузового парохода. Вдоль одной стены стояла узенькая кровать, вдоль другой — очень большой и широкий диван, покрытый истрепанным прекрасным текинским ковром, посередине — стол, накрытый цветной малороссийской скатертью.

Лица хозяина сначала не было видно: он стоял спиною к свету и в замешательстве потирал руки. Он был высок ростом, худощав, с длинными, пушистыми, мягкими волосами.

— Если не ошибаюсь, господин Желт-ков? — спросил высокомерно Николай Николаевич.

— Желтков. Очень приятно. Позвольте представиться.

Он сделал по направлению к Тугановскому два шага с протянутой рукой. Но в тот же момент, точно не замечая его приветствия, Николай Николаевич обернулся всем телом к Шеину.

— Я тебе говорил, что мы не ошиблись.

Худые, нервные пальцы Желткова забегали по борту коричневого короткого пиджачка, застегивая и расстегивая пуговицы. Наконец он с трудом произнес, указывая на диван и неловко кланяясь:

— Прошу покорно. Садитесь.

Теперь он стал весь виден: очень бледный, с нежным девичьим лицом, с голубыми глазами и упрямым детским подбородком с ямочкой посредине; лет ему, должно быть, было около тридцати, тридцати пяти.

— Благодарю вас, — сказал просто князь Шеин, разглядывавший его очень внимательно.

— Merci, — коротко ответил Николай Николаевич. И оба остались стоять. — Мы к вам всего только на несколько минут. Это — князь Василий Львович Шеин, губернский предводитель дворянства. Моя фамилия — Мирза-Булат-Тугановский. Я — товарищ прокурора. Дело, о котором мы будем иметь честь говорить с вами, одинаково касается и князя и меня или, вернее, супруги князя, а моей сестры.

Желтков, совершенно растерявшись, опустился вдруг на диван и пролепетал омертвевшими губами: «Прошу, господа, садиться». Но, должно быть, вспомнил, что уже безуспешно предлагал то же самое раньше, вскочил, подбежал к окну, теребя волосы, и вернулся обратно на прежнее место. И опять его дрожащие руки забегали, теребя пуговицы, щипля светлые, рыжеватые усы, трогая без нужды лицо.

— Я к вашим услугам, ваше сиятельство, — произнес он глухо, глядя на Василия Львовича умоляющими глазами.

Но Шеин промолчал. Заговорил Николай Николаевич.

— Во-первых, позвольте возвратить вам вашу вещь, — сказал он и, достав из кармана красный футляр, аккуратно положил его на стол. — Она, конечно, делает честь вашему вкусу, но мы очень просили бы вас, чтобы такие сюрпризы больше не повторялись.

— Простите... Я сам знаю, что очень виноват, — прошептал Желтков, глядя вниз, на пол, и краснея. — Может быть, позволите стаканчик чаю?

— Видите ли, господин Желтков, — продолжал Николай Николаевич, как будто не расслышав последних слов Желткова. — Я очень рад, что нашел в вас порядочного человека, джентльмена, способного понимать с полуслова. И я думаю, что мы договоримся сразу. Ведь, если я не ошибаюсь, вы преследуете княгиню Веру Николаевну уже около семи-восьми лет?

— Да, — ответил Желтков тихо и опустил ресницы благоговейно.

— И мы до сих пор не принимали против вас никаких мер, хотя — согласитесь — это не только можно было бы, а даже и *нужно* было сделать. Не правда ли?

— Да.

— Да. Но последним вашим поступком, именно присылкой этого вот самого гранатового браслета, вы переступили те границы, где кончается наше терпение. Понимаете? Кончается. Я от вас не скрою, что первой нашей мыслью было обратиться к помощи власти, но мы не сделали этого, и я очень рад, что не сделали, потому что — повторяю — я сразу угадал в вас благородного человека.

— Простите. Как вы сказали? — спросил вдруг внимательно Желтков и рассмеялся. — Вы хотели обратиться к власти?.. Именно так вы сказали?

Он положил руки в карманы, сел удобно в угол дивана, достал портсигар и спички и закурил.

— Итак, вы сказали, что вы хотели прибегнуть к помощи власти?.. Вы меня извините, князь, что я сижу? — обратился он к Шеину. — Ну-с, дальше?

Князь придвинул стул к столу и сел. Он, не отрываясь, глядел с недоумением и жадным, серьезным любопытством в лицо этого странного человека.

— Видите ли, милый мой, эта мера от вас никогда не уйдет, — с легкой наглостью продолжал Николай Николаевич. — Врываться в чужое семейство...

— Виноват, я вас перебью...

— Нет, виноват, теперь уж я вас перебью... — почти закричал прокурор.

— Как вам угодно. Говорите. Я слушаю. Но у меня есть несколько слов для князя Василия Львовича. — И, не обращая больше внимания на Тугановского, он сказал: — Сейчас настала самая тяжелая минута в моей жизни. И я должен, князь, говорить с вами вне всяких условностей... Вы меня выслушаете?

— Слушаю, — сказал Шеин. — Ах, Коля, да помолчи ты, — сказал он нетерпеливо, заметив гневный жест Тугановского. — Говорите.

Желтков в продолжение нескольких секунд ловил ртом воздух, точно задыхаясь, и вдруг покатился, как с обрыва. Говорил он одними челюстями, губы у него были белые и не двигались, как у мертвого.

— Трудно выговорить такую... фразу... что я люблю вашу жену. Но семь лет безнадежной и вежливой любви дают мне право на это. Я соглашаюсь, что вначале, когда Вера Николаевна была еще барышней, я писал ей глупые письма и даже ждал на них ответа. Я соглашаюсь с тем, что мой последний поступок... именно посылка браслета была еще большей глупостью. Но... вот я вам прямо гляжу в глаза и чувствую, что вы меня поймете. Я знаю, что не в силах разлюбить ее никогда... Скажите, князь... предположим, что вам это неприятно... скажите, что бы вы сделали для того, чтоб оборвать это чувство? Выслать меня в другой город, как сказал Николай Николаевич? Все равно и там так же я буду любить Веру Николаевну, как здесь. Заключить меня в тюрьму? Но и там я найду способ дать ей знать о моем существовании. Остается только одно — смерть... Вы хотите, я приму ее в какой угодно форме.

— Мы вместо дела разводим какую-то мелодекламацию, — сказал Николай Николаевич, надевая шляпу. — Вопрос очень короток: вам предлагают одно из двух: либо вы совершенно отказываетесь от преследования княгини Веры Николаевны, либо, если на это вы не согласитесь, мы примем меры, которые нам позволят наше положение, знакомство и так далее.

Но Желтков даже не поглядел на него, хотя и слышал его слова. Он обратился к князю Василию Львовичу и спросил:

— Вы позволите мне отлучиться на десять минут? Я от вас не скрою, что пойду говорить по телефону с княгиней Верой Николаевной. Уверяю вас, что все, что возможно будет вам передать, я передам.

— Идите, — сказал Шеин.

Когда Василий Львович и Тугановский остались вдвоем, то Николай Николаевич сразу набросился на своего шурина.

— Так нельзя! — кричал он, делая вид, что бросает правой рукой на землю от груди какой-то невидимый предмет. — Так положительно нельзя. Я тебя предупреждал, что всю деловую часть разговора я беру на себя. А ты раскис и позволил ему распространяться о своих чувствах. Я бы это сделал в двух словах.

— Подожди, — сказал князь Василий Львович, — сейчас все это объяснится. Главное, это то, что я вижу его лицо, и я чувствую, что этот человек не способен обманывать и лгать заведомо. И правда, подумай, Коля, разве он виноват в любви и разве можно управлять таким чувством, как любовь, — чувством, которое до сих пор еще не нашло себе истолкователя. — Подумав, князь сказал: — Мне жалко этого человека. И мне не только что жалко, но вот я чувствую, что присутствую при какой-то громадной трагедии души, и я не могу здесь паясничать.

— Это декадентство, — сказал Николай Николаевич.

Через десять минут Желтков вернулся. Глаза его блестели и были глубоки, как будто наполнены непролитыми слезами. И видно было, что он совсем забыл о светских приличиях, о том, кому где надо сидеть, и перестал держать себя джентльменом. И опять с больной, нервной чуткостью это понял князь Шеин.

— Я готов, — сказал он, — и завтра вы обо мне ничего не услышите. Я как будто бы умер для вас. Но одно условие — это я *вам* говорю, князь Василий Львович, — видите ли, я растратил казенные деньги, и мне как-никак приходится из этого города бежать. Вы позволите мне написать еще последнее письмо княгине Вере Николаевне?

— Нет. Если кончил, так кончил. Никаких писем, — закричал Николай Николаевич.

— Хорошо, пишите, — сказал Шеин.

— Вот и все, — произнес, надменно улыбаясь, Желтков. — Вы обо мне более не услышите и, конечно, больше никогда меня не увидите. Княгиня Вера Николаевна совсем не хотела со мной говорить. Когда я ее спросил, можно ли мне остаться в городе, чтобы хотя изредка ее видеть, конечно не показываясь ей на глаза, она ответила: «Ах, если бы вы знали, как мне надоела вся эта история. Пожалуйста, прекратите ее как можно скорее». И вот я прекращаю всю эту историю. Кажется, я сделал все, что мог?

Вечером, приехав на дачу, Василий Львович передал жене очень точно все подробности свидания с Желтковым. Он как будто бы чувствовал себя обязанным сделать это.

Вера хотя была встревожена, но не удивилась и не пришла в замешательство. Ночью, когда муж пришел к ней в постель, она вдруг сказала ему, повернувшись к стене:

— Оставь меня, — я знаю, что этот человек убьет себя.

XI

Княгиня Вера Николаевна никогда не читала газет, потому что, во-первых, они ей пачкали руки, а во-вторых, она никогда не могла разобраться в том языке, которым нынче пишут.

Но судьба заставила ее развернуть как раз тот лист и натолкнуться на тот столбец, где было напечатано:

«Загадочная смерть. Вчера вечером, около семи часов, покончил жизнь самоубийством чиновник контрольной палаты Г. С. Желтков. Судя по данным следствия, смерть покойного произошла по причине растраты казенных денег. Так, по крайней мере, самоубийца упоминает в своем письме. Ввиду того что показаниями свидетелей установлена в этом акте его личная воля, решено не отправлять труп в анатомический театр».

Вера думала про себя:

«Почему я это предчувствовала? Именно этот трагический исход? И что это было: любовь или сумасшествие?»

Целый день она ходила по цветнику и по фруктовому саду. Беспокойство, которое росло в ней с минуты на минуту, как будто не давало ей сидеть на месте. И все ее мысли были прикованы к тому неведомому человеку, которого она никогда не видела и вряд ли когда-нибудь увидит, к этому смешному Пе Пе Же.

«Почем знать, может быть, твой жизненный путь пересекла настоящая, самоотверженная, истинная любовь», — вспомнились ей слова Аносова.

В шесть часов пришел почтальон. На этот раз Вера Николаевна узнала почерк Желткова и с нежностью, которой она в себе не ожидала, развернула письмо.

Желтков писал так:

Я не виноват, Вера Николаевна, что Богу было угодно послать мне, как громадное счастье, любовь к Вам. Случилось так, что меня не интересует в жизни ничто: ни политика, ни наука, ни философия, ни забота о будущем счастье людей — для меня вся жизнь заключается только в Вас. Я теперь чувствую, что каким-то неудобным клином врезался в Вашу жизнь. Если можете, простите меня за это. Сегодня я уезжаю и никогда не вернусь, и ничто Вам обо мне не напомнит.

Я бесконечно благодарен Вам только за то, что Вы существуете. Я проверял себя — это не болезнь, не маниакальная идея. Это любовь, которою Богу было угодно за что-то меня вознаградить.

Пусть я был смешон в Ваших глазах и в глазах Вашего брата, Николая Николаевича. Уходя, я в восторге говорю: «Да святится имя Твое».

Восемь лет тому назад я увидел Вас в цирке, в ложе, и тогда же в первую секунду я сказал себе: я ее люблю потому, что на свете нет ничего похожего на нее, нет ничего лучше, нет ни зверя, ни растения, ни звезды, ни человека прекраснее Вас и нежнее. В Вас как будто бы воплотилась вся красота земли...

Подумайте, что мне нужно было делать? Убежать в другой город? Все равно сердце было всегда около Вас, у Ваших ног, каждое мгновение дня заполнено Вами, мыслью о Вас, мечтами о Вас... сладким бредом. Я очень стыжусь и мысленно краснею за мой дурацкий браслет, — ну, что же? — ошибка. Воображаю, какое он впечатление произвел на Ваших гостей.

Через десять минут я уеду, я успею только наклеить марку и опустить письмо в почтовый ящик, что-

бы не поручать этого никому другому. Вы это письмо сожгите. Я вот сейчас затопил печку и сжигаю все самое дорогое, что было у меня в жизни: ваш платок, который, я признаюсь, украл. Вы его забыли на стуле на балу в Благородном собрании. Вашу записку, — о, как я ее целовал, — ею Вы запретили мне писать Вам. Программу художественной выставки, которую Вы однажды держали в руке и потом забыли на стуле при выходе... Кончено. Я все отрезал, но все-таки думаю и даже уверен, что Вы обо мне вспомните. Если Вы обо мне вспомните, то... я знаю, что Вы очень музыкальны, я Вас видел чаще всего на бетховенских квартетах, — так вот, если Вы обо мне вспомните, то сыграйте или прикажите сыграть сонату D-dur № 2, ор. 2.

Я не знаю, как мне кончить письмо. От глубины души благодарю Вас за то, что Вы были моей единственной радостью в жизни, единственным утешением, единой мыслью. Дай Бог Вам счастья, и пусть ничто временное и житейское не тревожит Вашу прекрасную душу. Целую Ваши руки.

Г. С. Ж.

Она пришла к мужу с покрасневшими от слез глазами и вздутыми губами и, показав письмо, сказала:

— Я ничего от тебя не хочу скрывать, но я чувствую, что в нашу жизнь вмешалось что-то ужасное. Вероятно, вы с Николаем Николаевичем сделали что-нибудь не так, как нужно.

Князь Шеин внимательно прочел письмо, аккуратно сложил его и, долго помолчав, сказал:

— Я не сомневаюсь в искренности этого человека, и даже больше, я не смею разбираться в его чувствах к тебе.

— Он умер? — спросила Вера.

— Да, умер, я скажу, что он любил тебя, а вовсе не был сумасшедшим. Я не сводил с него глаз и видел каждое его движение, каждое изменение его лица. И для него не существовало жизни без тебя. Мне казалось, что я присутствую при громадном страдании, от которого люди умирают, и даже почти понял, что передо мною мертвый человек. Понимаешь, Вера, я не знал, как себя держать, что мне делать...

— Вот что, Васенька, — перебила его Вера Николаевна, — тебе не будет больно, если я поеду в город и погляжу на него?

— Нет, нет, Вера, пожалуйста, прошу тебя. Я сам поехал бы, но только Николай испортил мне все дело. Я боюсь, что буду чувствовать себя принужденным.

XII

Вера Николаевна оставила свой экипаж за две улицы до Лютеранской. Она без большого труда нашла квартиру Желткова. Навстречу ей вышла сероглазая старая женщина, очень полная, в серебряных очках, и так же, как вчера, спросила:

— Кого вам угодно?

— Господина Желткова, — сказала княгиня.

Должно быть, ее костюм — шляпа, перчатки — и несколько властный тон произвели на хозяйку квартиры большое впечатление. Она разговорилась.

— Пожалуйста, пожалуйста, вот первая дверь налево, а там... сейчас... Он так скоро ушел от нас. Ну, скажем, растрата. Сказал бы мне об этом. Вы знаете, какие наши капиталы, когда отдаешь квартиры внаем холостякам. Но какие-нибудь шестьсот — семьсот рублей я бы могла собрать и внести за него. Если бы вы знали, что это был за чудный человек, пани. Восемь лет я его держала на квартире, и он казался мне совсем не квартирантом, а родным сыном.

Тут же в передней был стул, и Вера опустилась на него.

— Я друг вашего покойного квартиранта, — сказала она, подбирая каждое слово к слову. — Расскажите мне что-нибудь о последних минутах его жизни, о том, что он делал и что говорил.

— Пани, к нам пришли два господина и очень долго разговаривали. Потом он объяснил, что ему предлагали место управляющего в экономии. Потом пан Ежий побежал до телефона и вернулся такой веселый. Затем эти два господина ушли, а он сел и стал писать письмо. Потом пошел и опустил письмо в ящик, а потом мы слышим, будто бы из детского пистолета выстрелили. Мы никакого внимания не обратили. В семь часов он всегда пил чай. Лукерья — прислуга — приходит и стучится, он не отвечает, потом еще раз, еще раз. И вот должны были взломать дверь, а он уже мертвый.

— Расскажите мне что-нибудь о браслете, — приказала Вера Николаевна.

— Ах, ах, ах, браслет — я и забыла. Почему вы знаете? Он, перед тем как написать письмо, пришел ко мне и сказал: «Вы католичка?» Я говорю: «Католичка». Тогда он говорит: «У вас есть милый обычай — так он и сказал: милый обычай — вешать на изображение Матки Боски кольца, ожерелья, подарки. Так вот исполните мою просьбу: вы можете этот браслет повесить на икону?» Я ему обещала это сделать.

— Вы мне его покажете? — спросила Вера.

— Прóшу, прóшу, пани. Вот его первая дверь налево. Его хотели сегодня отвезти в анатомический театр, но у него есть брат, так он упросил, чтобы его похоронить по-христианску. Прóшу, прóшу.

Вера собралась с силами и открыла дверь. В комнате пахло ладаном и горели три восковые свечи.

Наискось комнаты лежал на столе Желтков. Голова его покоилась очень низко, точно нарочно ему, трупу, которому все равно, подсунули маленькую мягкую подушку. Глубокая важность была в его закрытых глазах, и губы улыбались блаженно и безмятежно, как будто бы он перед расставаньем с жизнью узнал какую-то глубокую и сладкую тайну, разрешившую всю человеческую его жизнь. Она вспомнила, что то же самое умиротворенное выражение она видела на масках великих страдальцев — Пушкина и Наполеона.

— Если прикажете, пани, я уйду? — спросила старая женщина, и в ее тоне послышалось что-то чрезвычайно интимное.

— Да, я потом вас позову, — сказала Вера и сейчас же вынула из маленького бокового кармана кофточки большую красную розу, подняла немного вверх левой рукой голову трупа, а правой рукой положила ему под шею цветок.

В эту секунду она поняла, что та любовь, о которой мечтает каждая женщина, прошла мимо нее. Она вспомнила слова генерала Аносова о вечной исключительной любви — почти пророческие слова. И, раздвинув в обе стороны волосы на лбу мертвеца, она крепко сжала руками его виски и поцеловала его в холодный, влажный лоб долгим дружеским поцелуем.

Когда она уходила, то хозяйка квартиры обратилась к ней льстивым польским тоном:

— Пани, я вижу, что вы не как все другие, не из любопытства только. Покойный пан Желтков перед смертью сказал мне: «Если случится, что я умру и придет поглядеть на меня какая-нибудь дама, то скажите ей, что у Бетховена самое лучшее произведение...» — он даже нарочно записал мне это. Вот поглядите...

— Покажите, — сказала Вера Николаевна и вдруг заплакала. — Извините меня, это впечатление смерти так тяжело, что я не могу удержаться.

И она прочла слова, написанные знакомым почерком: «L. van Beethoven. Son. № 2, op. 2. Largo Appassionato».

XIII

Вера Николаевна вернулась домой поздно вечером и была рада, что не застала дома ни мужа, ни брата.

Зато ее дожидалась пианистка Женни Рейтер, и, взволнованная тем, что она видела и слышала, Вера кинулась к ней и, целуя ее прекрасные большие руки, закричала:

— Женни, милая, прошу тебя, сыграй для меня что-нибудь, — и сейчас же вышла из комнаты в цветник и села на скамейку.

Она почти ни одной секунды не сомневалась в том, что Женни сыграет то самое место из Второй сонаты, о котором просил этот мертвец с смешной фамилией Желтков.

Так оно и было. Она узнала с первых аккордов это исключительное, единственное по глубине произведение. И душа ее как будто бы раздвоилась. Она единовременно думала о том, что мимо нее прошла большая любовь, которая повторяется только один раз в тысячу лет. Вспомнила слова генерала Аносова и спросила себя: почему этот человек заставил ее слушать именно это бетховенское произведение, и еще против ее желания? И в уме ее слагались слова. Они так совпадали в ее мысли с музыкой, что это были как будто бы куплеты, которые кончались словами: «*Да святится имя Твое*».

«Вот сейчас я вам покажу в нежных звуках жизнь, которая покорно и радостно обрекла себя на мучения, страдания и смерть. Ни жалобы, ни упрека, ни боли самолюбия я не знал. Я перед тобою — одна молитва: *„Да святится имя Твое"*.

Да, я предвижу страдание, кровь и смерть. И думаю, что трудно расстаться телу с душой, но, Прекрасная, хвала тебе, страстная хвала и тихая любовь. *„Да святится имя Твое"*.

Вспоминаю каждый твой шаг, улыбку, взгляд, звук твоей походки. Сладкой грустью, тихой, прекрасной грустью обвеяны мои последние воспоминания. Но я не причиню тебе горя. Я ухожу один, молча, так угодно было Богу и судьбе. *„Да святится имя Твое"*.

В предсмертный печальный час я молюсь только тебе. Жизнь могла бы быть прекрасной и для меня. Не ропщи, бедное сердце, не ропщи. В душе я призываю смерть, но в сердце полон хвалы тебе: *„Да святится имя Твое"*.

Ты, ты и люди, которые окружали тебя, все вы не знаете, как ты была прекрасна. Бьют часы. Время. И, умирая, я в скорбный час расставания с жизнью все-таки пою — слава Тебе.

Вот она идет, все усмиряющая смерть, а я говорю — слава Тебе!..»

Княгиня Вера обняла ствол акации, прижалась к нему и плакала. Дерево мягко сотрясалось. Налетел легкий ветер и, точно сочувствуя ей, зашелестел листьями. Острее запахли звезды табака... И в это время удивительная музыка, будто бы подчиняясь ее горю, продолжала:

«Успокойся, дорогая, успокойся, успокойся. Ты обо мне помнишь? Помнишь? Ты ведь моя единая и последняя любовь. Успокойся, я с тобой. Подумай обо мне, и я буду с тобой, потому что мы с тобой любили друг друга только одно мгновение, но навеки. Ты обо мне помнишь? Помнишь? Помнишь? Вот я чувствую твои слезы. Успокойся. Мне спать так сладко, сладко, сладко».

Женни Рейтер вышла из комнаты, уже кончив играть, и увидала княгиню Веру, сидящую на скамейке всю в слезах.

— Что с тобой? — спросила пианистка.

Вера, с глазами, блестящими от слез, беспокойно, взволнованно стала целовать ей лицо, губы, глаза и говорила:

— Нет, нет, — он меня простил теперь. Все хорошо.

Рассказы

ЛУННОЙ НОЧЬЮ

Июльская теплая ночь еще не начинала свежеть, а в воздухе уже чувствовалась близость зари. Мы с Гамовым шли в ногу, тем скорым, эластически-широким шагом, который вырабатывается после третьей версты; ни он, ни я, по обыкновению, не говорили ни слова, но я чувствовал, что мой спутник волнуется и хочет заговорить со мною.

Каждую субботу мы встречались с ним на даче у Елены Александровны и вместе оттуда возвращались пешком в Москву. На этих вечерах его присутствие почти не было заметно. Маленький, тщедушный, весь обросший черными волосами, прямыми и жесткими; с короткой, чуточку рыжеватой бородой, начинающейся под самыми глазами; всегда наглухо застегнутый и всегда немного унылый, — он был самым типичным учителем математики из всех, которых я когда-либо встречал. Странно то, что даже на глаза его никто не обращал внимания, и я сам разглядел их в первый раз только в тот вечер, о котором идет речь. А между тем это были удивительные глаза: большие, черные, постоянно грустные, *точно у раненого оленя*; на женском лице они заставили бы забыть об уродливости прочих черт, некрасивость же мужского лица делала их незаметными.

На вечерах у Елены Александровны он сидел на террасе, заткнанной диким виноградом, в самом дальнем углу. До сих пор, когда я вижу вечером освещаемую лампой зелень с ее мертвенным, жидким цветом, я не могу не вспомнить при этом лица и понурой фигуры Гамова. Мне всегда казалось, что его душа обременена крупным невысказанным горем.

По мере того как приходило время прощаться, я начинал чувствовать на себе его просящий взгляд. Случалось, с шапкой в руках, я заговаривался еще на полчаса, совсем позабыв о Гамове. Он молча стоял рядом, не напоминая ни одним звуком о своем присутствии, и только когда я уже окончательно собирался уходить, он постоянно одним и тем же, неизменно-робким тоном предлагал себя в спутники. До сих пор мне неизвестно: пользовался ли я его особой симпатией, или просто он считал меня физически сильнее моих товарищей.

Пролесок, которым мы до сих пор шли, кончился. Перед нами открылось ровное, без одного кустика, осеребренное луною поле, сливавшееся вдали с безоблачным куполом неба. Мы свернули с дороги на росистую траву, заглушавшую шум наших шагов, и я стал поневоле чутко прислушиваться и приглядываться к ночи. Где-то, очень далеко, всполохнулась и завозилась в кусте птичка, чирикнув, точно сквозь сон, два раза; по ветру еле-еле донеслось звонкое, тревожное ржание жеребенка. По траве низко стлались седые клочья тумана; они пропадали из глаз и окутывали нас сыростью, когда мы подходили к ним ближе. В воздухе пахло скошенным сеном, медом и росою.

Ночью, в открытом поле, при назойливо-ярком свете луны, все чувства приобретают какую-то странную, тонкую восприимчивость. Мне мало-помалу начало сообщаться нервное настроение моего спутника; я попробовал было запеть, но сам испугался того напряженного, фальшивого звука, который издало мое горло.

Я почувствовал на своем лице, сбоку, пристальный взгляд Гамова и повернул к нему голову; он, по-видимому, дожидался этого движения.

— Скажите, пожалуйста, — произнес он своим, по обыкновению, вежливым и немного робким тоном, — вы изволили слышать сегодняшние разговоры?

Разговор в этот вечер шел о привидениях, предчувствиях, таинственных дамах в белом и храбрых студентах и офицерах, — один из обыкновенных дачных разговоров.

— Конечно, все это ерунда, — продолжал Гамов, не ожидая моего ответа, — и говорилось больше для забавы. Но я заметил, что вы не принимали участия в этом разговоре, и потому, смею думать, можете отнестись серьезно к волнующему меня вопросу.

«Эге! — подумал я. — Похоже на то, что готовится излияние чувствительной души».

— Скажите мне... Впрочем, если вам смешно, вы, конечно, можете не отвечать... Боитесь вы чего-нибудь?

Мне показалось, что он сразу побледнел, предлагая этот вопрос, и я тогда же заметил красоту и печальное выражение его глаз, казавшихся еще чернее и еще больше на лице, освещенном луною.

— Я, впрочем, не то спрашиваю. Не бояться нельзя, потому что все это от нервов. Но что для вас страшнее всего? Чего бы вы не могли забыть в продолжение всей вашей жизни?

Я по опыту знал, как взвинчивают воображение такие разговоры, и ответил с намерением сухо:

— По правде сказать, я больше всего боюсь маленьких зеленых лягушек.

— Простите, я не знал, что вам этот разговор неприятен, — сказал Гамов и понурил покорно голову.

Мне стало тотчас же жалко, что я на его учтивый и серьезный вопрос отвечал шутовством. Я начал вывертываться.

— Помилуйте, отчего же? Все равно молча идти скучно. Только я хотел сказать, что у меня нервы крепкие и своим воображением я владею настолько, что, мне кажется, сумею не поддаться никакому страху.

Когда Гамов опять заговорил ровным, глухим голосом, то я заметил странную особенность его речи. Он часто переводил дух, но забирал очень мало воздуха и как будто бы захлебывался. Поэтому фразы у него выходили короткими, отрывистыми, а конец их был еле слышен. Вероятно, это происходило от какой-нибудь грудной болезни.

— А я, голубчик, очень многого, почти всего боюсь. Когда я был еще ребенком, меня пугали буками разными, трубочистами, ну, знаете, чем вообще детей пугают. А я был мальчишка очень нервный, восприимчивый. Должно быть, страх-то на всю жизнь во мне и засел. Поверите ли, я дошел до наслаждения страхом, и когда мной овладевает припадок этой подлой робости, я стараюсь еще больше себя расстроить... Возьмите вы, например, самую невинную вещь: лунные ночи. Разве они не ужасны! Холодный свет, не то белый, не то синеватый, именно мертвый... Мертвая, одинокая луна, лишенная жизни и воздуха... мириады серебряных точек... И земля, такая же точка, песчинка, несущаяся в вечный мрак... Ужасно! Все, все мне говорит яснее, что я умру, погибну в одно прекрасное время и что моя смерть необходима для какого-то неумолимо-точного мирового закона... Ужасно!..

Он помолчал секунд десять, часто дыша, и потом продолжил:

— Вдвоем еще ничего. А вот когда один идешь, да в таком ровном поле, как теперь, вот тогда напрягаются все чувства. Смотрите, как этот фальшивый свет сгладил все неровности, точно скатерть — поле, и, кажется, конца ему нет... А я иду один и думаю, что нет кругом на целые сотни верст, кроме меня, ни одного живого существа. И откуда ни посмотри, отовсюду меня видно; захоти я спрятаться, так некуда. Но едва я это подумаю, мне уже кажется, что на меня в самом деле смотрят невидимые для меня глаза, смотрят отовсюду, куда я только ни повернусь. И спереди, и с боков, и сзади... Всего страшнее, что сзади: так и тянет обернуться. А сердце стучит, так стучит, что и этому «невидимому», наверное, слышно, волосы на голове шевелятся... ужас, точно холод, все тело охватывает...

Последние слова он не произнес, а точно выкрикнул внезапно зазвеневшим горловым голосом. Нервная дрожь пробежала у меня по спине, но я не остановил Гамова, хотя и чувствовал, что он сейчас разойдется. Мною овладело любопытство.

— Всего же, всего страшнее для меня, — в голосе Гамова послышался оттенок таинственности, — это человек. О! Не тот человек, что преграждает вам дорогу на перекрестке и хватает вас за горло... Это очень просто: ему хочется есть и не хочется работать. Я мужчина и силу сумею отразить силой. Меня, — и голос Гамова вдруг понизился до шепота, — меня пугает то, что в каждом из нас есть одна темная, закрытая для всех наблюдений, ужасная сторона. Я должен начать издалека. Вам не скучно, что я так много говорю?

— Нет, нет, пожалуйста. Мне очень интересно...

— Случалось вам видеть во сне, будто вы сдаете трудный экзамен? Вам задают вопрос, и вы на него никак не можете ответить. Вы усиленно думаете, ломаете голову, но ответ, как нарочно, не идет на ум. Тогда учитель обращается к одному из ваших товарищей, тот отвечает самым правильным и блестящим образом, и вам становится стыдно за ваше незнание. Случалось это с вами?

— Не помню, — отвечал я, еще не понимая, к чему клонит речь Гамов. — Во всяком случае, если я этого самого не видал, то видал подобное. Я понимаю, что вы хотите выразить.

— Понимаете? Ну, и прекрасно. Дальше. Вам, наверное, приходилось когда-нибудь идти по полю и глубоко задуматься. Так задуматься, что, спроси вас, по какой местности вы шли, вы не сумели бы ответить. А между тем вы старательно переступали ямы, обходили грязные места и ни разу не упали. А? Отчего это? И много, много таких явлений... Я из них вывел одну, очень странную теорию...

Он посмотрел на небо, на слабо мерцающие звезды и помолчал.

— Я, видите ли, думаю, что человеку присущи две воли. Одна — сознательная. Этой волей я ежечасно, ежеминутно управляю своими действиями и постоянно сознаю в себе ее присутствие. Ну, одним словом, она есть то, что всякий привык понимать под именем воли. А другая воля — бессознательная; она в некоторых случаях распоряжается человеком совершенно без его ведома, иногда даже против его желания. Человек ее не понимает и не сознает в себе. Во сне на экзамене отвечает ваш товарищ. Но ведь товарища-то на самом деле нет, отвечаете вы же, и вы же удивляетесь тому, что говорите. Видите, какая двойственность? Даже теперь вот, в настоящую секунду: вы идете, переставляете ноги, махаете руками. Но ведь вы о ваших руках и ногах даже и думать позабыли, потому что заняты разговором. Кто же ими двигает, если не эта вторая, бессознательная воля? А гипнотизм, когда один субъект, против желания, подчиняется приказаниям другого? И много, много... Понимаете вы хоть немного мою мысль?

Глядя на меня своими грустными большими глазами, он как будто бы извинялся за этот странный разговор.

— Понимаю отчасти, — отвечал я неопределенно.

— Так вот этой самой таинственной области в человеке я и боюсь, — продолжал Гамов, опять понижая свой голос до шепота. — Раз эта вторая воля есть, есть и физический орган, который наряду со всеми прочими органами подвержен болезням. Только человек ничего об этой воле не знает и болезни своей не чувствует: в этом самое страшное. Лунатики, сумасшедшие, преступники с наследственными влечениями, бесноватые, одержимые противоестественными похотями, эпилептики — все это несчастные, у которых так дико, так неожиданно, так ужасно проявляются их болезни, все они страдают одним и тем же: расстройством их второй воли. Главное — неожиданно и совершенно непонятно. Я боюсь самого себя, боюсь вас, боюсь всякого... Ну вот, например, мы с вами идем, а я вдруг останавливаюсь, беру вас за рукав (Гамов действительно дотронулся до моего рукава, отчего по моему телу пробежала какая-то брезгливая дрожь) и ни с того ни с сего, молча, делаю страшную, отвратительную гримасу?.. Разве это не страшно? Особенно ночью, в поле, один на один?

Я с болезненным любопытством поглядел в лицо Гамову. Я почувствовал, что, сделай он в самом деле сейчас гримасу, — я с ужасом, но в ту же секунду повторил бы ее на своем лице. От одной этой мысли мне стало холодно, но, к счастью, гримасы Гамов не сделал.

Мы подходили к тому месту, где дорога разветвлялась на две: одна вела в Москву, а другая — в один из загородных парков. На перекрестке росли две корявые березы.

— Есть у вас папиросы? — спросил Гамов. — У меня все вышли.

Мы остановились на перекрестке, и он стал закуривать. Закуривал он торопливо, и я подумал, что ему пришла в голову еще какая-то мысль. Действительно, затянувшись поспешно несколько раз подряд, он опять заговорил:

— Известен вам тот странный факт, что убийцу влечет к месту преступления? Это, конечно, давно избито и заезжено, но зато еще раз подтверждает мою, вероятно, нелепую теорию. Вы подумайте только: ведь сознательно убийца ни за что не пошел бы. Это и неблагоразумно, и мучительно, и, наконец, совсем не нужно. Однако он идет, идет и идет, и потом ни за что не скажет, почему пришел... Ну, что вы на это скажете?

Я не знал, чем ответить, кроме неопределенного мычания; мне становилось неловко. Когда Гамов снова торопливо затянулся несколько раз подряд — его лицо, то освещаемое огнем папиросы, с длинными тенями от носа и бровей, то опять тонувшее в темноте, показалось мне страшным. К сожалению, я не мог теперь его остановить, потому что чувствовал себя не в силах сделать это.

Предрассветный легкий ветерок тронул листья в верхушке березы, под которой мы стояли, и они затрепетали с тревожным шумом. Гамов с силою швырнул недокуренную папиросу об землю и кинул на меня беспокойный взгляд.

— Да вот, например, что. Вообразите, что вы идете не со мной, а с кем-нибудь другим, при совершенно таких же обстоятельствах и после такого же разговора, какой был у нас с вами. Точно так же, как и сейчас, вы останавливаетесь под этими самыми березами... И вдруг ваш спутник, обыкновенно молчаливый и робкий на вид, начинает рассказывать, как он два года тому назад на этом, на вот этом самом месте... — Гамов показал пальцем перед собой; голос его ослабевал и обрывался, — убил женщину... И, главное, вы видите, что он не шутит, потому что сообщает такие мелочные, такие тонкие и своеобразные подробности, каких ни один психологический писатель не придумает... Ну, хоть вот так...

Гамов задумывается, как будто бы что-то припоминая. Давешний ужас опять прополз у меня по спине своими мохнатыми лапами...

— Я все это очень умно устроил (я говорю от имени этого вашего знакомого). Представьте себе: ни отец, ни мать не знали, что она со мной знакома. О! Даже больше: она меня ненавидела, питала ко мне отвращение, как к гадине, но я все-таки сумел овладеть ее волей и воображением до невероятной степени. Если я в полдень проходил мимо ее окна, она уж непременно выходила перед вечером на Тверской бульвар. Это условный знак у нас был такой (видите, какая мелкая подробность). Покорность такая была оттого, что я случайно проник в ее тайну, очень простую тайну: эта девушка имела ребенка. У меня в руках находились вещественные доказательства, а девушка эта была единственным утешением нежных родителей, да, кроме того, сюда и патрицианская гордость примешивалась. Да, черт! Много было подробностей. (Заметьте, все это вам говорит ваш предполагаемый знакомый.) И все это я сумел одеть некоторым туманным покровом таинственности... Шантаж, вы хотите сказать? Вот именно, именно шантаж; самое подходящее слово, хотя все это делалось не из-за выгоды материальной, а потому что ваш знакомый девушку любил, как сорок тысяч... и так далее... Таким образом, я ей приказал однажды летом прийти на определенное место; мы взяли извозчика и поехали за город на дачу. Дача-то, конечно, была пустым предлогом: мы там никого не застали. Пришлось возвращаться назад пешком, вот как теперь мы с вами. Даже ночь была такая же лунная, теплая и душистая... Только теперь, — Гамов вынул из кармана часы и посмотрел на них, близко поднеся к глазам, — пять минут четвертого, а тогда мы подошли к перекрестку не позже как в половине второго...

Понимаете? Я ее любил! Она была изумительно хороша, изумительно! Что-то в ней было страстное, непокорное и очень сильное: как женщина, она обещала бездну наслаждения. Она была выше меня ростом, гибкая, с высокой талией и маленьким бюстом, точно у классической богини, с сильными маленькими руками. Ее пышная натура особенно сказывалась в волосах. Эти золотые, нежные волосы, местами цвета спелого ореха, просто мешали ей. Они не слушались прически и лезли ей на глаза; у нее была милая, грациозная привычка откидывать их назад быстрым движением головы. Это была необыкновенная женщина!

Вы не испытывали никогда этого захватывающего дух сладострастия, когда сознаешь, что любимая тобой женщина, которая тебя презирает, находится в твоих руках и ты ее можешь взять силой? Верно, не испытывали? А у меня в кармане был американский револьвер Мервинга, и каждый раз, опуская руку в правый карман пальто и ощущая холод металлического дула, я думал, что если здесь выстрелить, то ни одна душа не услышит. И каждый раз мне хотелось потянуться от какого-то чертовски сладкого предчувствия... Здесь ваш знакомый кстати сообщит вам еще одну деталь: револьвер он взял из того расчета, что от него, во всяком случае, меньше крови...

Боже мой! Какое это наслаждение! Говорить ей о любви, грозить убить ее, вымогать у нее ласки с револьвером у виска! Ах, это необъяснимое сладострастие... Но знаете... — Гамов вдруг остановился и хрипло, растянуто засмеялся; я не мог пошевельнуться, — все это, конечно, к примеру... Знаете, что она сделала, когда я вот на этом месте, где мы теперь стоим с вами, приставил к ее виску револьвер и грубо, ну так грубо, как разве может только пьяный солдат, потребовал, чтобы она мне отдалась? Знаете, что она сделала? Она расхохоталась и назвала меня трусом, неспособным даже на такую подлость. И не то что расхохоталась искусственно, а на самом деле, громко, презрительно так... О, как она была великолепна в эту минуту и как я сознавал свою собственную мерзость... Но мне было все равно... Я сказал, что сию секунду выстрелю; она не шевельнулась ни одним мускулом и все продолжала смеяться. Глаза у нее стали большие и дерзкие... Я едва надавил собачку... у меня пальцы обессилели и затерпли губы... Мысль работала страшно сильно. Я все испытывал себя: могу или не могу? Мне как будто бы интересно было: сильно нужно нажать, чтобы выстрелить? Я жал потихоньку, а со стороны точно сам за собою наблюдал... И вдруг ее лицо вспыхнуло... По долине грохот какой-то дробный прокатился. Я сначала ничего не понимал... И какая подробность чудовищная мне в память успела врезаться: когда ее лицо осветилось, я еще успел на нем разглядеть улыбку!..

Когда я к ней нагнулся, ее висок и часть лба были в крови. Кровь была лужей и на земле, а на ее поверхности какие-то беловатые жирные струйки... Не знаю, может быть, мне это и показалось. Одна прядь ее золотых волос прилипла к ране. Эта подробность у меня несколько месяцев не выходила из головы: все хотелось взять и отвести эту прядь осторожненько назад... Смерть гадка, страшна и таинственна... Но стоять возле... созерцать, как молодая, красивейшая женщина, за минуту перед тем смеявшаяся, становится холодной вещью!.. И когда я сам, сам, своими руками произвел это таинственное явление!.. Ужасно!!!

Гамов задыхался. Последние слова он произнес еле слышно, точно в раздумье или в бреду, и закрыл лицо руками. Когда же он отнял руки, то я увидел, что его лицо искажено кривой, измученной улыбкой.

— Ну-с! А знаете, что всего страшнее, мой молодой друг? Всего страшнее то, что я знаю ваши теперешние мысли. Вы думаете, что вся эта история произошла не с вашим выдуманным другом, а с самим Гамовым. А убийцу-то вот и потянуло на самом месте преступления рассказать все первому встречному под видом аллегории, так сказать, заглянуть в пропасть? Ну что, правда? Правда?

Когда он это сказал, я в тот же миг с поразительной ясностью понял ту мысль, которая меня давно уже угнетала и которую я боялся представить себе отчетливее.

Наши глаза встретились и не могли оторваться; наши лица сошлись страшно близко. Ужас нечеловеческий — чудовищный ужас сковал мое тело, сжал ледяной рукой мое горло, сдвинул к затылку кожу на моем черепе. Продлись это состояние еще секунды три — произошло бы что-нибудь нелепое. Может быть, я бросился бы бежать и бежал бы до изнеможения, трясясь и падая. Может быть, мы оба с криком кинулись бы друг на друга, как два диких зверя...

Вдали по дороге послышался стук колес. И я и Гамов одновременно вздохнули всей грудью, точно пробудясь от страшного сна, и отвели глаза.

— Ну, я не знал, что вы такой нервный, — заметил было шутливо Гамов, но я не отвечал ему.

Во всю дорогу мы не сказали друг другу ни слова и разошлись, не подав друг другу руки.

А на востоке уже пылали багряные, желтые и розовые тона. Сизая тяжелая туча одна напоминала об уходящей ночи, но и она кое-где была прорезана тонкими, длинными полосками червонного золота, и края ее играли нежными переливами розового перламутра.

Гамов перестал бывать у Елены Александровны, а я хоть и бывал, но возвращался с ее дачи в Москву другой дорогой.

ПЕРВЫЙ ВСТРЕЧНЫЙ

Ялта, 22 августа, 18** г.

Милостивая государыня!

Нет сомнения, что настоящее письмо удивит вас или даже, может быть, раздосадует. Конечно, ничто не мешает вам бросить его в камин не читая, но во всяком случае я прошу вас прежде поглядеть на конверте штемпель места отправления. Вы увидите, что это письмо писано за две тысячи верст с лишком от вас. Это обстоятельство, в связи с тем, что я открыто подписываю внизу свое имя и фамилию, может вам послужить ручательством, что вы не сделались в данном случае предметом ни мистификации, ни шантажа, ни интриги, ни тем более каких-нибудь безумных надежд с моей стороны.

...Это случилось в Петербурге, ровно четыре года тому назад, 22 августа 18** года. О, даже умирая, я вспомню это число и этот ненастный, мокрый и холодный вечер! В воздухе висел густой туман, и в двадцати шагах глаз ничего не разбирал. Огни электрических фонарей казались издали большими и радужными пятнами. Отовсюду, и справа и слева, слышалось шлепанье невидимых экипажей. Изредка серую мглу быстро прорезали два желтых огненных пятна — это проезжала карета. Где-то с неумолкаемым звоном влачилась конка, но ее не было видно. Я бесцельно бродил по улицам, изредка останавливаясь перед освещенными окнами. Иногда я простаивал перед ними до десяти минут и более, охваченный странным, мечтательным любопытством. Особенно привлекали меня квартиры с богатой обстановкой: с люстрами, коврами, зеркалами, цветами и шелковой мебелью. Я был тогда беден и одинок (как и теперь, впрочем). Мыканье по урокам, жизнь в меблированных комнатах и дешевые обеды подточили мое здоровье, а вечное одиночество сделало меня диким и нелюдимым мечтателем. И вот именно этой-то чудовищной мощи мечты я и был обязан теми наслаждениями, которые я испытывал, стоя перед освещенными окнами незнакомых домов, затерянный среди ночи и тумана и равнодушной суеты столичного города. Я жил двумя жизнями. Днем — робкий и неуклюжий, с ненавистным мне самому лицом, в картонной манишке и в панталонах, висящих внизу бахромой, как шерсть у запущенного пуделя, — днем я заискивал перед швейцарами, тщательно прятал под стул, на котором сидел, свои дырявые сапоги, страдал, когда мне пренебрежительно не подавали руки, и стыдливо избегал людных улиц. Но зато вечером, под моими любимыми окнами — о! вечером я бывал и ловок, и красив, и умен. Я одерживал победы над женщинами и влиял на биржу. Какие у меня были лошади и какой великолепный стол!.. Я входил в эти прекрасные комнаты, освещенные канделябрами и насыщенные теплым ароматом духов и растений: эти комнаты принадлежали мне. Я играл вон с теми тремя стариками аристократического типа в карты, и мы не спеша обменивались важными изысканными выражениями. Я очаровывал общество пением, стоя вон у того раскрытого рояля. Я бывал то мужем, то женихом, то любовником всех этих красивых женщин с размеренными движениями, утопающих в кружевах и полулежащих на причудливо изогнутой мебели. Женщины в такие вечера особенно сильно овладевали моим воображением. А днем я ни за что не осмелился бы сказать любезность простой судомойке.

Впрочем, я отвлекся в сторону. Прошу простить меня за невольное отступление и продолжаю. На углу Литейной и Невского стояла неподвижно около фонаря какая-то неясная, благодаря туману, фигура. Я подошел ближе и остановился в изумлении. Не то поразило меня, что это была женщина, — кто же не знает, как много и каких именно женщин высылают в такую пору на улицы Петербурга легкомыслие, обман и нищета? Но как могла очутиться именно такая женщина, в грязный осенний вечер, на людном городском перепутье и одна, совершенно одна — без спутника, без провожатого или без лакея? Это было для меня так же удивительно и так же непонятно, как если бы зимою среди поля я увидал лежащую на снегу красную розу. В ее высокой фигуре, в позе, в каждой складке ее темного платья чувствовалась женщина высшего света, одна из тех женщин, которых в такой вечер можно увидеть только в тот момент, когда, выйдя из кареты, они торопливо и легко проходят по красному сукну освещенного подъезда между двумя рядами больших растений в кадках, оставляя за собой едва уловимый запах духов. И не я один это чувствовал. Мимо незнакомки, покамест я наблюдал ее, прошло несколько уличных шатунов в подвороченных панталонах и с папиросками в зубах. Но никто не осмелился подойти к ней, ни у одного из них не хватило смелости заговорить с этой женщиной.

Она была, по-видимому, чем-то взволнована. Несколько раз она нетерпеливо повертывала голову то в одну, то в другую сторону и время от времени нервно стучала зонтиком по грязным плитам мостовой.

Сначала я подумал было, что она кого-нибудь дожидается, — конечно, возлюбленного. Но я тут же отбросил эту мысль, вспомнив обстановку адюльтера из бесчисленного множества поглощенных мною французских романов. Там, обыкновенно, la petite baronne de Coussy[1], назначив свидание своему Raymond'у[2], едет сначала в собственной карете, выходит из нее в отдаленном пункте города, затем, отослав кучера, нанимает фиакр и только таким путем попадает наконец в notre petit nid[3], которое с таким вкусом меблировано очаровательным Raymond'ом. Тем более что, если бы она ждала кого-нибудь, она непременно поглядывала бы довольно часто на часы. Но, может быть, она в горе? в нужде? в затруднении?

И вдруг, толкаемый какой-то пружиной, я подошел к незнакомке и приподнял шляпу. От испуга перед собственным поступком я почувствовал, как сердце у меня забилось, а во рту пересохло. Однако я нашел в себе силу, чтобы пролепетать:

— Простите мою смелость, сударыня, но я вижу, что вы находитесь в затруднении... Может, вы заблудились?.. Не могу ли я чем-нибудь служить вам?

Она посмотрела на меня... Нет, не посмотрела, а именно, как говорится в романах, «смерила с ног до головы», смерила долгим и молчаливым взглядом и вдруг произнесла тоном решимости, не поддающимся никакому описанию:

— Вы или другой... все равно!..

И, быстро взяв меня под руку, она прибавила почти повелительно:

— Идемте.

На углу, как раз около того места, где мы разговаривали, стоял извозчик. Я вспомнил о том, что

---

[1] Маленькая баронесса де Кусси *(фр.)*.
[2] Раймонду *(фр.)*.
[3] Наше маленькое гнездышко *(фр.)*.

у меня в кармане болтаются два рубля с мелочью, предназначенные на уплату части квартирного долга.

— Не удобнее ли будет вам поехать на извозчике? — спросил я.

Не отвечая ни слова на мой вопрос, незнакомка поспешно вскочила в пролетку. Я стоял в замешательстве рядом. Она левой рукой подобрала под себя платье и нетерпеливо воскликнула:

— Да садитесь же наконец!

Я поспешно повиновался.

— Куда прикажете? — спросил извозчик, перегибаясь с козел.

— Куда прикажете? — повторил я, как эхо.

Боже мой! Какое прекрасное и гневное лицо вдруг обернулось ко мне.

— Разве мне это не все равно? Куда вы возите этих... — она запнулась и выговорила с брезгливым подчеркиванием, — ...этих, вот этих женщин?

Я велел извозчику ехать прямо. Мы миновали Литейную, миновали еще какую-то улицу. Она молчала, а я, боясь с ней заговорить, недоумело соображал — кто же моя загадочная спутница: морфинистка, безумная или приезжая и обобранная кем-нибудь женщина, не знающая города и оставшаяся без средств? Может быть, она потрясена каким-нибудь слишком сильным горем? Может быть, она потребует в чем-нибудь помочь ей? Но — клянусь Богом — ни одна нехорошая мысль не приходила мне в голову. Несколько раз незнакомка делала жесты, по которым я мог судить о ее нетерпении.

Вдруг она отрывисто спросила:

— Что же, скоро мы приедем?

— Простите меня... я... я, право... я не совсем понял вас... я ведь не знаю, куда вам угодно.

Она со злостью ударила рукой по зонтику.

— Ах, Господи!.. Я вам сказала уже, что не знаю ваших грязных притонов...

В это время мы проезжали мимо вывески. Висевший над ней фонарь позволял прочитать: «Номера Занзибар, помесячно и посуточно».

— Вот гостиница, — сказал я робко.

Она безмолвно наклонила голову и совсем от меня отвернулась. Я остановил извозчика. Дверь на блоке пронзительно и протяжно завизжала. Перед нами круто подымалась узкая деревянная лестница с грязной полотняной дорожкой, а вдоль нее на стене были нарисованы какие-то деревья, около них — барашки.

Пахло щами и керосиновым газом. Я закричал изо всех сил: «Коридорный!» Мне ответил звонкий резонанс, но никто не явился на мой зов. Я оглянулся на свою даму: она не глядела на меня и мне казалось, что она дрожит. Тогда я закричал громче прежнего: «Номерной! Швейцар!»

На этот раз на лестнице показался босой парень, заспанный и опухший, в красной рубахе, выпущенной из-под жилета. Он нехотя спустился до половины лестницы, остановился, почесал одной ногой другую, потом почесал лохматую голову и, не раскрывая слипшихся глаз, спросил сиплым голосом:

— Что нужно?

— Есть номера свободные?

— Есть. Вам большой номер?

— Все равно, только скорее!

Он повернулся и, лениво сказав: «Пожалуйте», стал подыматься вверх. Я в последний раз посмотрел на незнакомку, и как будто бы она на этот вопросительный взгляд с какой-то вызывающей смелостью побежала по ступеням. Я пошел сзади. Она была без калош; уличная грязь забрызгала ее узенькие лакированные туфельки, низ черной юбки и ажурные чулки, и — странно — это мелочное наблюдение наполнило мое сердце невыразимой жалостью...

Босой парень ждал нас у двери номера с огарком в руках.

Мы вошли. Теперь, когда я пишу эти строки, передо мной с беспощадной ясностью восстает пошлая обстановка этого «номера» (как теперь помню — десятого): прямо перед дверью в наклонном положении — круглое зеркало в облупившейся бронзовой раме; под ним диван и два кресла, обитые темным кретоном с большими красными цветами, а между этой мебелью круглый черный стол; направо комод с пыльным графином и стаканом на нем; налево железная складная кровать с голым тощим матрацем; ситцевые темные занавески на окнах. Даже обои я помню: на грязнозеленом фоне повторялся в шахматном порядке все один и тот же рисунок — башня, вода и подъемный мост через воду, а на мосту стоят, взявшись за руки, кавалер и дама в костюмах Louis XIV[1].

Номерной явился следом за нами, держа в руках подушку, а на ней сложенную простыню и серое байковое одеяло с красными каймами. Бросив все это с размаху на кровать, он вытер нос ребром ладони и грубо спросил:

— На время номер берете или на ночь?

Я сделал ему рукой знак, но он продолжал:

— Потому, если на всю ночь, так полиция пашпорт требует, потому — строго зискуется, ежели...

— Выйдите отсюда! — произнесла вдруг незнакомка.

Эти слова были сказаны совершенно спокойно — без раздражения, без аффектации, без величественного презрения, — простым тоном человека, которому никогда не приходила мысль, что его требование

---

[1] Людовика XIV *(фр.)*.

может остаться неисполненным. И такова была сила бессознательной самоуверенности, что наглый парень тотчас же с растерянным видом выскочил за дверь. Мы остались одни. Моя незнакомка стояла до сих пор неподвижно перед комодом, спиною к двери. По-видимому, она никак не могла освоиться с тем отвращением, которое ей внушала эта ужасная комната. Напряженное молчание длилось минуты две или три.

Вдруг она, слегка повернув ко мне свою гордую голову, но не глядя на меня, спросила суровым голосом:

— Вы, конечно, знаете, зачем я с вами сюда приехала?

— Извините, ради Бога, — пролепетал я, заикаясь, — но я... я, право, не могу догадаться...

Она быстрыми шагами подошла почти вплотную ко мне. Эти пылающие темные глаза, эти тонкие брови, сдвинувшиеся посредине лба в гневную складку, невольно заставили меня попятиться.

— Как! Вы не знаете? — воскликнула она, задыхаясь. — Вы не знаете?.. Вы? Вы? Мужчина?.. Лжете!!.

Я не находил ответа на эти злобные, но в то же время и страстные вопросы... и молчал. Незнакомка вдруг сильным движением швырнула зонтик на диван, сбросила шляпу и дрожащими руками стала расстегивать большие перламутровые пуговицы своей кофточки.

— Вы не знаете?.. Тем лучше! — слышал я отрывистые, злобные восклицания. — Тем лучше!.. Ну, так знайте же, что мне был нужен первый встречный... Понимаете ли, первый встречный... то есть — вы, именно вы!.. — выкрикнула она дрожащими губами. — Нужен для того... для того... ха-ха... для того... ха-ха-ха-ха...

И она залилась странным смехом, чистым, тонким и сначала очень тихим. Но потом, становясь все громче и громче, этот смех ужасом отозвался в моей душе.

В нем смешались и хохот, и рыдания, и стоны, и прерывистые вздохи, от которых стройное тело женщины тряслось, вздрагивало и шаталось из стороны в сторону.

Растерявшийся, испуганный, потрясенный почти не менее ее, — я все-таки догадался слегка взять ее за талию и подвести к креслу. Она упала в него, откинув голову назад и закрыв лицо руками. Я отворил окно. Влажный, холодный воздух вторгнулся в комнату. Видя, что это несколько успокоило даму, я налил в стакан воду и предложил ей, говоря при этом какие-то несвязные успокоительные слова. Она отрицательно покачала головой и своей маленькой ручкой в желтой перчатке отстранила мою руку. Однако мало-помалу припадок стал ослабевать, рыдания почти прекратились, и из-под рук, закрывающих лицо, слышались только судорожные вздохи. Потом она совсем затихла, точно собираясь с силами, и вдруг быстро одним толчком поднялась с кресла.

— Пойдемте, — сказала она сухо, и лицо ее приняло прежнее гордое выражение.

Когда мы отошли шагов десять от подъезда, она неожиданно остановилась и, глядя мимо моей головы, холодно сказала:

— Мне все равно, что вы думаете обо всем этом случае... Точно так же, как я не намерена брать с вас слова, чтобы вы никому о нем не рассказывали. Но я требую, чтобы вы не провожали меня и никогда не старались узнать мою фамилию. Слышите?

И вслед за тем, не сказав прощального слова, даже не бросив на меня мимолетного взгляда, она быстро пошла по тротуару. С минуту я видел ее высокую колеблющуюся фигуру. Потом туман скрыл ее.

Весьма вероятно, что для всякого другого описываемое происшествие имело бы смысл интересного приключения, загадочной встречи — и только. Для меня же оно стало громаднейшим событием всей моей жизни. Ничтожное, забытое существо, червяк, нищий, — я, однако, обладаю страшной силой воображения и болезненной мечтательностью. Прекрасная, таинственная женщина завладела мною всецело и навсегда. Первый день я ходил как в бреду. Я не мог разобраться в происшедшем и временами сомневался: не принял ли я за действительность один из моих нелепых снов. Я даже нарочно сходил на ту улицу, чтобы убедиться в существовании незнакомых мне прежде номеров «Занзибар». С каждым днем все сильней и сильней одолевали меня воспоминания. Вспоминать мельчайшие мелочи этого дождливого вечера сделалось для меня наслаждением и потребностью. Я думал о них и днем и ночью, и утром и вечером, и на ходу, и во время еды, и во время занятий, но всего сильнее и ярче представлялись они мне ночью. Я никогда не знал реальной любви с ее радостями, но я слышал и читал о том, с каким нетерпением влюбленные дожидаются момента свидания. Уверяю вас, с таким же нетерпением ждал я того времени, когда можно будет лечь в постель и в темноте, в тишине, прерываемой только тиканьем маятника за стеной, отдаться моим мечтам и воспоминаниям. О, не думайте, чтобы у меня в эти ночи бывало мало работы! Прежде всего мне никак не удавалось вспомнить лицо моей незнакомки. Тысячи других лиц всплывали и проносились перед моими глазами, затмевая это прекрасное лицо. Но я с упорством вызывал именно это лицо и так насиловал свою бедную голову, что она платила мне жестокими болями. И я добился своего. Теперь я знаю каждую линию, самый малейший изгиб этого лица, и никакая фотография не заменит мне моей памяти. Порою я почти осязаю его. Мне кажется даже, что я слышу иногда на своих руках тонкий и нежный запах, оставшийся на них после прикосновения к одежде этой женщины. Потом я начинаю вспоминать последовательность событий. Я кропотливо, шаг за шагом, постоянно возвращаясь назад и перебирая мелочи в уме, восстановляю каждый жест, каждое слово, каждый поворот головы. Это трудно, но возможно. Помните, может быть, как у Мопассана в его «Une vie»[1] героиня линует бумагу на клетки, сообразно с каждым днем своей жизни, и вспоминает ее всю постепенно. С такой же тщательностью и я воскрешаю в уме вечер 22 августа, так что все написанное здесь мною — точно, как истина. Затем я стараюсь проникнуть во внутреннюю сторону событий, заглядываю в возмущенную душу своей незнакомки и освещаю эту темную пропасть. Труднее всего то, что мне приходится идти сомнительным путем. Если бы меня спросили: как поступит такой-то человек, такого-то возраста, такого-то воспитания или среды, при таких-то и таких-то обстоятельствах, — я бы ответил с большей или меньшей уверенностью. Но у меня только и есть данных, что поступок человека, а мне по этому поступку страстно хочется узнать, какая душевная буря толкнула этого человека. И я разбираюсь в тысячный раз в происшедшем. Я знаю, что моя незнакомка горда, страстна, порывиста и смела. Какое же сердечное потрясение выбросило на улицу в грязный осенний вечер эту женщину с аристократическим лицом и повелительным голосом? Несомненно, что это потрясение было сильнее самой смерти, потому что такие гордые натуры умирают легче, чем переносят позор. Стало быть, ей именно позор и был необходим.

О! Я уж понимал теперь горькое и ужасное значение брошенной мне фразы о «первом встречном». Позор для другого — в позоре для самой себя...

---

[1] «Жизнь» (*фр.*).

Отсюда остается только один шаг до вывода, что вся ее сумасбродная выходка была делом нестерпимой ревности и неудавшейся мести. «Око за око, зуб за зуб» — она хотела отплатить тою же монетой, какой получила оскорбление, но — в более полной, более ужасной мере. Потом я мечтал. Фантазия моя рисовала и роскошные сады с журчащими фонтанами, и разбойников, и похищение прекрасной незнакомки, и неожиданного спасителя, и свалившееся на голову с неба богатство... впрочем, стоит ли об этом говорить? Два года я свято исполнял требования незнакомки, да и как я мог узнать ее фамилию или адрес? Но сама судьба совершенно неожиданно указала мне ее. Однажды зимою я проходил по Английской набережной. Из ворот великолепного дома выехала карета, запряженная парою вороных лошадей, и остановилась у подъезда. Из подъезда вышла дама, при виде которой у меня застучало в висках, я должен был схватиться за стену, чтобы не упасть.

...Вы, конечно, не обратили внимания на мою жалкую фигуру в потрепанном пальто и помятой шляпе, а я... я узнал бы вас только по одному волнению, которое, как электрический ток, потрясло мою душу. Я узнал также и ваши гербы на карете, и вашу фамилию, и высокое положение, занимаемое вашим мужем. Я узнал все это совершенно невольно, вовсе не желая проникать в чужую тайну.

Вскоре меня перевезли из Петербурга в то место, из которого я теперь пишу. Уже четыре года отдаляют меня от туманного августовского вечера, но каждая черточка этого необычайного события так же прочно и так же ясно живет в моей душе. Не смейтесь надо мной и не сердитесь, если я, наконец, решаюсь выговорить, что люблю вас. Назовите мою любовь только безумием, потому что по-своему я счастлив и благословляю вас за то, что вы дали мне четыре года в моей жизни, четыре года томительных и блаженных страданий. В любви только надежда и желания составляют настоящее счастье. Удовлетворенная любовь иссякает, а иссякнувши, разочаровывает и оставляет на душе горький осадок... А я люблю без надежд, но все с тем же неугасимым пылом и с тою же нежностью, с тем же безумием. Я — жалкий пария, полюбивший королеву. Разве может быть королеве обидна такая любовь?.. И, наконец, вы можете извинить мое сумасшедшее письмо еще и по другой причине. Я пишу вам из больницы, и сегодня доктор (старый друг моего покойного отца) сказал мне, что жить мне остается не больше месяца. А ведь трудно сердиться на умирающего, особенно если он, стоя на грани этой холодной, черной бездны, посылает вам свое благословение и вечную благодарность.

(Имя и фамилия.)

СИЛЬНЕЕ СМЕРТИ

— Прощай...
— Ах, нет, милый... Не говори: прощай... До свиданья...
— Прощай...
— Значит... никогда?
— Ты сама знаешь... прощай.
— Никогда?

Он не нашел ответа на этот страстный вопрос. Он радовался тому, что уезжал, разрывая наконец эту тягостную трехлетнюю наскучившую связь, но смутное чувство жалости не позволяло ему быть жестоким.

Зазвонил второй звонок.

Сверху, с площадки вагона, он видел ее, стоящую на платформе, такую маленькую и печальную, с таким давно знакомым, грустным лицом, в том же самом давно знакомом платье... И ему припомнился афоризм какого-то остряка: «Часто в любви бегство является победой».

Он сказал с нетерпением:

— К чему нам в сотый раз тревожить одно и то же? Ведь и ты, и я согласились, что разлука неизбежна.

Она ответила еле слышно:

— Да. Ты этого хотел...

— А ты? Разве ты только что не соглашалась со мной? Или тебе еще мало тех унижений, которые мы перенесли в этом браке втроем?

Она молчала. Он мысленно нашел в ее взгляде сходство со взглядом умной и преданной собаки, которую только что побил сгоряча хозяин.

Звонок залился мелкой длинной трелью, потом замер на мгновение, и один за другим прозвучали три медленных громких удара.

Он сошел вниз, и она уже подняла вверх вуаль для прощального поцелуя, как вдруг внезапная мысль заставила ее отшатнуться.

— Дорогой мой, — прошептала она, задыхаясь. — Дорогой мой... еще одна, последняя просьба...

— Что?

— Сейчас мы расстанемся... Навсегда... Я знаю, ты меня не любишь больше... Но... подари мне еще час... Смотри, теперь без четверти одиннадцать. Дай мне слово, что сегодня в двенадцать часов ты обо мне вспомнишь... Ведь это тебе не будет трудно?..

Он засмеялся:

— Хорошо. В этом нет никакого труда. Но для чего ты просишь?

— Ты даешь слово?

— Да. Даю слово. Только зачем ты просишь меня об этом?

— Видишь ли... В это же самое время, минута в минуту, секунда в секунду, я буду думать о тебе. Думать со всем напряжением воли, со всей силой любви. Почем знать? Может быть, для воли не существует расстояний и мы увидимся еще раз.

— Как ты странно говоришь...

— Но помни, ты дал слово...

— Я его сдержу. Не беспокойся.

— Ты будешь думать крепко, глубоко, страстно?

— Да, да. Прощай.

— До свидания...

Он сидел в купе и невольно следил за ритмическим постукиванием колес... Странно-радостное чувство свободы почти мгновенно исчезло из его души, уступив место неожиданной, тусклой, невыносимой тоске. Какая-то таинственная сила с неумолимой ясностью вызвала в его памяти самые тонкие, самые незначительные подробности этого романа, который он только что закончил, с облегчением прочитав его последнюю страницу. Почему не выходили из его ума эти две удивительные строки великого поэта:

> Но, как вино, печаль минувших дней
> В моей душе чем старей, тем сильней?

Было около полуночи.

Ритм колес, колыхание красной занавески фонаря, нервные свистки паровоза не давали ему спать... А мысль все упорнее летела к печальной, маленькой, давно знакомой, покинутой женщине... Теперь этот гордый, свободолюбивый человек отдал бы и свою гордость, и свою свободу за возможность на один только миг увидеть брошенную им женщину. И вдруг, открыв глаза и точно очнувшись от минутной полудремоты, он увидал ее перед собою, сидящую на диване, покрытом полотняным чехлом... Она ничего не говорила, но глаза ее глядели с бесконечной любовью и молчаливым упреком.

— Кто ты? Зачем ты здесь?! — закричал он, вскакивая в ужасе со своего места.

Она печально покачала головой и вмиг рассеялась, расплылась, как предутренний туман.

На другой день он узнал, что она отравилась в ту же ночь, когда он уехал из города.

ФИАЛКИ

Начало мая. Триста молодых кадетских сердец трепещут, переполненные странными, смешными и трогательными чувствами: азартом, честолюбием, отчаянием, смертельным ужасом, надеждой на слепое счастие, унынием, тупой покорностью судьбе... Необычайной стала жизнь, вышедшая из привычных рамок сурового военного уклада, расчисляющего по командам и сигналам каждую минуту дня и ночи... Парты вынесены из классов в длинные рекреационные залы и расставлены по вкусам соседей, которые зимою ссорятся, как пара каторжников, скованных короткой цепью, а теперь предупредительны, уступчивы и услужливы, точно молодожены. А иногда можно увидеть, что пять или шесть парт соединились вместе, образовав сомкнутую многоугольную фигуру бастиона, со стеной сзади, в виде ненарушимого тыла. Там заседает эгоистическая артель муравьев, работающая сообща и беспощадная к искательствам бездомных стрекоз.

И целый день зубрят, зубрят. Иные, закрыв пальцами глаза, уши и даже нос, как это делают трусливые купальщики, качаются взад и вперед в тягучей тоске. Первые ученики держатся твердо и уверенно, но и они побледнели и осунулись за эти страдные дни. Они хорошо знают, что пройдут блестяще, но все-таки копошится тревожная и завистливая мысль: «А вдруг? Вдруг не первым, а вторым?..»

Милые дети, первые ученики, украшение корпуса, гордость родителей. Вы не хуже и не лучше других детей. Но что значит первенство и праздное честолюбие в сравнении с тем, что мимо вас прошла еще одна весна юности? Конечно, придут и другие весны, которыми вы впоследствии, на досуге, будете комфортабельно и медленно наслаждаться, сознательно смакуя их прелести на севере и на юге хоть всех стран мира. Но никогда не вернется именно эта, эта самая весна, готовая буйно и щедро вторгнуться в ваши зоркие глаза, в разверстые ноздри, в чуткие уши, в ваши жадные, наблюдательные, девственные, ничем не запятнанные умы, вторгнуться и оставить там навеки доброе семя радости и красоты земной.

Того же самого мнения и семиклассник Дмитрий Казаков. Вернее сказать, у него столько же мнения о влиянии природы на человеческие души, сколько его у жеребенка, скачущего по зеленому лугу, у журавля, пляшущего и поющего на полянке среди болот страстную весеннюю песню, у годовалой лисицы, трепетно и осторожно нюхающей впервые из своей норы весенний волнующий воздух, у ручного кроткого верблюда, который вдруг становится весною страшным в своем весеннем бешенстве.

Просто-напросто весна с ее колдовскими ароматами, вкрадчивыми чарами и мятежными снами обволокла его душу непонятной истомой и щекочущей бессознательной радостью, от которой хочешь и плакать и смеяться, и не знаешь, куда девать себя то от непомерного острого счастья, то от сладкой скуки. Разве мог бы Казаков сказать сам себе, почему прошлым летом, живя в имении, он — солидный шестиклассник, куривший почти открыто, басивший и лучше всех товарищей притягивавшийся к турнику на одной руке, — он вдруг, случалось, не мог преодолеть в себе безумного мальчишеского желания взять и помчаться диким галопом по высокой росистой вечерней траве, изгибая голову, брыкаясь, визжа и пьянея от острых запахов полыни, повилики, ромашки и клевера? И почему ночью, во время сильной грозы, он выскакивал из дому совсем голый, босой, торопливо просовывал ногу в лямку гигантских шагов и один, под жестоким дождем, взмывал высоко к черному небу, к грому и молниям, дрожа от исступленного восторга, от беспредметного вызова, от пылкого ликования молодого тела?

Так и в эту весну он весь во власти таинственных грез, беспокойного смятения и раздражающего трепетания жизни. Где же тут учиться? Да и никогда он особенно не влезал в этот хомут. Быть средним по успехам или немного пониже — не все ли равно? На экзаменах можно овладеть своей волей, понатужиться — и все наверстать. Но теперь он живет в странном очаровании, точно опоенный неведомым дурманом. Он просыпается, спешит к окну, садится на подоконник и, точно впервые, с новым удивлением — не говорит себе, а глубоко чувствует: вот синее небо, вот легкие сквозные облака, и трава, и деревья там, далеко, за зданиями. И ходит весь день вялый по огромному, вытоптанному многими тысячами ног корпусному плацу. Ложится на чахлую, жалкую, низкую траву и долго, как на сверхъестественное чудо, дивится на суетливую, загадочную беготню муравьев, на цепь сплетшихся букашек, красных с черными пятнами, медленно ползущих между былинками. Читает по десяти раз подряд одну и ту же фразу и никак не может постичь, что такое здесь написано? И, отбросив книгу, ложится ничком, смотрит в бездонное небо до тех пор, пока от движения причудливых облаков сам не начинает медленно плыть куда-то, в вечное пространство, вместе с своими воздушными мыслями.

И вот наступает самое сладкое, самое тревожное, самое чудное — вечер. Стемнело. Едва-едва пламенеет тихая заря. Зеленые сумерки. Черны и резки контуры здания с их чуждыми теперь, пустыми, неосвещенными окнами. Белые фигуры товарищей движутся, точно завороженные. Каждая веточка деревьев поразительно четка на небе, которое светлее земли. Гудят невидимые майские жуки. Стройная песня вдали. Смягченный смех и разговор. Самый обыденный звук доносится точно из другого мира. И все это, как пряное вино, вливается в каждую каплю крови и тихо-тихо кружит голову. Кто же это проходит сейчас через всю землю, незримый и неслышный? Чье дыхание подымает волосы на голове и ласкает щеку? Отчего вдруг стеснилось дыхание, и пересохло во рту, и слезы на глазах? Какое чудо должно случиться сейчас, через минуту, через мгновение?

Пора. Зовут спать. Летучие мыши низко и косо чертят черными зигзагами воздух и порою почти касаются лица... Я уйду туда, в скучные, серые стены, и без меня, без меня совершится под темным небом великое таинство!..

Послезавтра последние, самые страшные экзамены по математике, но зато сегодня такое чудное утро, точно на небе справляются именины. И Дмитрий решительно швыряет толстого Бремикера под парту. Сегодня он удерет и побродяжничает по запретному старому дворцовому парку. Он никого не возьмет с собою, никого! Пойдет совсем один.

За завтраком он ловко утягивает из-под руки зазевавшегося служителя лишнюю котлету и, сжав ее между двумя кусками черного хлеба, сует в карман. Может быть, он опоздает к обеду, но кому же из начальства теперь, в общее беспокойное и горячее время, придет в голову доискиваться, все ли налицо?

Труден путь до парка. На углу древнего, еще Петровского Потешного земляного бруствера торчит дежурный дядька, беспалый пан Пневский, придирчивый служака и вечный доносчик. Он не спускает своих бесцветных, оловянных, но точных солдатских глаз с той единственной дорожки, по которой можно ускользнуть: прорыв бруствера, затем кувырком с горы, рядом с зимним катком, потом еще шагов тридцать — сорок по открытому месту, до пруда, а там уже вдоль зеленого, густого, как ботвинья, пруда растут непроницаемой стеной корявые, дуплистые столетние ивы! Там не заметно.

Надзор бдительного дядьки берется обмануть верный товарищ. С лицемерной щедростью сует он пану Пневскому заранее припасенную утреннюю булку. У пана большая семья, и каждый кусок в ней не лишний. Затем закидывается коварная, но самая верная удочка: «На какой войне и в каком сражении пан Пневский лишился двух пальцев на правой руке?» Пан Пневский сначала недоверчиво косится. Он уже не раз клевал на эту соблазнительную приманку. Но лицо спрашивающего так простодушно, а в славных наивных глазах так много живого участия, а сама тема рассказа о том, как пан Пневский, польский шляхтич, из красавца, силача и лучшего работника сделался калекой, так неумирающе близка его сердцу, что — хвать — и рыбка попалась.

А Казаков в это время мчится под верной защитой развесистых ив быстрее степного ветра. Он не может умерить своего бега до самого конца пруда и останавливается, только достигнув пригорка, на котором тесно столпились кусты бузины, волчьей ягоды и дикой жимолости. Здесь он передыхает и идет шагом мимо забытой оранжереи с уцелевшими лишь кое-где мутно-радужными стеклами, легко перепрыгивает водяной ров и спускается к узкой, но глубокой речонке.

Вода в реке кажется черной, как чернила, от кустов, которые густо обступили ее с обеих сторон и купают в ней свои свесившиеся длинные ветви. И пахнет она нехорошо от близости многих фабрик. Но другого выбора нет. Раздевшись с непостижимой скоростью, Казаков без раздумья, с разбегу бросается в воду, достигает ногами противного, коряжистого, скользкого, илистого дна, задыхается на мгновение, обожженный жестоким холодом, и ловко, по саженкам, переплывает речку без отдыха туда и обратно. И когда он, одевшись, взбирается медленно наверх, то с наслаждением чувствует удивительную легкость в каждом мускуле: точно все его тело потеряло вес и, кажется, стоит сделать лишь самое незначительное усилие, чтобы отделиться от земли и полететь в воздухе, как большая птица.

И вот наконец он входит под высокие навесы парковой аллеи. Старинные липы, современницы Петра Великого, подарившего когда-то этот парк вместе с дворцом любимому вельможе, так сказочно, так невероятно высоки, что каждый человек, идя под ними, невольно чувствует себя маленьким. Здесь всегда зеленая полутьма и сыроватая прохлада. Лишь изредка там и сям на земле блещут, струятся и трепещут двойные солнечные кружочки, точно кто-то бросает сверху капризной рукой золотые монеты. И Казаков идет по широкой, тихой, величавой аллее, точно по пустому, безлюдному, холодному храму, куда он зашел случайно в жаркий полдень. Вот мраморная, изрытая временем львиная голова, точащая из пасти в плоскую чашу тонкую серебряную нитку воды. Казаков подставляет рот и с наслаждением глотает холодную сладкую влагу.

Но когда он отнимает рот, с которого падают светлые капли, то неожиданно его обоняния касается удивительный аромат — тонкий, нежный и упоительно скромный. Следя за ним, поворачивая голову в разные стороны, вдыхая воздух расширенными ноздрями, точно собака на охоте, он спускается вниз, в сырой, мокроватый овраг, куда ручейком стекает вода, переполняющая чашу. Чудесное открытие. Целый оазис наших милых, темных, маленьких северных фиалок, благоухающих, как нигде в целом мире.

Он осторожно, ползая на коленях, рвет цветы, стараясь их не мять, делает с бессознательным изяществом небольшой букетик, обворачивает его круглыми, влажными листьями и наконец обматывает ниткой, которую зубами выдергивает из казенного платка.

Но когда он опять подымается наверх, на полузаросшую травой дорогу, то невиданное, очаровательное зрелище заставляет его остановиться в немом восторге, почти в страхе. Прямо на него, посредине аллеи, медленно движется, точно плывет в воздухе, не касаясь земли ногами, женщина. Она вся в белом и среди густой темной зелени подобна оживленному чудом мраморному изваянию, сошедшему с пьедестала. Она все ближе и ближе, точно надвигающееся сладкое и грозное чудо. Она высока, легка и стройна, и ее цветущее лицо прекрасно. Ее руки со свободной грацией опущены вдоль бедер. Как царская корона, лежат вокруг ее головы тяжелые сияющие золотые косы, и кто-то невидимый осыпает сверху ее белую фигуру золотыми скользящими лепестками. Теперь она в двух шагах... Каждая черта ее молодого свежего лица чиста, благородна и проста, как гениальная мелодия. Взгляд ее широких глаз необычайно добр, ясен и радостен. И цвет их странно напоминает те цветы, которые дрожат в руке неподвижного мальчика.

Но вот она со светлой улыбкой останавливается. И, точно звуки виолончели, раздается ее полный, глубокий голос:

— Какие прелестные фиалки... Неужели вы здесь их набрали?.. Как много и какие милые...

— Здесь... — отвечает чей-то чужой голос из груди Казакова. И не он, а кто-то другой, окруженный розовым туманом, протягивает цветы и произносит: — Прошу вас, примите их, если они вам нравятся... Я буду...

Горло кадета суживается от волнения. Сердце бурно бьется. Глаза готовы наполниться слезами. И сказочная принцесса понимает его. Ее лицо озаряется нежной улыбкой и слегка краснеет. Она говорит ласково: «Благодарю», — и это простое слово звучит как литавры в торжественном хоре ангелов. И изящным движением она прицепляет скромный фиолетовый букетик к своей груди, туда, где сквозь легкое палевое кружево розовеет ее тело. Она протягивает Казакову свою милую, теплую руку, пожатие которой так плотно, мягко и дружественно. И вместе с ароматом фиалок мальчик слышит какое-то новое, шелковое, теплое, сладкое благоухание.

Затем они говорят о пустяках, которые потом Казаков никогда не вспомнит. Остались в памяти лишь отрывки: в том училище, куда Казаков поступит, окончив корпус, она бывает ежегодно на рождественских балах, а сегодня вечером она уезжает за границу. Она спрашивает, как зовут Казакова, и неизъяснимой гармонией поет в ее устах имя Дмитрий.

Она первая отпускает его. Она смотрит на маленькие золотые часы, опять протягивает ему свою чудесную руку и говорит: «До свидания. Мне очень приятно было встретиться с вами». Да, да, да! Она так и сказала — «до свидания»! И исчезает, как сказка, за поворотом аллеи.

А вечером в спальной Казаков долго не спит, лежа в своей кровати. Он прижимает крепко руки к груди и жарко и благодарно шепчет: «Господи! Господи!..» И в этих словах наивное, но великое благословение всему: земле, водам, деревьям, цветам, небесам, запахам, людям, зверям, и вечной благости, и вечной красоте... И потом он плачет долгими, радостными, светлыми слезами, которые никогда уже не повторятся в его жизни. И как бы потом ни сложилась его жизнь со всеми ее падениями и удачами, дружбой и ненавистью, любовью и отвращением, он всегда, даже в старости, — он, позабывший имена и лица, — благодарно и счастливо улыбнется, вспомнив фиалки, приколотые к груди принцессы из сказки.

Потому что на его долю выпало редкое счастие испытать хоть на мгновение ту истинную любовь, в которой заключено все: целомудрие, поэзия, красота и молодость.

НОЧНАЯ ФИАЛКА

Есть в Средней России такой удивительный цветок, который цветет только по ночам в сырых болотистых местах и отличается прелестным кадильным ароматом, необычайно сильным при наступлении вечера. Будучи же сорванным и поставленным в воду, он к утру начинает неприятно смердеть. Он вовсе не родня скромной фиалке. Ночной фиалкой его назвали безвкусные дачницы и интеллигентные гости. Крестьяне разных деревень дали ему несколько разнообразных и выразительных названий, которые выпали теперь из моей головы, и я так и буду называть этот цветок ночною фиалкою.

Он не употребляется у крестьян ни как целебное растение, ни как украшение на Троицын день или на свадьбу. Просто его как бы не замечают и не любят. Говорят кое-где, что пахучий цветок этот имеет какую-то связь с конокрадами, колдунами и ведьмами, но изучатели народного фольклора до этого не добрались.

Странные и, пожалуй, невероятные истории рассказывал мне о ночной фиалке Максим Ильич Трапезников, саратовский и царицынский землемер, мой хороший закадычный дружок, человек умный, трезвый и серьезный.

Мы тогда шли с ним на зевекинском пароходе вверх по Волге, лакомясь камскими стерлядями и сурскими раками, и времени нам девать было некуда, а на разговор о ночной фиалке нас навела веселая девчурка лет семи-восьми, которая на небольшой пристани бойко продавала крошечные букетики этих цветов.

— Вы правы, — сказал он, — кажется, никто не знает его народного названия или очень быстро его забывает. А что касается фиолетового цвета, то этого цвета русский народ совсем не знает и нигде не употребляет. Лиловый он еще понимает по сирени, да и то говорит не «сиреневый», а «синелевый». И стало быть, наименование цветка «ночная фиалка» выдумано грамотеями. А вот почему оно так широко распространилось по всему лицу земли русской, этого я — воля ваша — уяснить себе никак не могу.

Но вы послушайте-ка, что я вам сейчас расскажу об этом цветике. Удивительная историйка. Расскажи мне ее другой, сторонний человек — ни за что ему не поверил бы, сказал бы: «Брешет парень, баки мне забивает, уши заговаривает». Но в том-то и дело, что во всем, что я вам расскажу, был я и пристальным свидетелем, и действующим лицом, и, можно сказать, плачевной жертвой. Жигулевского пивка не хватить ли нам по черепушечке? Для освежения гортани? Знатное здесь пивцо.

Ну, итак: окончил я курс в Московском землемерном институте и вышел из него землемер-инженером, с дипломом первого разряда и с золотым гербом на фуражке. Поехал немедленно в Царицын, к моим папочке и мамочке, в родной угол. Папаша мой за всю свою рабочую жизнь обзавелся в нашем уезде стами тремя десятин землишки, домиком деревянным о полутора этажей, сад разбил фруктовый и ягодный огород чудесный, цветничок хорошенький с любимой резедою. Парочку собак подружейных держал для охоты: двух сеттеров, кобелька с сучкою; их было уже двенадцатое поколение. И для рыбной ловли на всякие способы стояли в сенях всевозможные принадлежности. Ну, прямо рай земной, если еще включить домашние варенья и настойки. Ах, Боже мой! Какая это радость приехать в милый теплый отчий дом серьезным, солидным человеком в чине титулярного советника с блестящим будущим впереди! Папочка ведь мой был всю свою жизнь землемером и только недавно дослужился до губернского землемера. Но начал он свою карьеру во времена очень далекие, еще в конце шестидесятых годов прошлого столетия, в эпоху освобождения крестьян. Ему в радостную диковину были: и мой мундир, зеленый с золотом, и моя усовершенствованная астролябия, и мой теодолит для компасных съемок, с объективом Цейса. Этот объектив (правда, великолепный) более всего поразил и удивил моего папашу, старого землемера.

— Боже мой, до чего дошла современная техника! Это ведь уже не прибор для обмеривания земли, это почти телескоп для наблюдения за небесными светилами. Прости за нескромный вопрос, милый Максимушка, сколько может стоить такое чудо шлифовального искусства?

Я отвечал, что цены теодолиту я не знаю, так как не сам его покупал, а был он мне поднесен на выпускном акте самим директором института за примерное поведение и отличные успехи.

Тут и мамочка моя немного всплакнула от родительского умиления.

— Вот, — говорит, — как Господь Бог хорошо и ладно устроил, что и отцу от трудов праведных можно будет отдохнуть в своем собственном домишке, и тебе наследственно отцовское место и отцовскую службу взять на свои рамена. А пока что мы тебе и знатную невесту подыщем. У нас в Заволжье этого добра — непочатый край: и умны, и красивы, и работящи, и с хорошими приданными.

Но тут отец слегка перебил возлюбленную супругу свою:

— Подожди, мать моя. Успеешь с козами на торг. О жене Максиму рано еще загадывать. Всего двадцать лет ему. Пускай у нас на свободе побегает, вволю поест, попьет, воздухом свежим после столицы надышится, знакомствами обзаведется, поохотится, рыбу половит, а там уж что Бог даст. Ружье-то мое знаменитое возьми, Максим, себе на память, а я уж стар стал на охоту ходить. Пощебелил, да и за щеку.

И, надо сказать, после казенной замкнутой и тесной жизни пристрастился я к охоте, как пьяница к вину. Целые дни проводил на охоте. Постоянным спутником моим, а пожалуй, и учителем был ветеринар Иванов (ударение он ставил на «и» — И́ванов), жадный, неутомимый, опытный охотник, прекрасно набивавший ружейные патроны и бывший прежде любимым сотоварищем отца по охоте. Часто мы с ним собирались уйти из дома суток на три, четыре, и тогда ключница мамаши Агата, ее правая рука по хозяйству, снабжала наши ягдташи кое-чем съестным, на случай голода, и согревающим, на случай болотной простуды. И мы уходили куда раньше зари.

Странно: я уже лет с десять знал эту Агату (настоящее-то ее имя было Агафья, но уж мама для благозвучия стала называть ее Агатой), всегда видел ее, приезжая осенью на вакации, а потом, в Москве, никак не мог вспомнить ее лица, голоса и фигуры. Так, что-то тихое, молчаливое, опрятное, бледное и с какой-то неуловимой странностью в глазах.

Ну, а теперь подступаю ближе к моему рассказу. Как-то охотились мы с Ивановым в отдаленных болотцах на дупелей, бекасов и кроншнепов и зашли от дома довольно далеко, так что даже мой сотрудник стал вертеть головой, опознаваясь в местности. Потом увидели, что где-то на западе маячат чуть заметные деревянные столбы. Иванов говорит:

— Я, кажется, это место знаю. Это домишко, поставленный на столбы на случай весеннего разлива, но теперь он почти рухлядь, а живет в нем старая цыганка. Бабы говорят, что она будто бы колдунья. Мы с вами, как люди образованные, конечно, этим бабьим глупостям не верим, а, однако, попробуем. Пойдем, чай у нас с собой; кипятку нам вскипятят. Вот и попьем китайского зелья с устатку да измочившись на болотах.

Пошли. Приходим. Стоит, правда, хибарка рухлая, на четырех ножках. В ней старуха, носастая, черная, закоптелая. По виду цыганка. Развела огонь, вскипятила воду в медном тазу. Мы чай заварили, напились и старую ведьму угостили. Тогда она говорит, глядя на меня:

— Дай, барин, ручку, я тебе поворожу.

Иванов ворчит:

— Гоните ее, окаянную, к бесу.

А она уж завладела моей рукой и бормочет:

— Ах, барин молодой, красивый и будет счастлив и богат. Есть у тебя по левую сторону черный человек, он много тебе зла сделать хочет, а только ты его не страшись. Одна девица, молоденькая, хорошенькая, все на тебя глядит. Проживешь долго, до восьмидесяти лет...

И всю другую цыганскую обычную белиберду. Я дал ей пятнадцать копеек. Она опять пристает:

— Позолоти, барин милый, хороший, я тебе настоящее-пренастоящее египетское гадание скажу.

Приставала, приставала — я дал ей еще полтинник. А она опять свою цыганскую мочалку жует. Надоело мне. Собираюсь уходить, а она все свое талдычит. Надел я шапку и уже перевесил ружье через плечо — она в меня руками вцепилась.

— Послушай, барин ненаглядный. Я знаю, есть у тебя в мешке водочка-матушка. Поднеси стаканчик малый — скажу тебе взаправдашнюю за семью печатями ворожбу... Чего тебе бояться и чего опасаться. Это уж по гроб жизни будет верно и неизменно.

Что делать! Налил я старухе стакан водки. Высосала она его с великим наслаждением, ничем не закусивши, и говорит:

— Больше всего опасайся, молодой барин, лошадиного и кошачьего глаза, а еще духовитой ночной травы, а еще больше — полного месяца. И теперь желаю тебе пути доброго. А если когда от этих троих моих злых недугов захвораешь, заходи ко мне в хибарку мою, я тебе отворот верный дам.

Ушли мы и больше в этот день не охотились, а когда возвратились домой, то Иванов все меня пилил за цыганку:

— Не могли ничего лучше выдумать, как фараонову отродью стакан вина стравить. Эх, вы, ученые столичные!

На другой день с утра пошел дождь и заладил надолго. Пришлось оставить охоту и заняться днем чтением, а вечером винтом в общественном клубе или преферансом по маленькой с родителями.

Сам не могу припомнить, когда меня вдруг несказанно поразили глаза Агаты. Кажется, это было за столом. Случайно взглянув на Агату, я увидел, что в ее зрачках горят странные тихие огоньки. Они менялись сообразно поворотам Агатиной головы то зелеными, то красными, то лиловыми, то фиолетовыми. Такую световую игру глаз я видел иногда у лошадей и кошек в темном помещении. И вот с этого мгновения как бы впервые увидел Агату, которую знал, но точно не видел в течение нескольких лет. Она вдруг показалась мне и выше ростом, и стройнее, и увереннее в своих спокойных, неторопливых движениях. Сколько ей было лет, я не мог разобрать. Тридцать? Тридцать пять? Сорок? Нижнюю ее губу время от времени быстро дергал небольшой тик. Она никогда не смеялась и не улыбалась, но в добрые и приятные минуты ее лицо как-то теплело внезапно на короткое время и становилось привлекательным.

Я спросил однажды матушку о прошедшей судьбе Агаты, но получил весьма скудные сведения:

— Агата (по-настоящему Агафья) — побочная дочь спившегося и обнищавшего мелкого дворянина и его служанки; круглая сирота, которую мы из милости взяли в свой дом. С детства обучали ее хозяйственному обиходу и посылали сперва в начальную, а потом в среднюю школу. Ничего себе, девчонка росла прилежная, послушная, понятливая, признательная за благодеяние, ей оказанное, а потом, будучи лет так одиннадцати, вдруг куда-то сгинула, так что и следов ее нельзя было отыскать. Вернулась через год. Оказывается, все время с цыганами бродила. Пришла и горькими слезами разливается: «Простите меня, ради Бога, и опять к себе возьмите. Никогда больше вас огорчать не стану». Ну, что тут сделаешь? Взяли мы ее к себе обратно. Идет время — мы Агашей налюбоваться не можем, нахвалиться досыта не устаем, чудо в нашем доме растет: уж и рукодельница она, и стряпуха первоклассная, и набожная, и смирна, и умна, и практична, и весела... И что же?.. Садимся мы с мужем за стол, я Агату к обеду кличу. Входит она, как водой облитая: голова опущена, глаза в пол смотрят. «Что такое с тобой случилось?» А она еле слышно отвечает: «Благодетели вы мои, дайте мне разрешение и благословение в Белогорский монастырь идти на святое пострижение в монашество». Господи, что за чудеса в решете? Стали мы ее всеми силами отговаривать: «Да куда тебе в монастырь, если тебе всего шестнадцать лет. Да какой у тебя может быть страшенный грех, чтобы его замаливать», и тому подобное. Нет, уперлась, как бык, утром завязала в платочек все свое жалкое бельецо и испарилась. Жалели мы ее сердечно, но что поделаешь, если на девку накатило?

Сколько лет после этого прошло, мамаша не помнила: не то семь, не то восемь, и что вы думаете, опять вдруг наша Агаша объявилась. Пала перед нами на колена, лбом об пол бьется:

— Простите меня, окаянную, заблудящую, в последний раз, последний раз прибегаю к вашей доброте ангельской, неисчерпаемой. Богом и святым Евангелием клянусь, что это уж мое последнее, распоследнее бегство. От сего дня до самой моей гробовой доски буду рабой верной и нелицемерной как вам, так и дому вашему и всему потомству вашему... — И все прочее и тому подобное...

И вот с тех пор живет она у нас, тихая, покорная, бессловесная, учтивая; ну, прямо как монахиня скитская. И даже пахнет от нее как-то смиренномудренно свечой восковой, ладаном и миром.

Вскоре и я совсем перестал обращать внимание на тихую Агату, точно она была старой мебелью или, точнее, совсем не существовала в доме, и странные огни, зажигавшиеся порою под длинными ресницами ее опущенных глаз, перестали меня удивлять и беспокоить. А я в то время подумывал уже серьезно о достойной женитьбе, покоряясь родительским настояниям. Женихом я считался по тамошним местам очень видным: молод, здоров, не урод, интеллигентен, стою на линии инженера, танцую вальс в три темпа, мазурку, краковяк и падеспань и дирижирую кадрилью на приличном французском языке. Ну, также и накопленное папенькино состояние. Кое-каких прекрасных и богатых девиц я уже имел на примете... Но вот тут-то и грянуло на меня чертовское несчастие...

Позабыл теперь, в каком году это случилось, помню только, что в пятницу, в конце июня. День выдался такой невыносимо знойный, какие бывают редкими даже у нас в Заволжье; только к позднему вечеру стало возможным вздохнуть полной грудью. Я выкупался, поужинал и пошел в наш запущенный сыроватый сад и сел на скамейку, расстегнув догола ворот рабочей рубахи. Ох, какое наслаждение после дневного истомного пекла вдыхать свежий, душистый, прохладный воздух! Стало темнеть, выкатился огромный, без единой ущербинки, круглый, серебряный, бледный месяц. Где-то засветились и задрожали крошечные светлячки. Сад стал бледно-волшебным. Я услышал чьи-то легкие шаги. Это шла Агата, вся облитая бледно-зеленым светом.

— Позвольте мне присесть около вас, Максим Ильич, — сказала она дрожащим голосом.

Я посторонился.

— Пожалуйста, прошу вас. Посмотрите, какая прекрасная ночь.

— Да, прекрасная, — отозвалась она. — Прелестная. Возьмите, вот я вам букетик цветов принесла, чудно пахнут так.

Одновременно я почуял упоительный, зовущий, возбуждающий аромат и почувствовал ее горячую руку на моей ноге. Пылкое, никогда не испытанное мною желание пробежало по всему моему телу, от ног до волос на голове. Я чувствовал, что весь дрожу, а она тихо говорила, обдавая мое лицо своим дыханием:

— Если бы вы, Максим Ильич, знали, как я привязана ко всему вашему дому! Как я люблю вас всех! И папу вашего, и мамочку, и вас люблю. Люблю, люблю люблю! О Максим Ильич, я хотела бы быть всю жизнь рабою вашей, собакой вашей, ковром вашим, подстилкой для ног ваших! О, как страшно я люблю вас! Если бы нужно было для вашего здоровья или для вашего удовольствия отдать всю кровь мою и все тело мое и даже загубить навек бессмертную душу мою, я с радостью отдала бы все!

Нет! Об этой ночи словами не расскажешь! Наглый, колдовской месяц, сводник влюбленных, друг мертвецов, покровитель лунатиков, одуряющие запахи ночной фиалки и ее безумно жаждущего тела, зеленые и красные огни в ее зрачках... Она говорила, лежа, содрогающаяся, на моей обнаженной груди:

— Одна мечта моя за много лет была — поцеловать тебя в губы, в губы и умереть тут же на месте.

И мы поцеловались. Силы небесные, что это был за поцелуй! Мне казалось, что земля кружится подо мною и что я схожу с ума. А она шептала восторженно:

— Еще, еще, еще...

Я пришел в свою комнату на рассвете. Ноги мои подгибались, в голове гудел шум, все мускулы ныли, руки тряслись, лицо горело.

Мать моя зашла ко мне и спросила:

— Что с тобою, Максим, ты сам на себя не похож?

Я сказал:

— Это от жары, день был ужасно жаркий.

А она сказала:

— Нет, это не от солнца. Это лунный удар, иди скорее в постель. Сном все пройдет.

Я лег. Ночью пришла ко мне Агата, а под утро я к ней прокрался в антресоли. Так у нас и пошло каждый день, каждый час, всегда. Мы стали друг к другу голодны и никогда не насыщались.

Черт знает, откуда эта женщина, рожденная и воспитанная в диком захолустье, могла научиться этим бесстыднейшим и утонченнейшим любовным приемам, затеям и извращениям, о которых мне теперь даже вспоминать срамно. Но тогда я жил в каком-то блаженном и сладостном аду, обвязанный невидимыми тонкими стальными нитями. Оба мы, радостно-безумные, сумасшедшие, ни о чем не думали, кроме нашей любви. Мы узнавали друг друга издалека: по голосу, по походке, по запаху, узнавали — и неудержимо стремились друг к другу, чтобы вновь упиться бешенством разъяренной страсти. Все кусты, амбары, конюшни, погреба и пристройки были нашими кровлями любви.

Агата хорошела и здоровела, но я радостно шел к гибели. Я стал похож на скелет своею изможденностью, ноги мои дрожали на ходу, я потерял аппетит, память мне изменила до такой степени, что я забыл не только свою науку и своих учителей и товарищей, но стал забывать порою имена моих отца и матери. Я помнил только любовь, любовь и образ любимой.

Странно, никто в доме не замечал нашей наглой, отчаянной, неистовой влюбленности. Или в самом деле у дерзких любовников есть какие-то свои тайные духи-покровители? Но милая матушка моя чутким родительским инстинктом давно догадалась, что меня борет какая-то дьявольская сила. Она упросила отца отправить меня для развлечения и для перемены места в Москву, где тогда только что открылась огромнейшая всероссийская выставка. Я не мог идти наперекор столь любезной и заботливой воле родителей и поехал. Поехал. Но в Нижнем Новгороде такая лютая, звериная тоска по Агате мною овладела, такое жестокое влечение, что сломя голову сел я в первый попавшийся поезд и полетел стремглав домой, примчался, наврал папе и маме какую-то несуразную белиберду и стал жить в своем родовом гнезде каким-то прокаженным отщепенцем. Стыд меня грыз и укоры совести. Сколько раз покушался на себя руки наложить, но трусил, родителей жалел, а больше — Агатины соблазны манили к жизни. Вот тут-то самоотверженная матушка моя начала энергично разматывать тот заколдованный клубок, в нитях которого я так позорно запутался. Вначале взялась она за ветеринара Иванова, с которым мы прежде постоянно охотились. Тот рад-радехонек был прийти на помощь, чем может. Рассказал точно и обстоятельно о том, как мы зашли к цыганке, как цыганка гадала на мое счастье, как указывала, чего мне следовало бояться и опасаться, и как велела обратиться к ней за отговором в случае беды. Тогда мамаша послушно пошла к цыганке и долго с ней говорила. Уходя, совала гадалке четвертной билет, но та не взяла. «Я, — говорит, — Божьему делу помогаю, а за это денег не берут». К последнему сходила матушка — к соборному протоиерею, отцу Гавриилу, священнику постарелому и святой жизни. Протоиерей ее благословил и наставил.

Наступил день архангела Гавриила. Матушка заказала молебен на дому. Собрала в зальце всех домочадцев, включая и Агату. И меня научила, что мне делать и говорить. Отслужили молебен честь честью. Духовенство отбыло. Тогда мамочка начала говорить тихо и внушительно, глядя серьезно на Агату:

— Милая наша Агата, вот была ты много лет верным другом нашего дома, нашей трудолюбивой помощницей и терпеливой сотрудницей. И вот подумали мы, что довольно тебе быть приставницей у стад наших и что пора тебе обзавестись собственным домиком и собственным хозяйством. Вот в этом бумажнике, который я тебе передаю, есть крепостная на небольшой клочочек земли и сумма денег, необходимых для первого обзаведения хозяйством. Это все от мужа, а от меня двадцать выводков кур, гусей, уток и индюков. От сына же нашего Максима получишь ты необходимую мебель, а на память золотые часики работы Мозера. Вручи их, Максик, Агате.

Передал я часики, и простился с ней последним взглядом, и видел, как она смертельно побледнела. Тогда матушка взяла кропило и окропила всех присутствующих освященной крещенской водою, а сама читала трогательное воззвание к Божьей Матери: «Призри с небеси, всепетая Богородица, на их лютое телесе озлобление и утоли печаль их души...»

Вот и конец всему. А той же ночью исчезла Агата из дома, никому не сказавшись, ничего не взявши с собою из подаренных денег и вещей.

Так и пропал ее след навеки. А мать в свой поминальник включила рабу Божью Агафоклею, недугующую и страждущую, и поминает ее за каждой обедней и всенощной...

КОММЕНТАРИИ

ОЛЕСЯ

Впервые — в газете «Киевлянин» (1898. 30—31 октября, 3—7, 11—14, 17 ноября) с подзаголовком «Из воспоминаний о Волыни».

С. 31. *Грубка* — комнатная печь.

...деревушку Волынской губернии, на окраину Полесья... — Волынская губерния (после Октябрьской революции Волынская область) расположена в северо-западной части Украины; *Полесье* — равнинная территория на юге Белоруссии, севере Украины и западе России, в значительной части покрытая сосновыми лесами с множеством озер, окруженных заболоченными участками земли; славится обилием птиц (в том числе тетеревов, глухарей, рябчиков) и зверей (лосей, зайцев, бобров, кабанов и др.).

С. 39. *Кубло* — птичье гнездо или звериное логово, а также собственный дом, хозяйство.

С. 45. *Клямка* — железный запор у двери, защелка, щеколда или железная накладка.

С. 51. *Урядник* — низший уездный полицейский чин в дореволюционной России.

Становой — полицейский чин, отвечавший за порядок в стане (каждый уезд в дореволюционной России территориально был разбит на несколько станов).

С. 58. *...на Соколиный остров* — так в народе называли остров Сахалин.

С. 61. *Млин* — название мельницы в южных и западных губерниях России.

С. 63. *Гуль* — шишка, нарост, волдырь.

С. 67. *...отчет доктора Шарко об опытах, произведенных им над двумя пациентками Сальпетриера...* — *Жан-Мартен Шарко* (1825—1893) — известный французский врач-невропатолог и психотерапевт; *Сальпетриер* — женская больница в Париже.

...в Третьяковской галерее, голова Медузы — работа уже не помню какого художника. — В Третьяковской галерее была выставлена картина «Медуза» кисти живописца академического направления П. А. Сведомского.

С. 72. *...дьякон запоет «Исаия ликуй»...* — одно из главных церковных песнопений, исполняемых при православном обряде венчания.

С. 74—75. *...пашню... орать...* — то есть пахать плугом.

С. 82. *«Это язва здешних мест», по выражению знаменитого баснописца, господина Крылова.* — Неточная цитата из басни И. А. Крылова «Кот и повар».

С. 94. *...для торжественного шествия Оберона и Титании.* — *Оберон* — повелитель эльфов, *Титания* — царица фей; герои пьесы В. Шекспира «Сон в летнюю ночь».

С. 99. *Феральный* — значимый, роковой.

С. 105. *...праздник Св. Троицы...* — один из великих христианских праздников, который Церковь отмечает на 50-й день после Пасхи.

С. 107. *Лирник* — странствующий исполнитель (сказитель) народных песен и былин, аккомпанирующий себе игрой на музыкальном инструменте (лире); лирники-слепцы были характерной приметой старого малороссийского быта.

...не осилив Почаевской лавры приступом... — Почаевская Успенская лавра основана в 1240 году; славилась своей чудотворной иконой Почаевской Божией Матери, почитаемой не только на Волыни, но и во всей России.

С. 123. *Громада* — сход всех жителей деревни (села).

СУЛАМИФЬ

Впервые — в сборнике «Земля» (книга 1. Москва, 1908).

С. 125. *Соломон* — царь Израильско-Иудейского царства в 965—928 гг. до н. э., сын Давида; согласно библейской традиции, славился необычайной мудростью. По преданию, является автором ряда книг, входящих в «Ветхий Завет», самая известная из которых — «Песнь Песней», воспевающая любовь царя к простой девушке — прекрасной Суламите (Суламифи).

В 480 году по исшествии Израиля... в месяце зифе... — Имеется в виду «исход», т. е. отраженное в библейской истории знаменательное событие в жизни еврейского народа, когда напуганный обрушившимися на египтян бедствиями фараон вынужден был отпустить евреев из египетского плена. Под водительством своего великого освободителя и законодателя Моисея, жившего в конце XVI — начале XV вв. до н. э., евреи 40 лет странствовали по пустыне, прежде чем вступили на землю Палестины. История исхода евреев из Египта изложена в библейской книге «Исход», второй в Пятикнижии, авторство которой традиция приписывает Моисею. В память чудесного избавления евреев из египетского рабства был установлен праздник Пасхи (от евр. pesach — прохождение, пощада). *Месяц зиф* соответствует второй половине апреля и первой половине мая по григорианскому календарю.

...сооружение великого храма Господня на горе Мориа... — Первый Иерусалимский (Соломонов) храм Иегове был сооружен царем на горе Мориа, расположенной на северо-востоке от Иерусалима. В святилище храма находилась главная реликвия иудеев — Ковчег завета. Храм разрушен вавилонянами в 587 г. до н. э.

Тиряне — жители Тира, древнего города-государства в Финикии (совр. Сур в Ливане); основан в 4-м тыс. до н. э., наивысший расцвет пережил в начале 1-го тыс. до н. э.

...при возведении пирамид Хефрена, Хуфу и Микерина в Гизехе... — *Хефрен* (Хафра) — третий египетский фараон IV династии, строитель второй по высоте (143,5 м) пирамиды; *Хуфу* (Хеопс) — второй египетский фараон IV династии, строитель самой большой (великой) пирамиды высотой 146,6 м; *Микерин* (Менкаур) — четвертый египетский фараон IV династии, строитель третьей по высоте

(62 м) пирамиды. В настоящее время разные источники существенно расходятся относительно датировок строительства этих памятников. *Гизех* (Гиза) — современный пригород Каира, расположен на левом берегу Нила. Здесь находится древний некрополь египетских фараонов, включающий погребальные храмы, культовые сооружения, знаменитые гробницы — пирамиды и статую Большого Сфинкса.

С. 126. ...*давира и медного моря*... — *Давир* — внутреннее помещение в Иерусалимском (Соломоновом) храме, где находился Ковчег Завета. *Медное море* — принадлежавший Иерусалимскому храму огромный медный сосуд, вмещавший ок. 209,5 бочек воды; по форме напоминал гигантскую шестилепестковую лилию и стоял на спинах 12 медных волов, обращенных по три в каждую из сторон света; предназначался для омовения рук и ног священнослужителей, обязательного при входе в храм и его алтарь.

...*зодчим Хирамом-Авием из Сидона*... — *Хирам-Авий* — легендарный архитектор, руководивший строительством Иерусалимского храма; история о его необыкновенном искусстве, связанном с тайным знанием, и злодейском убийстве лежит в основе доктрины масонства. *Сидон* — один из самых древних, богатых и знаменитых финикийских городов; находился на севере от Тира и иногда подпадал под его власть; славился льняным и стекольным производствами, искусными мореплавателями и особенно строителями; эпитет «сидонский» обозначал для древних все самое лучшее и изящное.

...*в месяце буле*... — *Буль* (Мархесван) соответствует октябрю по григорианскому календарю.

...*за дерево певговое, ситтим и фарсис*... — Под *певгом* в разных источниках понимают сосну, особый вид кедра или кипарис; *ситтим* — дерево из породы акаций; *фарсис* — по-видимому, привозимое из провинции Фарс на юге Ирана (до арабского завоевания в VII в. называлась Парса, Персида).

...*за пурпур, багряницу и виссон*.... — *Пурпур* (порфира) — название краски и окрашенной ею материи; добывалась из определенного вида улиток и раковин, обитавших в Средиземном море, а также из насекомых, живших на дубовых деревьях; широко использовалась на Востоке, в частности в Вавилоне; из материи, окрашенной в пурпур, была сделана завеса Иерусалимского храма и некоторые одежды священников, а также лиц, принадлежавших к царскому дому. *Багряница* — то же, что и пурпур. *Виссон* — тончайшая ткань белого цвета на льняной или хлопковой основе; считалась драгоценной материей, символизируя праведность и нравственную чистоту; одежды из виссона носили первосвященник и священники Иерусалимского храма.

...Тирскому царю Хираму... — Царь Тира Хирам, современник Давида и Соломона, был язычником, однако же заключил дружественный союз с Соломоном и помогал ему в возведении Храма Иеговы в Иерусалиме.

...дворец в Милло для... красавицы Астис, дочери египетского фараона Суссакима. — Милло — предположительно одно из укреплений (укрепленных мест) в Иерусалиме; Суссаким правил в последние годы царствования Соломона и в первые — его сына и наследника Ровоама; именно в период его царствования Суссаким с огромным войском вторгся в Иерусалим, завоевал его, разрушил храм и разграбил царские сокровища; сведения о том, что именно дочь Суссакима была женой Соломона, не имеют исторического подтверждения.

Царица Савская. — Эта знаменитая современница Соломона правила саввеями, народом так называемой Счастливой Аравии, расположенной к югу от Палестины; предание сообщает о ней как о прекрасной, мудрой и баснословно богатой правительнице; в своем повествовании о царице Савской А. И. Куприн опирается на одну из распространенных исторических версий.

С. 127. *Кува.* — Где находилась местность с таким названием, достоверно неизвестно; большинство комментаторов Священного Писания считают, что ее следует искать на землях, пограничных с Египтом, — в Аравии или Эфиопии, где еще в конце XIX в. можно было купить красивых лошадей.

Талант — денежная единица, монета (золотая или серебряная) греческого происхождения, однако же имевшая хождение и у евреев; ее ценность менялась на протяжении исторического времени. В конце XIX в. ее цена составляла приблизительно 1,29 российского рубля.

...*сандаловое дерево из страны Офир...* — Сандаловое (санталовое) — вечнозеленое дерево высотой около 10 м; ценится за источающую специфический душистый запах древесину; растет в Индии, на полуострове Малакка и островах Малайского архипелага. *Офир* — знаменитая в древности страна, где добывалось много золота и драгоценных камней; ее точное местонахождение в настоящее время неизвестно, а в качестве предположительного называются более шестнадцати разных стран; и все же скорее всего Офир находился в Восточной Индии (само это название копты и египтяне употребляли как обозначение Индии). По свидетельству древнееврейского историка Иосифа Флавия (37 — после 100 г. н. э.), Офир — это Золотой Херсонес, в настоящее время принадлежащий Индии (другие историки, впрочем, считают, что Золотой Херсонес древних — это Малакка, губернаторство, штат в составе Малайзии).

...*ассурские и калахские ковры...* — *Ассурские*, т. е. ассирийские, — произведенные в Ассирии, древнем государстве на территории Северного Двуречья (современный Ирак); *калахские* — произведенные в г. Калахе, основанном Ассуром (по другой версии, Нимродом) в Ассирии; расположен недалеко от слияния рек Тигра и Верхнего Евфрата.

Тиглат-Пилеазар. — Имеется в виду Тиглатпаласар I, правитель Ассирии.

...*мозаику из Ниневии, Нимруда и Саргона...* — *Ниневия* — в библейские времена столичный город Ассирийского царства, располагалась на берегу Нила, близ современного Мосула (Ирак). *Нимруд* (Калах) и *Саргон* — крупные города в Ассирии.

...*ткани из Хатуара...* — Не удалось установить, какой город Куприн имел в виду. По-видимому, все же один из крупных городов на территории древней Анатолии (современная Турция), где находилось Хеттское государство со столицей Хаттусас (Хаттушаш).

...*из Пунта, близ Баб-эль-Мандеба...* — *Пунт* — древнеегипетское название страны в Восточной Африке на побережье Аденского залива. *Баб-эль-Мандебский* пролив разделяет Аравийский полуостров и Африку, соединяет Красное море с Аравийским.

...редкие благовония — нард, алоэ, трость, киннамон, шафран, амбру, мускус, стакти, халван, смирну и ладан... — Нард — растение, принадлежащее к роду валериановых, из которого извлекалось благовоние, считавшееся на Востоке драгоценным; вывозился в основном из Индии; в Палестине и соседних странах нард в больших количествах растёт по склонам гор и на равнинах; евреи ввозили нардовую мазь главным образом из Малой Азии в небольших алебастровых сосудах; ценилась она чрезвычайно дорого. *Алоэ* приготавливают из сока покрытых колючками жирных листьев одноимённого (алойного) дерева; евреи использовали его как медицинское средство, применявшееся и при умащивании тел умерших, и как фимиам для курений, распространявший терпкий благовонный запах. *Трость* (тростник благовонный) — лучшие виды росли в Аравии и Индии, более низкого качества — в Сирии и Египте; входил в состав священного мирра. *Киннамон* — настоящая или цейлонская корица (кора Cinnamomum Ceylanicum Breyn), вечнозелёное дерево до 10 м высотой; родина — о. Цейлон, где деревья образуют целые леса, поднимающиеся по горным склонам; весной с ветвей сдирают кору, режут на части, связывают в пучки и сушат; в результате из неё получают ароматное коричное масло, крахмал, сахар, дубильную кислоту. Существует также Китайская корица, дикорастущая в Южном Китае (разводится на Цейлоне и Малабарском берегу); ценится дешевле цейлонской. *Шафран* — садовое луковичное растение с бледно-фиолетовыми, похожими на лилии, душистыми цветами; в середине чашечки находится пестик с тремя красно-жёлтыми рубчиками — самой ценной частью растения, ради которой оно, собственно, и культивируется. Высушенное окончание пестика представляет собой высоко ценимый на Востоке шафран; из шафрана приготовляли благовонную воду, которой опрыскивали внутренние помещения, тело, одежду и обувь, добавляли в еду и питьё, а также во всевозможные пахучие мази; египтяне получали из шафрана красители бледно-оранжевого и жёлтого цвета. *Амбра* — вещество, по виду похожее на воск;

образуется в пищеварительном тракте кита — кашалота; амбру находят в воде или на морском берегу; используется в парфюмерии в качестве закрепителя ароматов. *Мускус* — остро пахнущий продукт животного (выделение мускульных желез) или растительного (из корней аптечного дягиля, семян гибискула и др.) происхождения; используется в парфюмерии для придания запаху определенного оттенка и фиксации пахучих компонентов. *Стакти* — одно из предписанных Моисеем благовонных веществ, обязательно входивших в особый (священный) состав курений; наименование «стакти» имеет греческое происхождение и обозначает самую «чистую» субстанцию, которую дерево выделяет само, без надреза; по мнению ряда комментаторов, стакти, упоминаемая в Ветхом Завете, — это смола стираксового дерева, растущего в Галилее и Галааде, а также в Палестине, Сирии и Аравии; дерево имеет развесистую крону, кору, листья и цветы белого цвета; если сделать надрезы на стволе, то обильно вытекает благовонная, клейкая буро-красная смола; израильтяне добавляли эту смолу (по-еврейски «натаф») к другим веществам при составлении порошка, воскурявшегося в Скинии (шатре или особом храмовом помещении, где находился Ковчег Завета). *Халван* — душистая смола со специфическим горьким запахом; входила в состав священных курений, производившихся в Скинии; добывалась из высокого душистого растения, произраставшего в Сирии, Аравии и Абиссинии. *Смирна* — здесь в значении пахучих веществ растительного происхождения. *Ладан* — пахучая смола, собиравшаяся древними с тернистого дерева (растет на о. Кипр, в Аравии, Сирии, Палестине); применяется для ароматических курений при религиозных обрядах; в библейские времена был важным предметом торговли и ценным подношением правителям и высокопоставленным лицам.

Сикимора — сикоморовое дерево известно по всему Востоку; ценится за свои плоды, очень похожие на смоквы (инжир), и особо прочную древесину, по твердости не уступающую кедру; в библейские времена росло на равнинах у морских берегов и в долине Иордана.

...Кедронский поток... — *Кедрон* (черный, темный) — ручей, протекавший между Иерусалимом и Елеонской горой

и впадавший в Мертвое море; название получил от Кедронской долины, по которой пролегало его русло, и оттого, что наполнялся водой только в период сильных дождей (отсюда — «поток»), в другое время его русло оставалось сухим.

С. 128. *Бат* — мера жидкостей у библейских евреев; один бат содержит более четырех ведер.

С. 131. *Потир* — чаша на высокой ножке из драгоценных металлов.

С. 132. *...магов халдейских и ниневийских...* — т. е. из Халдеи, страны, расположенной между реками Тигром и Евфратом (столица Вавилон), и Нинeвии, столицы Ассирийского царства.

...астрологов из Абидоса, Саиса и Мемфиса... — *Абидос* — древнеегипетский город, где почитались боги загробного мира, особенно Осирис; *Саис* — город в дельте Нила, столица Древнего Египта в 663—525 гг. до н. э. при фараонах XXVI (Саисской) династии; *Мемфис* — один из главных религиозных, административных и художественных центров Древнего Египта; расположен к юго-западу от Каира; в XXVIII—XXIII вв. до н. э. был столицей государства.

С. 133. *...тайны волхвов, мистагогов, и эпоптов ассирийских, и прорицателей из Бактры и Персеполя...* — *Волхвы* — восточные мудрецы, обладавшие обширными знаниями законов природы и так называемыми эзотерическими (тайными) знаниями, наблюдавшие за движением небесных светил; по преимуществу жили в Персии, однако известно и о египетских и об аравийских волхвах. *Мистагоги* — толкователи священных тайных религиозных обрядов (мистерий). *Эпопты* — прошедшие последнюю стадию посвящения в тайны мистерий. *Прорицатели* — те, кто не был наделен «божественным даром предвидения» и старался узнать будущее при помощи разного рода гаданий и ворожбы. *Бактра* — город, просуществовавший с VI в. до н. э. по XVI в. н. э., столица Бактрии, затем Кушанского царства (ныне — городище Балх в Северном Афганистане). *Персеполь* — основанный в VI в. до н. э. древнеиранский город, одна из столиц Ахеменидов; в 330 г. до н. э. завоеван и сожжен Александром Македонским.

С. 133—134. *...построил на Масличной горе капище Хамосу, мерзости моавитской...* — **Масличная** (Елеонская) **гора** — одна из гор, возвышающихся к востоку от Иерусалима за Кедронской долиной; получила название от масличных (оливковых) деревьев, в изобилии растущих здесь еще с глубокой древности; самые старые из них можно и теперь видеть на западном склоне, в Гефсиманском саду. *Хамос* — моавитский идол, скорее всего представлявший персонификацию планеты Марс; назывался «Моавитской мерзостью», подобно Молоху, считавшемуся «мерзостью Аммонитской»; моавитяне — жители страны Моав, названной так по имени легендарного Моава, сына Лота от его старшей дочери; находилась на востоке от Мертвого моря, по обеим сторонам реки Арнон; моавитяне в *капищах* (местах отправления культа) поклонялись своим богам, которых израильтяне, исповедовавшие единобожие, называли «идолами».

С. 134. *Екклезиаст* — одна из канонических книг Ветхого Завета; считается, что ее написал царь Соломон в последние годы своего правления; состоит из 12 глав; основная идея Екклезиаста — видеть высший смысл существования в Боге Вечном и Неизменном, сравнительно с постоянно меняющимся, суетным миром, на который автор с высоты собственного жизненного опыта призывает смотреть мудро и снисходительно.

С. 135. *Аграф* — пряжка, одновременно выполняющая функцию украшения; часто имеет вид броши, отлитой из дорогих металлов со вставками из драгоценных камней.

...в форме... крокодилов — символ бога Себаха. — *Себах* (точнее, Себек) — бог воды и разлива Нила у египтян; его священное животное — *крокодил*; изображался в виде человека с головой крокодила; расцвет культа Себека приходится на время правления XII династии (XIX—XVIII вв. до н. э.), центр культа — город Шедет (Крокодилополь) в Файюмском оазисе (Верхний Египет).

С. 141. *...корни мандрагоры, похожие на маленьких человечков...* — **Мандрагора** относится к роду многолетних трав из семейства пасленовых; один из видов мандрагоры называют также майским яблоком за вызревающие на ней плоды красно-желтого цвета с приятным запахом и размером с небольшое яблоко; корни мандрагоры обычно напоминают фигурку маленького человечка; за это в древности им приписывали магические свойства.

С. 144. *...был Ванея... убийца Иоава, Адонии и Семея...* — *Ванея*, сын священника, один из храбрых мужей израильских, сохранил верность царю Давиду и его наследнику Соломону; выполняя приказ последнего, он убил родственника Соломона, военачальника Иова, сводного брата Адонию и Семея, организовавших заговор с целью свержения Соломона и помазания на Израильское царство его брата — Адонию; после умерщвления Иоава Ванея стал главным военачальником при царе Соломоне.

С. 146. *...тридцать гражданских сиклей... и... десять сиклей священных...* — *Сикль*, серебряный, реже золотой — денежная единица (монета), имевшая хождение у евреев с древних времен; кроме простого или гражданского сикля в Иудее существовал *священный* или *святилищный сикль*, половина которого называлась бека; он был вдвое больше и тяжелее простого.

С. 150. *Динарий* — наиболее употребляемая в Палестине римская серебряная монета; равнялся четверти сикля или 21 копейке серебром; существовал также и золотой динарий, эквивалентный 25 серебряным.

С. 160. *...на эфоде первосвященника.* — *Первосвященник* — глава всех священников в Иудейской церкви — «великий, первый священник»; обычно оставался на этой должности пожизненно. *Эфод* (ефод) — ритуальная одежда, которую носил иудейский первосвященник; существовало два вида ефода: «золотой» и белый; первый представлял собой два куска материи, сотканной из шерсти, виссона и золота, окрашенных в гиацинтовый, пурпурный и красный цвета, скрепленных на плечах так называемыми нарамниками, где на 12 драгоценных камнях были начертаны имена 12 колен Израилевых; концы ефода связывались лентами или шнурами; белый ефод не имел украшений и представлял собой одежду из гладкого льна с круговым поясом; кроме первосвященника в него могли облачаться и священники более низкого ранга.

...анфракс, священный камень земли Офир... — Анфракс (карбункул) — редкий драгоценный камень темно-красного цвета, который при попадании на него солнечного луча становится похожим на горящий уголь; в библейские времена его привозили главным образом из Перу и Восточной Индии; земля *Офир* скорее всего находилась в Восточной Индии, однако указать ее точное местоположение в настоящее время невозможно.

С. 161. *...камень Шамир. Греки называют его Адамас...* — Адамас (адамант) — другое название алмаза, самого твердого и дорогого из драгоценных камней; в библейские времена алмазы добывали преимущественно в Бразилии и Восточной Индии.

С. 162. *Смарагд* — другое название изумруда, прозрачного драгоценного камня ярко-зеленого цвета.

С. 163. *Онихий* — имеется в виду оникс; в настоящее время относится к полудрагоценным поделочным камням; это плотная порода с послойным чередованием слоев халцедона (агата) или, что бывает чаще, карбонатов различной окраски и зернистости; в зависимости от окраски различают мраморный, египетский, мексиканский, пещерный, алебастровый и др. оникс; евреи называли его шохам (иначе — сардоникс); дороже всего ценился полупрозрачный белый (алебастровый) оникс, оправдывающий название минерала (оникс — по-гречески «ноготь») и бледно-зеленый с белыми полосами; месторождения имеются во многих странах: Афганистане, Алжире, Австралии, Аргентине, Египте, Пакистане, Северной Америке, Бразилии, Чехии, Мексике, в Туркмении, Армении, Азербайджане; в России оникс залегает в Поволжье, Красноярском и Краснодарском краях.

...Яспис (яспись)... — В настоящее время ясписом называют нечистый вид красного или желтого кварца; однако неизвестно, этот ли камень имеется в виду у древних греков и иудеев; добывается главным образом в Персии, Индии и Сирии.

С. 165. *...слова Агура, сына Иакеева...* — Агур — израильский мудрец; ему приписываются изречения, помещенные в XXX главе книги Притчей царя Соломона.

С. 173. *Гатор* (Хатор) — богиня неба, считалась покровительницей женщин; ее изображали в виде коровы (священного животного) или в человеческом обличье с головой, украшенной рогами, между которыми находился солнечный диск; на ранней стадии египетской теогонии Хатор являлась главной помощницей бога солнца Ра, а возможно, и его женской ипостасью; в качестве покровительницы женщин выступала законодательницей моды и способствовала обретению красоты.

С. 174. *...обоих Египтов.* — Имеются в виду Верхнее царство, или Верхний Египет, и Нижнее царство, или Нижний Египет (относительно течения Нила), которые были объединены в 3200 г. до н. э. в единое государство со столицей в Тинисе (позднее — Абидосе).

С. 175. *...жрицы с тимпанами, систрами... — Тимпан,* иначе тамбурин, относится к группе ударных музыкальных инструментов; у древних иудеев он представлял собой кусок кожи, туго натянутый на металлическую или деревянную основу в виде обруча. *Систр* (систрум) был распространен в Древнем Египте; первоначально имел культовое назначение — использовался в храмовых мистериях, связанных с различными богами; представляет собой конструкцию в виде тау-креста (буква «тау» греческого алфавита, русское «т») с петлеобразным завершением наверху (древнеегипетский «анх» ☥, символизирующий бессмертие); внутри дуги систрума расположены четыре параллельные оси, на которые нанизаны продолговатые предметы (камешки, диски); при встряхивании они издают специфические звуки; Плутарх дает такое толкование систрума: «Систрум изогнут сверху, и его дуга содержит четыре (оси с предметами), которые должно потрясать. Ибо часть космоса, подверженная разрушению и рождению, описывается сферой луны и все (вещи) в ней движутся и изменяются при участии четырех стихий — огня, и земли, и воды, и воздуха»; на верхней точке дуги систрума египтяне помещали металлическую фигурку кошки с человеческим лицом — одну из ипостасей богини Баст, которая ассоциировалась с Луной; Баст также считалась богиней радости, веселья и танцев и изображалась в виде женщины с кошачьей головой и систрумом в правой руке; ниже дуги на систруме помещали лик Исиды или ее сестры Нефтис, символизируя тем самым космическую мистерию «рождения и уничтожения»; магическое назначение систрума состоит в том, чтобы отпугивать силы Зла.

...священный уреус... — царская эмблема в виде поднявшей голову кобры; обычно присутствует на головных уборах фараонов и цариц, а также в скульптурном декоре зданий.

С. 175. *...в наслаждениях Кибелы и Ашеры...* — *Кибела* — богиня фригийского происхождения; в греческой мифологии — Великая мать богов; требует в поклонении полного подчинения и забвения себя в безумном экстазе; во время культовых оргий во славу богини жрецы наносят друг другу кровавые раны, а вновь приобщающиеся (кандидаты — неофиты) оскопляют себя во имя Кибелы, символизируя этим актом уход из обыденной жизни и переход во власть богини. *Ашера* (Астарта) олицетворяет планету Венеру в мифологии западных семитов (в ассиро-вавилонской мифологии ей соответствует Иштар), богиня любви, плодородия и одновременно богиня-воительница; почиталась также как «царица небес» и богиня Луны, почему и изображалась с серпом луны или рогами на голове; Священное Писание именует Астарту «мерзостью Сидонскою», так как культовые церемонии во славу богини сопровождались актами оргиастического характера (самоистязанием и самооскоплением), а также принесением в жертву богине девственности ее жриц; считалась покровительницей женщин свободной профессии и гомосексуалистов.

С. 181. *Авгемелех* — общий титул филистимских царей, подобно тому как все верховные правители Древнего Египта имели титул фараона; филистимляне (отсюда — Палестина) принадлежат к так называемым народам моря; с XII в. до н. э. они населяли юго-восточное побережье Средиземного моря; полагают, что филистимляне были египетского происхождения.

С. 184. *...звезда Сопдит... Это священная звезда.* — Имеется в виду Сириус, двойная бело-голубая звезда первой величины в созвездии Большого Пса; египтяне называли ее Сотис или Септ (спд или спдт, где окончание «т» указывает на женский род). Сириусу принадлежит центральное место в космогонии древних египтян, веривших, что туда восходят души умерших фараонов.

С. 188. *Скарабей* — представитель класса навозных жуков; встречаются на юге Европы, в Передней и Средней Азии и Северной Африке; этот жук откладывает яйца, смешивает их с частицами навоза и превращает в небольшой шарик, который перекатывает задними лапками на освещенное солнцем место — катит вслед за Солнцем; древние египтяне усмотрели в этом символический аналог движению Солнца по небу; они почитали скарабея как священного жука, связанного с Богом сотворения, уподобляли его навозные шарики Солнцу (Бог, перекатывающий Солнце, носит в древнеегипетской космогонии имя Хепри, т. е. «Катящий»); изображения священного скарабея были широко распространены в культовой традиции Древнего Египта в качестве амулетов и колоссальных скульптур, устанавливавшихся в храмах; евреи восприняли этот символ от египтян.

ГРАНАТОВЫЙ БРАСЛЕТ

Впервые — в сборнике «Земля» (книга 6. Москва, 1911).

С. 194. *...восходил до самого Тамерлана, или Ланг-Темира...* — *Тамерлан* (Тимур, Темирленг, Тиму Аксак. 1336—1405) — среднеазиатский полководец, прославившийся жестокостью и военным искусством; разгромил Золотую Орду и создал государство со столицей в Самарканде; совершил кровопролитные военные походы в Закавказье, Иран, Индию, Малую Азию; в 1395 г. вторгся в пределы Руси, однако, не дойдя до Москвы, повернул свои войска вспять; в памяти народа это «чудесное избавление» приписывалось заступничеству чудотворной иконы Божией Матери Владимирской.

С. 199. *...руки маркизы Помпадур или самой королевы Антуанетты...* — Жанна Антуанетта Пуассон, маркиза де *Помпадур* (1721—1764) — фаворитка французского короля Людовика XV; королева *Мария-Антуанетта* (1755—1793) — супруга короля Франции Людовика XVI; погибла на гильотине во время Великой французской революции.

С. 204. ...*начиная с польской войны*... — Имеется в виду польское освободительное восстание 1863—1864 гг., подавленное русскими войсками.

С. 205. *В войну 1877—1879 годов*... — русско-турецкая война на Балканах, в ходе которой славянское население Болгарии, Сербии, Боснии и Герцеговины было освобождено от турецкого ига.

Радецкий и Скобелев знали его лично... — Федор Федорович *Радецкий* (1820—1890) — русский генерал, командовал корпусом в русско-турецкую войну 1877—1878 гг., участник обороны Шипки; Михаил Дмитриевич *Скобелев* (1843—1882) — русский генерал от инфантерии, известный полководец; герой русско-турецкой войны 1877—1878 гг., во время которой успешно командовал отрядом под Плевной и дивизией в сражении при Шипке—Шейново.

С. 226. ...*про которую сказано* — «*сильна, как смерть*»?.. — Приведены несколько искаженные слова ветхозаветной «Книги Песни Песней Соломона», которые в переводе звучат следующим образом: «...ибо крепка, как смерть, любовь» (Книга Песни Песней Соломона, глава 8, ст. 6).

С. 227. *Мессалина* — жена римского императора Клавдия (10 г. до н. э. — 54 г. н. э.) из династии Юлиев — Клавдиев; отличалась чудовищной, даже по римским понятиям, распущенностью и жестокостью, что и вынудило императора согласиться с применением относительно нее в 48 г. н. э. смертной казни. Имя Мессалины стало нарицательным для обозначения глубоко порочной, властной женщины.

С. 230. ...*историю Машеньки Леско и кавалера де Грие*... — Имеется в виду роман французского писателя Антуана Франсуа Прево д'Экзиль (1697—1763) «История кавалера Де Грие и Манон Леско» (1731), повествующий о трагической любви.

С. 241. *Декадентство* (от позднелат. *decadentia* — упадок) — направление, характерное для всех областей европейской культуры конца XIX — начала XX в., отмеченное настроениями безнадежности, тоски, разочарования в гуманистических идеалах; провозгласило отказ от гражданских позиций, крайний индивидуализм; выдвинуло тезис «искусства для искусства» как центральный в художественном творчестве. Философия декадентства составляет основу многих течений модернизма.

С. 243. «*Да святится имя Твое*» — слова христианской молитвы «Отче наш...».

НОЧНАЯ ФИАЛКА

С. 290. *Титулярный советник* — соответствовал IX классу в Табели о рангах; всего существовало XIV классов; высший, первый класс, соответствовал чину действительного тайного советника; низший, четырнадцатый, — коллежского регистратора.

...и моя... астролябия, и мой теодолит... с объективом Цейса. — *Астролябия* — специальный прибор, который использовался для измерения горизонтальных углов при землемерных работах. *Теодолит* — специальный прибор для измерения на местности горизонтальных и вертикальных углов; применяется при геодезических и инженерных работах. Карл Фридрих Цейс (1816—1888) — известный немецкий оптик и механик; в 1846 г. в Йене основал фирму по производству оптических приборов и оптического стекла (ныне известна как «Карл Цейс Йена»).

С. 291. *...на свои рамена* — т. е. на свои плечи.

С. 293. *...заняться... винтом... или преферансом...* — *Винт и преферанс* — наиболее распространенные в России в XIX в. карточные игры.

Е. Петинова

СОДЕРЖАНИЕ

«Он верил в добро...». *Е. Петинова* 5

ПОВЕСТИ
ОЛЕСЯ 31
СУЛАМИФЬ 125
ГРАНАТОВЫЙ БРАСЛЕТ 191

РАССКАЗЫ
ЛУННОЙ НОЧЬЮ 253
ПЕРВЫЙ ВСТРЕЧНЫЙ 265
СИЛЬНЕЕ СМЕРТИ 277
ФИАЛКИ 280
НОЧНАЯ ФИАЛКА 288

Комментарии. *Е. Петинова* 301

Литературно-художественное издание

АЛЕКСАНДР ИВАНОВИЧ КУПРИН

ГРАНАТОВЫЙ БРАСЛЕТ

Ответственная за выпуск Наталия Соколовская
Художественный редактор Вадим Пожидаев
Технический редактор Татьяна Раткевич
Корректоры Алевтина Борисенкова, Анна Быстрова
Верстка Антона Вальского

Директор издательства Максим Крютченко

ИД № 03647 от 25.12.2000.

Подписано в печать 18.11.2002.
Формат издания 76×100^1/$_{32}$. Печать высокая.
Гарнитура «Академическая». Тираж 7000 экз.
Усл. печ. л. 14,1. Изд. № 297. Заказ № 1947.

Издательство «Азбука-классика».
196105, Санкт-Петербург, а/я 192. www.azbooka.ru

Отпечатано с готовых диапозитивов в ФГУП «Печатный двор»
Министерства РФ по делам печати, телерадиовещания
и средств массовых коммуникаций.
197110, Санкт-Петербург, Чкаловский пр., 15.

**По вопросам приобретения книг
издательства «Азбука» обращаться**

Санкт-Петербург: *издательство «Азбука»*
тел. (812) 327-04-56,
факс 327-01-60
ООО «Русич-Сан»
тел. (812) 589-29-75

Москва: *ООО «Азбука-М»*
тел. (095) 911-99-74
ООО «ИКТФ Книжный клуб 36,6»
тел. (095) 265-81-93

Екатеринбург: *ООО «Валео Книга»*
тел. (3432) 42-07-75

Новосибирск: *ООО «Топ-книга»*
тел. (3832) 36-10-28

Саратов: *ООО «Читающий Саратов плюс»*
тел. (8452) 50-88-44

Хабаровск: *ООО «МИРС»*
тел. (4212) 22-74-58,
22-73-30

Челябинск: *ООО «ИнтерСервис ЛТД»*
тел. (3512) 21-33-74,
21-26-52

INTERNET-МАГАЗИН
*Все книги издательства в Internet-магазине
«ОЗОН»
http://www.ozon.ru/*

КНИГА – ПОЧТОЙ
*ЗАО «Ареал», СПб., 192236, а/я 300
тел.: (812) 268-90-93; e-mail: postbook@areal.com.ru*